배채진의 길 뫼 철학 3

언
제
나 강
저
편

# 언제나 강 저편

| | | | |
|---|---|---|---|
| 발행일 | 2019년 10월 23일 | | |
| 지은이 | 배채진 | | |
| 펴낸이 | 손형국 | | |
| 펴낸곳 | (주)북랩 | | |
| 편집인 | 선일영 | 편집 | 오경진, 강대신, 최예은, 최승연, 김경무 |
| 디자인 | 이현수, 김민하, 한수희, 김윤주, 허지혜 | 제작 | 박기성, 황동현, 구성우, 장홍석 |
| 마케팅 | 김회란, 박진관, 조하라, 장은별 | | |
| 출판등록 | 2004. 12. 1(제2012-000051호) | | |
| 주소 | 서울특별시 금천구 가산디지털 1로 168, 우림라이온스밸리 B동 B113~114호, C동 B101호 | | |
| 홈페이지 | www.book.co.kr | | |
| 전화번호 | (02)2026-5777 | 팩스 | (02)2026-5747 |

ISBN    979-11-6299-932-5 03810 (종이책)    979-11-6299-933-2 05810 (전자책)

이 도서의 국립중앙도서관 출판예정도서목록(CIP)은 서지정보유통지원시스템 홈페이지(http://seoji.nl.go.kr)와
국가자료공동목록시스템(http://www.nl.go.kr/kolisnet)에서 이용하실 수 있습니다.
(CIP제어번호: CIP2019041894)

**(주)북랩** 성공출판의 파트너

북랩 홈페이지와 패밀리 사이트에서 다양한 출판 솔루션을 만나 보세요!

**홈페이지** book.co.kr    •    **블로그** blog.naver.com/essaybook    •    **출판문의** book@book.co.kr

배채진 에세이

배채진의 길 뫼 철학 3

# 언제나 강 저편

철학은 자연스러움에서 온다

북랩 book Lab

## 들어가며

　세 번째 산문집을 세상에 내놓는다. 하지만 부끄럽다. 마음으로는 토마스 머튼의 『칠층산』이나 김하태의 『미 유 머물 곳을 찾아서』 또 엔도 슈사쿠의 『날은 저물고 길은 멀다』처럼 진솔하고 울림이 있는 자전적인 글로 책을 만들고 싶었지만, 사유가 깊지 못하고 글솜씨가 없어서 그리되지 못해 그렇다.

　하지만 그들은 그들이고 나는 나다. 글이 되건 되지 않건 이는 내 사유의 산물이다. 내 삶의 여정에서 마주치고 부딪힌 주제들, 그것들을 놓치지 않고 표현해 보려고 애썼다. 나는 길 따라 움직이면서 만난 주제들에 대한 사유를 '길 철학'으로 분류하고, 악양 지리산 기슭의 내 처소인 길뫼재에 머물면서 행한 주경야독 과정의 사유를 '뫼 철학'이라 부른다. 길뫼는 말 그대로 길(Road)과 뫼(Hill)를 합친 말이다. '길'은 나아감을 표상하고 '뫼'는 머묾을 표상한다. 다른 사람들도 그렇지만 나 또한 길을 따라 움직이기도 하고 집이나 공간에 머물면서 살기도 한다.

　여기서 나는 제주도와 거제도, 통영과 경주 또 안동, 지리산 안쪽과 울주군 백운산 기슭 그리고 부산의 우리 아파트 앞산인 백양산 산행길 사색을 주로 담았다. 나의 걸음은 대개 소소한 여정이다. 유럽의 문화 유적지도 아니고 남미 파타고니아의 사막길도 아니다. 내 사는 주변의 그렇고 그런 곳들이다.

　　　　　　　　　　언 제 나 강 저 편

글을 통해 지난날들을 돌아본다. 돌아보니 지난날이라고 부르는 시기보다 훨씬 앞서는 젊은 시절과 청소년 시절의 방황도 글 속에 투영된다. 글은 거울이다. 그 거울에 지난날을 보니 갈지자걸음의 흔적도 내 눈에 많이 보인다. 비록 갈지자 그 걸음들을 직접 문자화하지는 않았지만 말이다.

출판 기회를 주신 북랩에 감사드린다. 가는 길, 즉 인생길과 여행길에 동행하고 밭에서 함께 일하면서, 내 원고지 작업 과정을 지켜봐 주는 나의 편은 언제나 든든한 버팀목이다. 우리 자녀 수·주·희와 사위들은 글 출판이 든든한 지원군이고, 책 제호에 어울리는 감 사진을 찍어 준 진주의 사진작가 박종섭 친구에게도 그 사진을 표지에 잘 쓰겠다고 여기서 말 전한다.

백양산동문굿모닝힐 아파트 우리 집 서재에서
배채진

# 차례

## 일곱, 언제나 강 저편

# 하나,

## 우산의 반란

# 풀꽃, 내가 그 이름을 모르는

내게는 이름이 있다. 내 이름은 늘 나를 데리고 다닌다. 내 이름은 마음씨가 참 좋다. 성질 까다로운 나를 까탈 부리지 않고 잘 데리고 다녀 주고 있으니 말이다. 한때 나는 내 이름을 따라다니지 않으려고 비켜서기도 했다. 이젠 아니다. 순순히 따라다닌다. 다른 사람에게 나는 내 이름을 소개해 주기도 한다.

그런 일이 별로 없었지만, 이제는 내 이름이 나를 따라나서지 않으려고 하면 내가 그의 손을 끈다. 말하자면 내 이름이 내 옷소매를 끌거나 아니면 내가 내 이름의 옷자락을 끈다. 이제는 둘이 걸음걸이 박자가 맞다. 이름과 나는 무거운 걸음으로써가 아니라 가벼운 걸음으로 함께 다닌다. 함께 다니는 줄도 서로 눈치를 채지 못하는 듯이 살포시 함께 다닌다. 보조가 맞다. 함께하는 보행길 다시 말해 인생길…

나는 내 이름을 안다. 나는 내 이름을 모르는 줄 알고 있던 때도 있었다. 내 이름도 나를 모를 것으로 생각한 적도 있었다. 말하자면 내가 내 이름을 달갑지 않게 생각한 적이 있었다는 말이 되겠다. 내가 내 이름을 달갑지 않게 생각하는데 내 이름인들 나를 기꺼이 알아줄 리가 있겠는가. 이건 바로 소외를 의미하는 것이었다. 말하자면 그건 '나로부터의 소외'를 의미하는 것이었다. 내가 나를 버리거나 내가 나로부터 버림을 받는 건 가장 치명적인 소외 상태다. 내 이름이 내게 낯선 것보다 더 낯선 사태가 또 어디 있겠는가. 내가 내 이름을 잊지 않고 있음이 확인될 때에는 안도의 숨이 나온다. 내 이름을 잊지 않고 알고 있는 내가 고맙다. 나를 놓아 버리지 않고 따라다니는 내 이름에도 새삼 친근감 느낀다.

언제나 강 저편

제주도 서귀포, 천지연 폭포를 빙 둘러 걷는 길, 봄꽃이 얼굴을 내밀고 있다. 모르는 풀꽃이다. 하지만 내가 모르는 거지 남들은 어쩌면 다 알고 있을 풀꽃이다. 가만가만 도란거리고 있었다. 봄볕처럼 숨어들어 봄을 속살대고 있었다.

　흔히 보는 사물에 대해 그 이름을 몰라 태우는 일에 대해 말을 했더니 지인은 이런 말을 했다. "봄의 신비함처럼 봄을 알리는 풀의 이름을 모르니깐 더 신비롭게 느껴지는 거 아닐까요? 이름을 구태여 알 필요가 있을까요? 전 그냥 이름 모를 풀을 보면서 봄의 향기를 맡고 또 그대로 느끼려 합니다". 또 이렇게 말했다. "꽃은 누가 자기 이름을 알아주지 않아도 자기가 맡은 일, 즉 봄에 잎이 나고 꽃을 피우는 일을 너무나 열심히 합니다. 자기가 맡은 일에 온 힘을 다합니다. 그러기에 이 꽃은 더 화사하고 빛이 납니다. 잎은 더 파릇파릇하게 보입니다". 숙연한 사색이다. 파릇한 생각이다.

　내가 그 이름을 아는 풀들이 더러 있다. 물론 그 이름을 알지 못하는 풀들이 대부분이다. 이름을 아는 풀이 꽃을 달고 있는 걸 보면 참 반갑다. 모르는 풀이나 나무 이름 공부한다고 책을 샀지만, 사서 이리저리 사진을 보면서 이름 확인하지만, 정작 들길에서 그 풀 만나면 이름이 떠오르지 않는다. 그네들은 나를 아는 듯 빙긋 웃으면서 쳐다보는데 나는 그들의 이름을 불러 주지 못한다. 미안한 일이다. 제주도의 어느 해, 학회 출장으로 혼자 온 2월 사색이다.

# 둘이 함께 여미지

편과 둘이 함께 제주도 중문단지 여미지에 갔다. 여미지는 한자어로 같을 如(여), 아름다울 美(미), 땅 地(지)자로 '아름다운 땅'이라는 의미라고 한다.

## 서귀포 화가

2월, 출발하는 부산은 겨울이었는데 도착한 서귀포는 봄이었다. 겨울 속의 봄이었다. 내가 편에게 미안해하고 있는 것이 한둘이 아니지만 그 중에서도 함께 제주도를 다녀오지 못한 것은 늘 큰 미안함이었다. 내년 이면 함께한 지 25년이 되는데 그동안 우리는, 남들 다 다녀오는 제주도를 뭐 하다가 한 번도 함께 다녀오지 못했다. '뭐 하다가' 그렇게 된 것이 아니라 나의 나태함으로 그렇게 된 것이었다.

그런데 그 다녀오지 못한 제주도를 이해엔 2월, 3월 연속해서 두 번을 함께 다녀왔다. 혼자 들락거리던 서귀포도 좋았지만, 함께 걷는 서귀포 길도 좋았다. 우린 서귀포에서 많이 걸었었다. '이중섭 거리'도 걸어가서 쭉 돌고서는 천지연 폭포길로 왔다.

천지연 폭포길, 동백은 부끄러운 듯 얼굴을 겨울 햇살처럼 살포시 내밀고 있었고 그 곁에선 그러니까 꽃가지 아래에서는 어떤 화가가 앉은 아이를 그리고 있었다. 그 곁의 아이 아빠는 또 편한 자세로 앉아서 보고 있었고. 말하자면 관조하고 있었다. 화가는 거리의 화가인 듯했다.

카메라를 들이대도 좋으냐고 물으니 화가도 그 아빠도 동의한다. 아이는 아예 날 쳐다보고 있고 편은 또 아이와 화판을 보고 있고. 오후,

나른한 오후가 아니라 정거운 한낮이었다. 화판에 그려지는 풍경, 화판을 펴고 앉은 화가가 있는 서귀포 천지연의 겨울 풍경은 따스한 풍경이었다.

볼일이 있어 올라온 서울, 볼일 다 보고서는 시간이 있어 찾아온 덕수궁, 지금 걷고 있는 덕수궁 돌담 아래로 낙엽이 깔려 있다. 오가는 발길에 낙엽이 밟힌다. 정동 덕수궁 길 골목의 밟히는 낙엽 그 위로 서귀포의 그 화가가 떠오른다. 아이를 그리던 그 손도 생각난다.

## 커피, 독처럼 지옥처럼 또 사랑처럼

서귀포 여미지 식물원에 샀다. 커피나무를 봤다. 나무는 커피를 가지에 달고 있었다. 나무가 어찌 가공한 커피 팩을 달고 있겠는가. 맺힌 커피 열매를 신기하게 봤다는 뜻이다. 이파리를 얼핏 보니 떡갈나무의 그것이다. 함께 보는 다른 사람들도 커피 열매 보는 것을 신기하게 여겼다.

커피의 자리는 당연한 듯 우리들의 음(飮) 생활 가운데 있다. 커피 몇 잔 없으면 하루가 넘어가지 않는 것으로 되어 버렸다. 그러니 나무에 달린 커피를 보고 신기해할 수밖에. 물론 하루에 커피 한 잔 마시지 않고 넘어가는 사람도 많을 것이고, 마신다고 해도 한두 잔으로 그치는 사람도 많을 것이다.

열매를 보니 따서 입에 넣고 싶은 유혹이 들었다. 비슷한 열매인 '뽈똥'을 한 움큼 입에 털어 넣고 우물우물 씹은 기억을 아련히 가지고 있다. 그러면서 우린 성장했다. 입이 하는 일 중의 하나가 씹는 일이고 입에 음식을 씹어 먹는 것은 당연지사이지만, 입에 털어 넣을 것 별로 없던 소년 시절에 뽈똥 같은 야생 열매는 씹는 재미를 우리에게 한껏 주었다. 포만감도 주었고. 뽈똥은 '보리똥'의 사투리이다.

나는 언제 커피를 처음 마셨을까. 헤아려 본다. 커피나무 앞에서 해 보는 사색이다. 물론 머물러 서서 한 사색은 아니다. 사람들의 줄이 계속

이어지고 있으니 나무 앞에 가만히 서 있을 수가 없다. 그러니 사진 한 장 찍은 후 지나쳐 가면서 하는 사색이다.

지금 아이들에게 "너, 맨 처음 커피 마신 때가 언제냐?" 하고 물으면 뭐라고 대답할까. 질문이 싱거울 것이다. 그때와는 달리 커피는 너무 손 가까이 또 흔하게 있기 때문이다. 그때는 분명히 커피는 멀리 있었고, 허락되지 않은 음료 중의 하나였다.

내가 처음으로 커피를 마신 때는 고등학교 1학년 때였던 것 같다. 많은 양의 비가 커피 기억에 오버랩되는 걸 보면 6월 아니면 7월이었겠다. 진주 신안동의 시외버스 정류장으로 서울에서 오는 외국인을 마중 나가기 전에, 머물던 집에서 얻어 마신 것으로 회상된다. 큰 산에 남긴 커피였던 것으로 기억된다. 물론 그 이전에 커피 맛을 보았는지도 모른다. 그렇지만 뚜렷이 기억나는 첫 커피는 이때다.

지금도 난 커피를 큰 잔으로 마시는 편이다. 그것도 손잡이가 없는 그릇, 말하자면 중발에 담아 마신다. 커피를 담는 그릇은 선택하는 편인데 그릇의 내용물, 즉 커피는 데나깨나 마시는 편이다. 데나깨나? 이 말은 '하잖은, 아무나 또는 무엇이나'를 뜻하는 서부 경남 지역 사투리인데 표준어로는 '도나캐나'라고 한다.

우리 아이들은 나에게 질 좋은 커피를 격조 있게 마시기를 권유하기도 한다. 그럴 생각이 나에게 없는 것은 아니다. 하지만, 나는 삶은 감자 까먹듯이, 군고구마 퍽퍽 먹듯이 그렇게 후루룩 마시는 게 편하다. 말하자면 막무가내 커피다. 중발이라고 부른 잔 이름도 사실은 막사발, 삼천포의 도공 시인 달묵 선생이 만들어 준 막사발이다.

책을 한 권 받았다. 『에스프레소의 마력』이라는 이름의 책이다. 마침 큰아이에게 에스프레소 커피 마시는 법을 배운 후였다. 이 책을 보니 커피는 열매로 우물우물 씹는다고 생 맛이 나는 게 아니었다. 물론 책을

14

보지 않아도 열매가 커피 맛을 내는 건 아니라는 것쯤은 알고 있다. 또한, 나처럼 '데나깨나' 막 마실 것도 아니었다. 커피라는 식물 자체는 자연의 탄생과 함께 출현하였지만, 그것이 우리의 음료가 되기 위해서는 누군가가, 의도적이었든 우연적이었든 커피콩을 불 속에 넣어 태운 사건이 있었어야 했다. 열매에서 콩을 채취하고 이것을 볶아서 또 빻아서 물에 내려 마시게 되는 커피의 탄생은 분명히 '신비로운 사건'이라는 것이다.

볶음과 빻음이라. 콩을 볶아 봤는가? 볶은 콩을 또 빻아 봤는가? 자주는 못 해 봐도 거들기는 해 봤다. 그래서 볶이는 소리, 맛과 빻는 손맛을 조금은 안다. 야성적 전율이 제법 동반되는 행위가 볶고 빻는 일이다. 신비? 신비라는 말 앞에서 나는 또 힘을 못 쓴다. '신비'라는 말은 늘 신비롭게 들린다. 뭐가 있어 보인다. 커피의 출현은 신비로운 사건이 아닐 수 없다는 것이다. 그 책 저자의 말대로라면 에스프레소 마시는 행위는 신비에 참여하는 행위가 된다. 그렇다면 특히 에스프레소는 좀 신중하게 나서야 할 것 같다. 막사발 잔 쥐고 마시는 동작을 더 천천히 해야 할 것 같다. 누가 봐도 뭐가 좀 있어 보이게.

여미지 커피나무와 에스프레소 얘기를 후에 강의실에서 했더니 한 학생이 손을 들고 이렇게 말했다. "커피, 독처럼 씁니다. 지옥처럼 까맣습니다. 그러나 사랑처럼 달콤합니다". 듣는 순간 무릎을 치고 싶어졌다. 무릎은 못 치고 맞장구를 쳤다. "듣고 보니 그러네". 제주도의 또 다른 해 2월, 편과 둘이 함께 한 얘기다.

# 더불어 천지연

3월, 제주시 한림읍의 한림공원, 그날 우리는 거꾸로 걷고 있었다. 바른지 틀린지도 모르고 걷는 길이었다. 협재굴에 이르는 정해진 코스가 아니라 역순으로 걷고 있었다. 남들은 이리로 걷는데 우리는 저리로 걸었던 것이다. 우리란 나와 나의 편 그리고 아이들을 말한다. 거꾸로 걷고 있어서일까? 그날따라 유난히 '소리'가 들렸다.

### 소리의 집

소리는 '음'으로 또 '악'으로 어디서 흘러나오고 있었다. 소리였으니 음(音)이고 그 소리는 가락이었으니 악(樂)이었다. 흘러나와서는 우리 사이를 이리저리 헤집고 다니고 있었다. 가만 보니 나무들 사이로도 헤집고 나니고 있는 것 같았다.

'소리'가 어디서 발원하는지 그날따라 궁금했다. 소리 나는 곳을 귀 기울여 듣고 보았다. 들어도 모르겠고 보아서는 더구나 알 수 없었다. 따라가 보았다. 소리를 따라간다고 갔지만, 사실은 길 따라가는 것이었다. 따라 가 보니 소리는 저기서 나고 있었다. 말하자면 저곳이 소리의 집이었다. 난 오늘 소리의 집을 발견했다. 소리의 집은 제주도에 있었다.

소리, 소리가 옷을 입고(音) 나와 놀다가(樂), 입었던 옷을 벗고, 노는 것을 그만두고 본래의 자기로 돌아갈 때는 어디로 가는 것일까. 저기 소리의 집으로? 그보다는 더 근원적인 우주 속으로? 소리가 우주로 사라져 간다면 도착하는 지점은 알파 포인트? 오메가 포인트? 소리가 오는 곳은 저곳이라 치자. 가는 곳은 어디일까.

## 우산의 반란

우산이 물구나무를 섰다. 버려진 우산이다. 물구나무선 우산은 그대로 바로 꽃이면서 설치 미술이고 의미체이다. 지지난해 삼월의 제주도 서귀포 천지연 폭포길 풍경이다. 우산의 물구나무. 저건 자유인가, 반항인가? 소외인가, 꽃인가? 그냥 그대로 우산인가?

자유로 보인다. 반란으로 보인다. 우산이 비를 안으로 맞으니 저것은 '고정관념으로서의 우산이기'의 포기이며 반항이며 자유이다. 그리고 '자기 방식의 우산이기' 선언이다. 반항과 자유.

우산의 반항을 보고 나도 반항했다. 잠시 우산을 옆으로 제쳤다. 들고 다니는 카메라가 젖을까 섭이 나 움츠리긴 했지만 잠시 맛보는 이탈, 이탈의 쾌감 그것은 신선한 것이었다. '우산 바로 세워 들기'로부터의 이탈이다. 서귀포 비는 맞아도 될 것 같은 비라는 생각이 들었다. 그러나 그것도 잠시의 이탈이었을 따름이다.

마음먹고 비를 맞아본 지가 언제이던가? 헤아려 봐도 기억이 나지 않는다. 즉, 기억이 자기 존재 주장을 하면서 나서야 하는데 그렇게 하지 않는다. 언제 어디로 갈 때 어떻게 당신이 비 맞지 않았느냐고 외치면서 나서야 하는데 말이다.

빗속을 우산 없이 걸어 본 세월이 참 오래됐다는 생각이 든다. 고교 시절의 K가 생각난다. 그와 난 약속이 없었어도 비가 오면 만났다. 우산 없이 만났을까? 비 오는 날 우산 없이 만난 적도 있을 것이다. 우산 없이 빗속을 함께 걸었을까? 우산 없이 빗속의 진주 서장대 길을 걷기도 했을 것이다. 그 K, 독일로 떠난 후 몇 번 편지 오간 후 소식이 없다. 오지리 빈에 산다는데 남자는 만났는지 모르겠다.

어른 되고 난 후엔 다 젖도록 우산 없는 긴 길을 걸어 본 적이 없는 것 같다. 야성적인 비를 맞고 옷도 몸도 젖어 봤으면 좋겠다. 야성적인 비? 남태평양 어느 섬의 비는 그런 비일 것 같다.

초등학교 시간표에 '공작' 시간이 있었다. 공작 시간의 준비물은 '지독'이었다. 공작 시간의 준비물로써 지독을 캘 때, 그때는 비가 오면 더 신났다. 우산도 없었으려니와 마음먹고 비를 맞으며 지독을 캐었다. 지독을 캐는 그것이 바로 놀이였다. 그런데 '지독'이란 찰진 진흙을 말한다. 내가 태어나고 살았던 서부 경남 사투리다. 지독이라고 하는 이 흙은 아무데나 있는 흙이 아니고, 못이나 도랑 등의 물가에 있었다.

그 흙은 참 품위가 있는 흙이었다. 모든 흙이 물기를 머금으면 미끄럽지만, 그 흙은 비를 맞으면 더 미끄러웠다. 그 흙은 물가에 있는지라 미끄러지면 물로 빠지기에 십상이었다. 비 맞아 옷 젖고, 미끄러져 흙으로 젖고, 물에 빠져 온몸이 젖어도 참 신이 났다.

이런 날은 마음먹고 비 맞는 날이었다. 비는, 우산 속에서는 비 맞으면 큰일 나는 듯이 두려움의 대상이지만, 막상 우산 제치고 비를 맞기 시작하면, 내 몸을 자연과 접목시키는 영매가 된다. 야성, 원초적 야성, 윌리엄 서머셋 모옴의 『비(Rain)』를 연상시키는, 그 소설 무대인 태평양 섬의 원초적 열대성을 연상시키는 원초적 야성이었다. 죄와 지상과 워츄성…, 나는 지성이라는 너울을 쓴 후 그 너울을 벗고, 맘먹고 우산 제치고 비를 맞아 본 적이 없다.

천지연 폭포를 돌아 나오는 길목을 망가진 우산이 물구나무를 서서 계속 지키고 있다. 그래서 우산이 비를 안으로 맞고 있다. 물론 우산이 비를 밖으로만 맞으라는 법은 없다. 그래도 그렇지, 발랑 자빠져 드러누운 우산의 심중을 헤아리지 못하겠다. 반항이거나 자유이겠다고 유추할 수 있을 뿐.

# 안의 사람 밖의 동백

11월도 끝날 무렵 출발하는 날, 비가 많이 내렸고 바람도 크게 불었다. 말하자면 비바람이 몰아쳤다. 이날 위쪽에서는 첫눈이 내렸다고 했다. 김해공항에서 두 시간을 더 기다렸다가 제주공항으로 가는 비행기에 오를 수 있었다.

한림읍의 클라라 수녀원. 이곳은 관상 수녀원, 봉쇄 수녀원이다. 수녀원 앞마당에 동백나무가 여러 그루 서 있었다. 울안이어도 앞마당은 속세의 땅.

나무들은 키가 컸다. 건물 저 건너편, 울안의 사람들을 바라보고 서 있는 듯 보였다. 나무들도 관상하는가? 누군가를 찾는 듯 보인다. 하나같이 얼굴을 안으로 향하고 있다. 밖의 사람이 안의 사람 나오기를 기다리고 서 있는 형국이었다.

일찍 핀 동백이었다. 관상과 봉쇄의 그 땅 겨울 초입의 동백은 또한 뚝뚝 댕강댕강 빨리도 떨어지고 있었다. 피고 지고, 지고 피고….

> 섬은 가장 외로울 때
> 冬柏을 피운다
> 한 줄기 바람에도 악수를 하고픈 날
> 해변은 너무 외로워
> 冬柏 하나 피운다
>
> — 이용상, 「동백」

함께 온 편은 봉쇄의 땅 저 안 허락된 곳까지 들어가고 있었다. 나는 봉쇄의 선 이편에 그대로 머물러 있었고. 내가 서 있는 곳은 밖의 나무 그 옆이었다. 편이 들어간 곳은 '안의 사람' 가까운 곳이었고.

밖으로 나왔다. 봉쇄 수녀원 담 밖으로 나오니 하늘에 하늘만 있는 것이 아니었다. 하늘엔 구름도 있었고 그 구름을 뚫고 올라가니 또 다른 하늘이 있었다. 말하자면 하늘 위의 하늘. 그 하늘이 그 하늘이지만 내게는 다른 하늘로 보였다. 하늘 위의 그 하늘에는 햇빛이 있었고. 가끔 위로 올라가 볼 일이라고 생각했다.

요샌 옥상에 올라갈 일이 없다. 초등 시절엔 감나무에 자주 올랐다. 감나무에 올랐다가 팔을 심하게 다친 적이 두 번 있다. 아마 한 번은 골절 또 한 번은 탈골. 산에는 더러 오른다. 더 높은 산 그 꼭대기에 오르겠다는 꿈을 버리지 말아야지. 구름 위의 하늘엔 또 구름이 있었다.

한라산은 자기의 온몸을 잘 보여주지 않는다고 했다. 그래서 한라산은 여성이라고 했다. 그래서 잘 감춘다고 했다. 여자가 잘 감춘다? 남자가 잘 감추는지 여자가 더 잘 감추는지 알 수 없지만 잘 감춘다는, 그러니까 잘 가린다는 이미지는 여성과 잘 조합되는 말인 것 같다. 물론 지금은 그렇지도 않다. 모슬렘 여성들이나 몸매를 가리지, 요새 가리는 여성이 어디 있는가. 종아리, 배꼽, 어깨 등을 남자는 가려도 여성들은 드러낸다.

그리 보면 한라산이 자기 얼굴을 잘 드러내지 않기로 여성스러운 산이라는 말은 맞지 않는 말인 것 같다. 아무튼, 한라산은 자기의 온몸을 보여 주었다. 그래서 난 한라산의 몸을 통째로 볼 수 있었다. 그러고 보니 이전에 제주도에 갔을 때 한라산은 매번 얼굴을 감추고 있었던 것 같다. 한라산의 전모를 저리 분명히 본 적이 없는 것 같다. 한림에서 바라본 한라산, 서귀포에서 바라보면 산은 또 어떤 모습으로 앉아 있을까.

언 제 나 강 저 편

시인의 숲 이야기다. 그 숲에는 키 큰 나무와 키 작은 나무가 살고 있다고 한다. 키 큰 나무는 키 작은 나무를 위해 자꾸만 자리를 양보한단다. 그래서 키 큰 나무는 양보를 거듭하다 보니까 높은 하늘과 아주 많이 가까워졌단다. 키 큰 나무가 사철 푸른 잎을 놓지 못하는 것도 키 작은 나무 때문이라고 한다. 거친 바람이 키 작은 나무로 불어 가면 안 되니까.

시인의 숲, 행복한 숲에 밤이 찾아오면 키 작은 나무는 키 큰 나무에 땅의 이야기를 들려주곤 한단다. 아이들에게 들은 마을 이야기랑 땅에 내려온 솔방울의 신나는 이야기, 가끔은 키 큰 나무가 이해하기 어려운 개미들의 땀방울 이야기를 들려주기도 했다. 키 큰 나무는 키 작은 나무에 하늘의 이야기를 들려주었고. 멀리 날아가는 독수리 이야기랑 비행기가 떨어뜨리고 간 먼 나라 아이들의 이야기, 가끔은 키 작은 나무가 이해하기 어려운 별들의 사랑 이야기를 들려주기도 하고.[1]

제주도 야자수는 키가 컸다. 키 큰 나무가 왜 키가 큰지를 이제 좀 이해하게 되었다. 때가 늦긴 했지만, 지금이라도 자꾸 양보해야지.

해가 진다. 제주도 한림, 선인장 밭, 바다 저 너머로 해가 지고 있었다. 일몰이다. 양인자는 일몰의 시간을 이렇게 표현했다. "우지 마라 사랑이여, 지상에 남겨진 쓸쓸한 시간을, 우지 마라 사랑이여, 바람 따라 너 왔으니 차 한 잔에 마음 묻고 살아도 되련만. 스치는 인연에도 목이 메는데 어차피 우린 다 한 번은 바람이 되어 떠나는데, 왜 이렇게도 그리운 것이 많은지 몰라."[2]

---

1) 노여심의 동시 「키 큰 나무와 키 작은 나무」에 덧붙임.
2) 양인자 작사, 조용필 노래, 「일몰」.

부산의 영도 태종대 절영도의 일몰, 남해군 이동면 광두리의 일몰, 삼천포 실안 해안도로의 일몰 그리고 사천시 서포면 신흥리 갯가의 일몰, 전라남도 진도 바닷길의 일몰, 태안반도 가로림의 일몰…. 내가 경험한 일몰들이 겹겹이 포개어져 멍청히 서 있는 나를 덮치고 있다. 제주도 한림의 해가 지는 한적한 선인장 바닷가에서 나는 또 다른 일몰의 바다에 빠져들고 있었다.

잡아끄는 손이 있어 돌아보니 편이었다. 정신 차리라고 한다. 다른 사람들은 다 차를 탔으니 퍼뜩 가자고 한다. 정신을 차렸다. 종종걸음 편을 퍼뜩 뛰어 따라갔다.

언 제 나  강  저 편

# 귤, 그 선명한 주황

## 진면목과 혼음

섭지코지에 도착했을 때는 해가 막 지고 있었다. 섭지코지는 성산 일출봉 옆의 좁은 곳이다. 곶(串)은 바다로 돌출된 육지의 선단부를 말한다. 도착했을 때 시간이 아직 오후 여섯 시는 아니었다. 지는 해는 한라산을 보여 주고 있었다. 지는 해는 연인을 보여 주고 있었다. 지는 해는 가족을 보여 주고 있었다.

처음에는 연인이라는 생각이 들었다. 만남 모습인지는 모르지만, 연인의 이별 모습은 아니라고 생각했다. 연인은 어떤 배경이 뒤에 없어도 아름다운 그림인데, 노을을 배경으로 하니 황홀하기까지 하다는 생각이 들었다.

연인일 거라는 생각은 가족이라는 생각으로 곧 바뀌었다. 가족일 거라는 생각을 하니 남편과 아내인지 아빠와 딸인지 아빠와 아들인지 그것이 궁금했다. 좀 후엔 엄마와 아들인지, 엄마와 딸인지의 생각으로 생각이 번져 나갔다. 노을에 취해 혼자 해 대는 생각의 방황이었다.

기다렸다가 유심히 보기로 했다. 그 사이 편은 저만치 앞으로 가버렸다. 〈올인〉의 길을 따라 이어져 꼬리를 물고 올라가는 사람들의 행렬에 묻혀 버렸다. 그들의 머리에도 노을은 지고 있었다. 그들의 색은 모두 같은 색, 노을 색이었다. 저만치 언덕에는 방두포 등대가 나처럼 또 일몰에 취해 있었다. 기다리길 포기하고 멈추었던 걸음을 옮겼다. 그건 연인이라도 좋았고 아빠와 딸이어도 좋았으며 엄마와 아들이어도 좋았기 때문이었다. 노을을 보고, 노을이 보여 주는 한라산을 보고, 노을이 보여 주는 연인을 보았으며 또 노을이 보여 주는 가족을 소중하게 품고 노을 속으로 내가 잠겨 들면 되는 것이었기 때문이었다.

등대 언덕에는 나 혼자 올라갔다. 여섯 시가 가까워지고 있는 시각이었다. 보여 주던 노을이, 자기를, 산을, 연인을, 가족을 보여 주던 노을이 이번엔 나에게, 등대에 혼자 서 있는 나에게 당신을 보여 달라고 했다. "생각하지 않으면서 잘 생각하는 것처럼 보여 주는 당신이여, 생각을 보여 달라"라고 했다. "사진을 잘 찍지도 못하면서 가방 안에 두 대의 카메라를 넣어 메고 다니는 당신이여, 당신의 진면목을 사진으로 보여 달라"라고도 했다. '도'나 '레', '미'나 '파' 등, 이느 소리 하나도 매끄럽게 내지 못하면서 나팔 이야기는 독으로 해 대는 당신이여, 당신의 혼의 음, 즉 혼음(魂音) 그 소리를 내서 들려달라고 했다. 노을은 나에게 그렇게 말하는 듯했다.

나는 보여 주어야 했다. 들려주어야 했다. 하지만 헤아리니 어느 하나 제대로 보여 줄 게 없다. 노을에 손사래 저었다. "봐 달라"라고 했다. "보여 달라, 들려 달라고 요구하면 나 겁 많이 먹는다"라고 둘러대며 급히 발을 떼었다. 내려가는 등대 계단 길을 조심하고 주심했다. 헤는 지고 있었다.

일몰이다. 겨울 오후 여섯 시는 일몰의 시각이다. 일몰의 시각은 숙연한 시간이다. 살아 있는 내가 지금까지 무엇을 했는지 보여 달라고 요구받는 시간이다. 어디로 가는지, 펄펄 살아 있는 당신은 어디로 가는지, 그것도 '여럿이 함께'가 아니라 각자 어디로 가는지 질문받는 시각이다. 무엇을 했는가? 어디로 가는가? 등대에 서서 바다를 봤다. 그러나 사실은 바다보다는 노을을 더 봤다. 그것은 일몰의 시각이었기 때문이었다.

## 식구 수만큼의 귤

한라산 산굼부리 부근에서 잤다. 바다에서 불어오는 바람이 세찼다. 바람이 거센 건 새삼 말할 필요가 없는 너무나 당연한 사실, 두말하면 숨 가쁜 사실이다. 여기가 어딘가. 제주도 아닌가. 오름과 언덕은 온통 은빛 파도였다. 아래는 푸른 파도, 위로는 은빛 파도…. 물도 억새도 출렁 거렸다.

서귀포 토평리로 가는 길이다. 토평리는 함께 간 지인의 친정 동네다. 동네 가까이 갔을 때 "이곳이 내 초등학교 자리!" 하며 없어진 자리를 가리켰고, 좀 가다가는 "저기가 내 다닌 중학교!" 하며 신바람 나게 이야기했다. 손은 핸들을 잡고 눈은 앞 도로에 붙들어 매고. 그리고 서귀포여고를 지나칠 땐 "세상에, 내가 토평리에서 여기까지 걸어서 다니지 않았는가베!"라고 했다. 세상에, 거기서 여기까지 걸어서?

제주도를 다녀갈 때마다 아쉬웠던 것은 관광지 제주도가 아닌 평범한 제주도를 둘러보지 못하고 돌아가는 점이었다. 일정이 빡빡해서도 그랬고 제주도 사람과 동반하지 못해서 그랬다. 그런데 이번엔 고향이 제주도인 지인과 시간의 여유를 가지고 함께 온 제주도다.

토평리, 이중섭의 서귀포 시절 그가 토평리에서 베어온 대추나무로 파이프를 만들었다는, 그 파이프에 게와 아이들도 새겨 넣었다는 이야기를 미리 읽고 온 터여서 차에서 내릴 때 이중섭부터 생각했다.

어느 날인가 제주 읍에 갔다가 아주 질이 좋은 파이프 담배를 얻어온 이중섭은, 그 담배를 피우기 위해 토평리 숲속에 가서 대추나무 한 그루를 베어 왔다. 그때 토평리는 4·3 공비들이 나타나는 곳이었다. 대추나무는 재질이 아주 단단해서 파이프 재료로는 아주 그만이었다. 이중섭은 며칠이고 집안에 틀어박혀 그 대추나무를 다듬었다. 조각칼로 게와 아이들도 새겨 넣었다. 아주 훌륭한 사제 파이프가 만들어졌다. 그는 자신이 만든 파이프에 담배를 넣어 피우며 즐거운 기분에 사로잡혔다.

— 고은, 『이중섭 평전』에서

마을로 들어가면서 또 마을 속으로 들어가서도 대추나무를 찾았지만, 눈에 띄지 않았다. 눈에 띄는 건, 귤이었고 한라산 백록담이었고 돌담 안의 파릇한 배추였고 그리고 유리창에 걸린 곶감 줄이었다. 이날 오전은 지인의 남동생 귤밭의 귤을 따주기로 예정된 터였다. 귤밭으로 갔다. 아니 귤밭이 따로 없었다. 동네가 귤밭 속에 있었고 귤밭이 동네 가운데 있었다. 함께 간 지인들이 귤밭으로 들어갔다. 귤 따는 요령을 간단히 배운 후 모두 부지런히 땄다. 귤, 다시 이중섭의 귤이다.

돌과 바람과 여자가 많다고 알려진 제주에는 또 육지에서 찾아보기 힘든 것이 하나 있었다. 노란 귤이었다. 이중섭에겐 이 귤에 얽힌 일화가 하나 있었다. 어느 날 이중섭은 아는 사람의 귤밭에 놀러 간 적이 있었다. 그때는 한창 귤 수확기여서, 아낙네들이 큰 광주리에 귤을 따서 담고 있었다. 그는 그 귤 따는 아낙네들의 모습을 그림으로 그렸다. 그랬더니 마음 좋은 그 귤 밭 주인이 한 상자나 되는 귤을 선물로 주는 것이었다. "이렇게 많이 주시면 안 되죠. 일 년 내내 농사지은 귀한 열매인데 제가 공짜로 먹을 순 없지 않겠습니까?" 이중섭은 그러면서 상자에서 귤 네 개만 집어서 주머니에 넣었다. 집에 돌아온 그는 그 귤을 식구들에게 하나씩 나눠 주었다. 자신의 식구 수만큼만 귤을 가져온 것이었다. 그만큼 그는 소탈한 성품이었다.

— 고은, 『이중섭 평전』에서

귤 창고 벽에 슈바이처의 모자, 정글의 모자가 걸려 있었다. "슈바이처 모자네!" 했더니 지인 남동생이 가지시라고 한다. 자기는 서귀포 민속 장에서 사면 된다고 하면서.

귤을 땄다. 내 손으로 따 보기는 처음이었다. 남들은 여러 광주리 딸 때 나는 겨우 몇 개 땄다. 놀림도 받았다. 두어 개 따고는 혼자 다 딴 것처럼 글 쓸 거 아니냐고. 귤 딴 생색은 내겠지만 혼자 다 딴 것처럼 그렇게 생색을 내지는 않는다고 귤 보고 말했다. 딴 것을 모두 합치니 몇 컨테이너 되었다. 노란 상자를 컨테이너라 불렀다. 귤밭에서 귤 따고 실컷 웃은 후 마시는 커피가 이리 맛있는 줄은 이번에 알았다. 쪽쪽 마셨다.

출발, 이렇게 토평리로 들어왔다가 또 이렇게 토평리를 떠났다. 붉은 지붕의 지인 남동생 집 위로 한라산 백록담은 성루처럼 앉아 있었다. 서귀포 시절의 이중섭도 늘 바라본 성채였다. 올 때마다 나도 바라보는.

서귀포 시내로 들어갔다. 이중섭 미술관은 나중에 들르기로 하고 지나쳤다. 점심은 갈치구이, 제주도 갈칫국은 이번이 처음이었다. 그리고 또 출발, 부산으로 향하는 비행기 타러 제주 공항으로 발걸음을 옮겼다.

## 뿌려지는 귤의 선명한 주황

해를 보내는 마지막 날, 비록 작은 분량이라 하더라도 소회가 없는 사람이 있을까? 해를 맞이하는 첫날, 비록 작은 크기라 하더라도 설렘이 없는 사람이 있을까? 맞이하는 기분보다 보내는 기분이 더 애잔한 것 같다.

12월 31일 이른 아침에 출발하였다. 악양 길뫼재 우리 밭에 도착하니 7시, 아직 이른 아침이다. 나의 농막, 길뫼재 맞은편의 넘어가는 해가 걸리는 곳, 신선대의 형제봉에 오르기로 했다.

새해 아침, 둘이서 길뫼재에서 해를 보낸 후 강선암 코스로 올라간다. 강선암 코스는 두 바위 사이에 구름다리가 걸쳐져 있는 신선대를 통과하여 올라가는 길이다. 산에 오르는 사람은 우리 둘뿐이었다. 뒤에서 밀어붙이듯 올라오는 사람이 없으니 조급할 것도 없었다. 앞에서 끌듯 빨리 가는 사람도 없으니 느긋한 걸음을 더욱 천천히 뗐다. 쉬엄쉬엄 올라갔다. 지친다. 그래도 형제봉은 1,115 고지 아닌가. 신선대를 바로 머리 위에 두고 평사리 들판과 그 옆의 섬진강 물줄기가 한눈에 보이는 바위

위에 앉았다.

편이 마실 것을 꺼낸다. 꺼내다가 귤을 떨어뜨렸다. 떼굴떼굴 굴러 내려간다. 속도가 빨라진다. 흐르는 땀으로 눈은 침침하다. 구르는 귤이 선을 그린다. 순간적으로 주황색 선, 테이프로 보인다. 가슴 뭉클하게 읽었던 '귤 이야기'를 오버 랩 시켜 본다. 『라쇼몽(羅生門)』 작가인 아쿠타카와 류노스케의 「귤」은 돈 벌러 떠나는 누나와 남동생들의 애달픈 이별 장면이 돋보이는 작품이다. 요약한다.

어느 흐린 겨울 저녁. 나는 상행선 2등 객실의 구석에 앉아 발차 기적 소리를 기다리고 있었다 객실 안에는 나 외에는 승객이 없었다. 이윽고 발차 기적이 울렸다. 그런데 요란하기 짝이 없는 나막신 소리가 개찰구 쪽에서 들려오는가 했더니, 잇달아 역무원이 무어라고 욕을 퍼붓는 소리가 들렸다. 그와 동시에 내가 타고 있던 2등실의 문이 열리면서 열서넛가량의 여자아이 한 명이 황급히 안으로 들어왔다. 기차가 서서히 움직이기 시작했다.

나는 담배에 불을 붙였다. 그러고는 앞쪽 좌석에 앉아 있는 여자아이의 얼굴을 흘긋 쳐다보았다. 때가 낀 연두색 털목도리가 아래로 축 늘어뜨려진 데다가, 무릎 위에는 커다란 보퉁이가 놓여 있었다. 보퉁이를 끌어안고 있는, 동상에 걸린 손안에는 빨간 3등 차표가 소중한 물건인 양 단단히 쥐어져 있었다.

모든 것이 시원찮게 여겨져 읽고 있던 신문을 집어던지고는 다시 차창 틀에 머리를 기대고, 죽은 듯이 눈을 감고 꾸벅꾸벅 졸기 시작했다.

그로부터 얼마쯤 지난 뒤였다. 그 아이가 건너편 좌석에서 내 곁으로 옮겨 앉아, 차창 문을 열려고 줄곧 용을 쓰고 있었다. 하지만 무거운 유리문은 좀체 뜻대로 열리지 않는 모양이었다. 기차는 곧 터널 입구로 들어가게 될 것이다. 그럼에도 이 아이는 닫혀 있는 창문을 열려고 한다. 나로서는 도무지 이해되지 않았다.

드디어 굉음을 내면서 기차가 터널로 빨려 들어갔다. 그와 동시에 그 아이가 열려고 용을 쓰던 창문도 마침내 열리고 말았다. 목을 앓은 적이 있었던 나는 수건을 얼굴에 댈 짬도 없이 그 연기를 얼굴에 온통 뒤집어썼다.

그렇지만 그 아이는 눈곱만큼도 나를 개의치 않는 눈치였다. 그녀는 차창 바깥으로 고개를 내밀고, 어둠 속에서 불어오는 바람에 두 갈래로 나뉜 머리카락을 휘날리면서, 기차가 나아가는 방향을 똑바로 응시하고 있었다. 기차가 터널을 빠져나와, 어느 가난에 찌든 외딴 마을의 건널목을 지나려 하고 있었다.

바로 그때, 나는 그 쓸쓸하기 짝이 없는 건널목 울타리 너머에 뺨이 빨개진 세 명의 사내아이가 눈자위를 누르며 나란히 서 있는 것을 보았다. 아이들은 기차가 지나가는 것을 바라보며 일제히 손을 흔들면서, 애처롭게 목청을 크게 돋우어 무슨 말인지 알아들을 수 없는 함성을 열심히 질러 대고 있었다.

바로 그 순간이었다. 창밖으로 몸을 반쯤 내밀고 있던 에의 그 여자아이가, 온통 부르튼 손을 좍 뻗으면서 세차게 좌우로 흔들었다. 그와 함께 마음을 두근거리게 만들기라도 하듯 포근한 담홍색으로 물든 귤 대여섯 개가 손을 흔들고 있는 사내아이들 머리 위로 휙휙 날아가 버렸다. 나는 나도 모르게 숨을 죽였다. 그리고 순식간에 모든 것을 깨달았다. 여자아이는, 아마도 이제부터 남의집살이 하러 떠나는 여자아이는, 품속에 간직해온 몇 개의 귤을 차창 바깥으로 던져, 일부러 건널목까지 배웅하러 나온 동생들과의 이별을 아쉬워했던 것이다.

— 아쿠다가와 류노스케, 「귤」

그 귤이 생각난다. 벌써 가 버린 해인 지난해 12월 31일, 악양 정서리 마을 뒷길, 강선암을 거쳐 형제봉에 올라갈 때 편이 놓친 그 귤, 멈춰 설 만도 했는데 계속 가속도로 길 따라 굴러 내려간 그 귤, 내려오는 길목에서 얌전히 자리하고 기다리고 있던 귤, 그 귤이 생각난다. 구르는 귤이 그리던 주황색 선 그리고 뿌려지는 선명한 귤의 주황색 색깔이 거듭 생각난다.

# 모래, 모래의 여자

부산에 살면서도 부산항에서 배로 떠나고 또 배로 한 도착이 겨우 서너 번, 또 오래전 일. 아주 오랜만에 떠나 보는 부산항이다. 9월이 떠날 차비를 거의 다 한 30일 오후 두 시 반, 후구오카로 가는 배를 탔다. 돌아보니 부산항이다.

손을 흔든다. 항구의 손짓이다. 더 정확히는 항구에서의 손짓이다. 가는 나를 보고 흔들어 주는 손 같다. 나도 흔들었다. 이별의 손은 아니었다. 저들은 나를 모르고 나 또한 저들을 모른다. 저들이 흔드는 손을 내가 보지만 내가 흔드는 손을 저들은 보지 못한다. 갑판이 없는 배 유리 안이다.

항구의 손은 흔드는 손이 제격이라는 생각이 들었다. 앞으로는 항구에 서면 흔들겠다고 생각했다. 그것도 천천히. 항구에서의 걸음은 느린 걸음이 제격이라는 생각도 또 들었다. 항구에서는 달릴 일이 아니었다. 아무리 작은 포구에서라도 내 요담에 포구에 가면 달리지 않고 서 있겠다고 생각했다. 움직여야 한다면 가장 느린 걸음으로 걷겠다는 생각이 마음에서 샘물처럼 솟아올랐다. 이후로는 해안 길에서 차도 또한 더 천천히 몰 참이다. 항구에서는 천천히 걷거나 서 있을 일이었다.

편 보고 배가 뜬다고 전화했다. 잘 다녀오라고 했다. 대마도 부근까지 터진다고 하니 거기서 또 전화하겠다고 했다. 터지지 않았다. 대마도를 아직 다 지나지 않았다. 전화기를 접었다. 돌아봐도 부산항은 보이지 않았다.

항구, 생각해 보니 그곳은 머무르고 싶은 삶의 지점이기도 했다. 머무르고 싶어도 머물 곳 없는 곳이 삶(生)인 것 같다. 항구를 노래하는 유행가가 소중하게 여겨지는 출발이었다. 떠나와도 떠나온 곳 없고, 도착해도 또 도착한 곳 없는 그곳 항구 그리고 인생….

배가 2시간 55분 후에 나를 내려놓은 곳이 후쿠오카였다. 흐린 유리 안에서의 모습인지라 흐리다. 흔드는 손은 없었다. 기다리며 서 있는 사람도 없었고. 안에는 방문하는 대학의 관계자가 나와 기다리고 있었다.

"별이 없으면 도망치는 재미도 없다."

『모래의 여자』3)를 펼쳤을 때 '차례' 다음의 페이지에 한 줄로 쓰여 있던 이 말은 호기심을 크게 자극했다. 별과 도망은 무슨 관련이 있으며 '모래의 여자'와 별은 또 무슨 관련이 있는지의 의문은 책을 다 읽을 때까지 따라다녔다.

이브스키(指宿)를 이른 오전에 출발한 차(10월 1일 10시 40분경 출발)는 야마가와쵸(山川町)이 어느. 해안, 천연 모래찜질 온천을 찾아가는 중이다. 중앙 분리선도 없는 농로를 차는 이리저리 잘도 빠져나간다. 주위에 높다고 할 만한 산은 없었지만 그렇다고 넓게 펼쳐진 평원은 아니었다. 내가 지금 어디로 끌려가고 있느냐는 생각이 일행과 함께 가는 중에도 두어 번 들 정도로 시골 어느 구석으로 내가 끌려가고 있다고 생각했다. 문득 그 소설의 남자 주인공 신세가 되는 게 아닌가 하는 생각이 들었다. 물론 그럴 리가 절대 없지만.

『모래의 여자』는 "무덥던 8월 어느 날 한 사내가 행방불명되었다"라는 문장으로 시작된다. 배경은 해안가 사구(모래 언덕)의 거대한 모래 구덩이

---

3) 아베 코보의 소설.

속에 세워진 마을이다. 이런 마을이 있을 수 있을까? 있을 수 없다. 소설은 픽션이긴 하지만 이 설정은 너무나 허구적이다. 아무튼, 일상을 벗어나기 위해 3일 휴가를 내어 곤충 채집을 누구에게도 알리지 않고 떠난 교사 남자 주인공 니코 준페이는 날이 어두워지자 하룻밤 묵기 위해 마을 노인이 안내한 집에 찾아든다.

조금 후 눈앞에 산이 두 개 나타난다. 하나는 마이산 같은 봉우리 두 개로 이루어진 작은 산이고 다른 하나는 제법 큰 삼각산 같은 산이었다. 그 산은 제법 커서 그 부근 어디서도 가려지는 법 없이 우뚝 보였다. 당나귀 귀처럼 생긴 두 개의 봉우리 뒤로 가니 해안으로 곤두박질치듯 가파른 좁은 길이 기다리고 있다. 이 길로 내려가서 뭘 보여 주려는가? 의문이 강하게 들었다. 물론 『모래의 여자』 남자 주인공처럼 빠져나올 수 없는 모래집으로 유인되는 것 아니다. 그럴 리는 절대 없다.

소설의 모래 웅덩이 집에는 서른 남짓한 나이의 여자가 혼자 있었다. 그 여자는 태풍 부는 날 모래더미 속에 묻힌 남편과 아이를 잊지 못한 채 그 자리를 지키며 채 홀로 사는 여자다. 주인공 남자의 유폐 생활은 이곳에서 이렇게 모래의 여자 곁에서 시작된다. 밧줄 사다리를 타고 내려가야 하는 그 집은 끊임없이 떨어지고 쌓이는 모래를 퍼내기 위해 삽질을 해야 하는 집이다.

아니, 그 마을 전체가 그랬다. 마을을 지키기 위해 밤마다 사람들은 삽질을 멈출 수가 없다. 방심은 금물이고 삽질은 의무이다. 모래와의 사투가 이 여자와 마을 사람들의 숙명이다. 위에서 내려주는 밧줄 사다리 없이는 지상으로 나갈 수 없다. 그걸 알면서도 남자는 끊임없이 탈출을 꿈꾼다. 그렇지만 이런 식으로 끌려와 갇힌 사람 중에서 탈출에 성공한 사람은 아무도 없다. 절망적 상황이다. 남자는 절규한다. 모래의 전문가로서 그리고 곤충 전문가로서 그가 이곳에 온 것은 무료한 일상을 탈피하기 위함이었다. 그런데 그보다 더한 덫에 걸려들어 버린 것이다. 이전

세계에서의 삶의 의무와 번거로움, 쳇바퀴 도는 듯한 반복성은 여기에서의 그것에다 비하면 아무것도 아니었다.

생필품이 내려질 때를 기다렸다가 여자를 묶고 인질로 삼은 채 모래를 퍼내지 않겠다고 시도한 파업도 성공하지 못하고, 치밀한 계획에 따라 시도한 단 한 번의 탈출도 모래 소용돌이에 휘말려 죽음의 문턱까지 갔다가 구조되면서 실패로 끝나고 만다. "별이 없으면 도망칠 재미도 없다"는 말은 도망을 꿈꾸는 과정에서 나오는 말인 듯한데, 정확한 표현은 찾아내지 못했다. 별에 관한 대화가 책 107페이지에서 제법 길게 진행되고 있긴 하지만 말이다.

별이 뜨지 않는 밤은 안개로 인해 바람이 불지 않는 밤이므로 모래가 덜 흘러내린다는, 그래서 마을 사람들의 모래에 대한 경계 자세도 좀 느슨해진다는 의미인 것으로 생각된다. 별이 뜨는 밤은 바람이 세게 불어 모래가 많이 쌓이므로 그 모래를 치우기 위해 동네 사람들이 다 나오게 되고 그러면 도망가는 조건은 더 어려워지게 된다. 별 뜨는 밤의 도망 감행 신장감을 말하고자 함인 것 같다. 그건 또 인간이 처한 한계 상황을 이르고자 하는 말 아니겠는가 하는 생각이 든다.

그럭저럭 반년의 세월이 흐르고, 남자가 우연히 모래의 모세관 현상으로 유수 장치를 발명하게 된다. 그리고 여자는 자궁 외 임신으로 사경을 헤매게 된다. 여자는 마을 사람들에 의해 급히 병원으로 옮겨지게 된다. 경황없이 여자와 마을 사람들이 떠나고 난 뒤 그렇게도 갈망했던 밧줄 사다리가 늘어져 있는 것을 발견한 남자가 중얼거린다. 도망칠 절호의 기회다. 그러나 남자는 "도망칠 방법은 다음 날 생각해도 무방"하다면서 도망칠 생각을 스스로 버린다.

여자는 남자가 그토록 찾아 헤매던 곤충이었다. 아니면 남자 자신이 바로 그 곤충, 그토록 채집하기를 바란 바로 그 곤충인 셈이었다. 7년 후 가정법원 가사 조정관은 부재자 니코 준페이를 실종자로 선고한다. 소설은 여기서 끝난다. 그는 불모지 사막에서 생존하는 희귀 곤충을 채집하여 자기의 이름(존재)을 남기려다가 오히려 자기의 존재를 잃고 만다. 존재는 이렇게 지워졌다.

일본 측 학장 일행의 안내에 따라 내려온 해변의 건물은 시멘트 생산 공장을 연상케 했다. 민가는 한 채도 없는 외진 곳이었고 온천지라고 볼 수 있는 무엇은 아무것도 없었다. 영락없는 돌가루 공장 아니면 연탄공장 같은 허름한 건물이었다. 게다가 해변의 노래는 온통 검으니 연탄공장이라고 생각해도 무리는 아닐 성싶었다. 아무리 그렇게 생각하려 해도 이 집은 20m 모래 구덩이 속의 금방 쓰러질 늦한 『모래의 여자』 집과는 달랐다. 모래찜질 온천 매표소, 매점이었다. 물론 이곳이 모래찜질 온천이라는 말을 듣긴 했다. 그래도 나는 연탄 창고 아니면 시멘트 포대를 쌓아 둔 창고라는 생각으로 건물 뒤로 돌아갔더니 그게 아니었다. 모래의 여자들이 사람을 모래 속에 파묻고 있었다. 모래 탕이었다. 모래의 여자를 여기서 만난다. 여자들이 눕는 사람들을 계속 파묻고 있다. 생각은 나를 다시 모래의 여자 곁으로 끌고 간다.

그 소설은 나에게 모래를 다시 보게 했다. 그리고 모래의 의미를 다시 생각하게 했다. 작가는 모래의 본질을 유동성으로 봤다. 유동하는 모래의 이미지는 그(작가 그리고 주인공)에게 뭐라 말할 수 없는 충격과 흥분을 불러일으켰다. 모래의 불모성은 건조함에 있는 것이 아니라 유동성에 있다. 모래는 그 유동성으로 인해 어떤 생명도 받아들이지 못한다. 내내 매달려 있기만을 강요하는 현실의 답답함에 비하면 모래의 유동성 이것은 얼마나 큰 신선함인가? 작자는 주인공에게 이렇게 말하게 했다.

샤를르 드 푸코의 '사막의 영성' 개념을 내 모르는 바는 아니지만, 사막의 여자를 통하여 모래의 의미를 생각하게 된 것은 가고시마 최남단 여행길의 소득이었다. 나는 감금되지 않았다. 모래 웅덩이 집도 없었다. 저

건물 둘은 튼튼한 콘크리트 구조물이다. 하지만 언덕은 모래언덕이었고 바람은 끊임없이 모래를 유동시키고 있었다. 『모래의 여자』 상황을 연상시킬 만도 했다.

서 있으니 발이 금방 따뜻해진다. 구두의 밑창도 모래의 뜨거움을 막지 못했다. 햇빛 때문에 뜨거워진 모래가 아니다. 물론 막 시작하는 10월인데도 한여름 못지않게 햇볕은 따가웠다. 카뮈의 『이방인』에서의 뫼르소의 눈을 부시게 한 그 정도의 햇살은 아니었는지 모르지만. 바로 저 뒤의 활화산, 사쿠라지마 때문에 모래는 온통 달구어져 있다고 했다.

아베 코보의 『사막의 여자』를 로맹 가리의 『새들은 페루에 가서 죽는다』와 비교하는 생론가도 있었다. 인간의 신존적 상황을 극한까지 몰고 간다는 점에서 공감이 갔다. 바다 끝 버려진 땅이 무대라는 점도 닮았다. 희망이 없는 사람들이 만들어 내는 희망의 빛이 가늘게나마 보인다는 점도 닮은 것 같다.


『새들은 페루에 가서 죽는다』는 시시포스의 신화를 연상시키지 않았지만 『사막의 여자』는 그 신화를 연상시켰다. 끝없는 반복, 그것은 시시포스의 운명이고 나의 운명이다. 내 삶의 자리(Sitz in Leben)에서의 일상을 잠시 벗어나 이곳 모래언덕으로 왔지만 나는 내일이면 또 나의 일상으로 돌아가야 한다. 『모래의 여자』 주인공은 3일간의 휴가였는데 나도 지금 3일간의 여유를 보내고 있다. 남은 이틀 동안 모래 늪에 빠지지 않으면 납치되지 않고 무사히 돌아간다. 조심조심 걸어 나왔다. 모래찜질하지 않았다. 그럴 시간이 없었다. 잠시 서 있던 것만으로도 만족했다.

둘,

도끼 목 리본

내 안에 부는 바람

도끼 목 리본

못 들어간 공고지

저 곳에 내가 섰던가

# 내 안에 부는 바람

## 조촐한 어항

산뜻하게 출발한다. 통영에 가는 길이다. 하기야 나의 발걸음이 출발지에서 산뜻하게 떼이지 아니한 적은 거의 없다. 나서는 기분은 좋다. 거의 늘. 그렇다고 내게 역마살이 끼어 있는 것은 아니다. 빅정리 신생은 어느 글에서 시기를 조촐한 어항이라고 불렀다. 오래전에 읽은 글이다.

도착했다. 들어서면서 보니 거리가 조촐하지 않다. 도시 초입이 꽤 붐볐다. 물론 길이 병목이어서 그렇다. 하지만, 어항에 와서 보니 오전이어서 그런지 덜 붐빈다. 조촐한 거리라는 생각이 들었다. '통영 김밥'을 잘하는 집을 물었다. 통영 김밥이라는 상호가 붙은 집은 다 잘한다고 한다. 두 번째 사람도 그렇게 말했다.

할아버지 한 분이 빨래를 널고 있다. 다가갔다. 가까이 가서 보니 너는 것은 빨래가 아니었다. 찢어 까발린 생선이었다. 칼질한 생선을 빨래 널듯 퍼 널고 계신 할아버지에게 세 번째로 물어보아도 대답은 마찬가지다. 대답하는 할아버지의 얼굴이 너는 생선 살처럼 깨끗하고 화사했다.

남쪽 나라 통영의 한겨울 오전 햇살은 눈에 부셨고 추웠지만 따뜻했다. 바다의 푸른색은 깊고도 깊었고 닻을 내린 배들의 깃발은 더욱 펄럭이고 있었다. 길가로 줄지어 선 열대 나무들은 겨울옷을 몸에 두르고 있었지만 그래도 푸른 잎을 또 푸른 하늘에 담그고 있었다.

노인의 얼굴은 그가 너는 생선의 속살만큼 희었다. 세월은 사람을 얼룩 지우기도 하지만 또 그 얼룩을 표백시키기도 하는 모양이다. 말을 건네니 순순히 대답해 준다. 무표정이었지만 따스한 음성이었다. 따스한 음성으로 말미암아 그 무표정은 온기 도는 표정으로 되었다.

지붕의 빨간색과 벽의 흰색, 바다의 쪽색이 선명히 대비되어 도시색을 이루는 곳이 이곳이라는 생각을 해 봤다. 와서 보니 흰 벽 붉은 지붕이 유달리 많다. 빨주노초파남보를 염불 외듯 외워 보았다. 아쉬운 점은 '나폴리'가 붙은 상호가 눈에 많이 띄는 점이었다. '동양의 나폴리'라는 말도 귀에 거슬리는 표현이다. 비교하지 않아도 그대로 아름다운 통영항 아닌가.

"우리 통영은 먹거리가 바다에 지천으로 널려 있고 기후 또한 온화하며 사람들은 개방적이어서, 외지 사람들을 닭이 알 품듯 잘 품어요"라고 김밥집 아저씨는 침 튀기면서 말했다. 그게 그런지 살아 보지 않아서 잘 모르겠다. 이곳을 여러 번 다녀갔지만 당한 불친절은 한 번도 없다. 잘 품는다는 말에 수긍이 간다. 섬과 바다, 또 해안선을 통영은 잘 품고 있다. 그런 점에서 통영은 조촐한 어항이었다. 아담하고 깨끗하며, 깔끔하고 얌전한 것, 말쑥하고 맵시 있으며 호젓하고 단출한 것이 조촐한 것 아니던가.

## 그 섬의 겨울나무

정월 초순, 참 추웠다. 잔 잠자리를 빨리 박차고 일어났다. 우리 가족이 우리 아이들 막내 이모네 가족과 함께 온 통영이다. 이불을 개고 서둘러 일찍 밖으로 나왔다. 한산섬에 가는 배를 타기 위해서였다. 선창에 부는 바람이 몹시 추웠지만 그래도 배를 탈 때 바다는 푸르렀고 바람은 상쾌했다. 한산섬으로 가는 동안 배 뒤로 바다는 하얀 물거품을 일으키며 세차게 갈라졌다. 도착한 한산섬, 몇 번 다녀간 섬인지라 새로울 것이 없었지만 그래도 이 섬만큼 걷기에 좋은 섬이 또 어디 있느냐는 생각을 하면서 걸었다. 섬을 거닐 때 상쾌함을 동반하지 않을 때가 있던가? 수면과 비슷한 높이의 길은 바다를 더욱더 가까운 지기로 만들어 주었다.

이문구의 『내 몸은 너무 오래 서 있거나 걸어왔다』에서의 단편들은 나무 시리즈다. 장평리 찔레나무, 장석리 화살나무, 장이리 개암나무, 장동리 싸리나무, 장척리 으름나무, 장곡리 고욤나무 등. 그의 소설 제목은 김명인의 시 「의자」에서 따온 것이라고 한다. 걷다 보니 나무들을 보게 된다. 서 있는 나무, 감고 올라가는 나무, 감긴 나무, 나무 같지 않은 나무가 눈에 띈다. 한산섬에 희귀종이 있는 것은 아니다. 오늘따라 나무가 눈에 띄었다고 말하는 것이다. 소나무, 동백, 팔손이나무, 후박나무 등은 물론 아는 나무다. 유달리 밀착해 있는 나무는 연인 사이로 보였다.

이문구에게 왜 제목들을 나무로 했는지 물어봤더니 "나는 나무 같지 않은 나무들이지. 덩굴인가 하면 덩굴도 아니고, 풀 같기도 한데 풀은 아니고. 예를 들면 고욤나무는 과일이지만 과일 축에 못 끼는 나무가 아닌가. 하지만 숲을 이루는 데는 다들 한몫씩 하는 나무들이지. 꼭 소나무나 전나무처럼 굵고 우뚝한 나무만이 숲을 이루는 것은 아니지 않은가. 한마디로 있는 듯 없는 듯 존재 가치가 희미한, 사람으로 치면 무지렁이 촌사람들의 이야기라고 할 수 있지"라고 했다고 한다.

동백나무가 서 있다. 초라한 동백이다. 그래도 잎은 햇살로 윤이 난다. 뒤마의 소설 『춘희』, 베르디의 오페라 〈라 트라비아타〉가 동백과 더불어 생각난다. 우리말로 하면 '동백 아가씨'라던가. 동백은 질 때도 꽃이다. 선운사 고창 사람들은 동백꽃에도 제사를 지낸다고 한다. 맞는지 모르겠다.

소나무를 본다. 우리네 산을 그 산이 척박할 때부터 지켜온 소나무다. 섬도 지킨다. 소나무 한 그루가 아래 물에 닿으려고 애쓰고 있다. 이르려고 쓰는 애다. 소나무는 팔을 뻗을 수 있는 데까지 뻗쳤으니 물이 좀 일어서 주면 서로 닿을 것 같다. 그러고 보니 물은 일어서지 않는다.

참나무일까? 의연하고 고고하다. '마이 웨이'라더니 저 나무, 누가 뭐래도 제자리, 제 방향을 제 의지로 지키려는 자세다. 나무가 가리키는 곳

등대, 흰 등대 거북 등 뒤로 통영항이 있다. 흔들리는 나무들 또 부드러운 대나무들의 손짓을 보니 청마 시인의 "노스탤지어의 손수건"도 생각난다.

## 벗었을까 벗겼을까

거제도는 큰 섬이다. 그리움을 피어 올리는 아련한 섬과 같은 그런 작은 섬이 아니다. 동경과 그리움은 언덕에 서서 바라볼 때 그 섬이 수평선 가까이 자리하고 있을 때 더 피어오른다. 거제도가 한눈에 조망되는 육지의 언덕이나 섬이 어디 있는지 모르겠다. 섬은 작아야 더 아름다운 것 같다. 하지만 거제도를 향한 그리움이 없는 것이 아니다. 작은 섬을 향한 것처럼 모락모락 그리움은 아니지만, 문득 생각하면 떠오르는 아련한 그리움은 있다.

출발하는 날 정월 초순 아침은 추웠고 맑았다. 진주의 문산에서 고성으로 가는 길로 들어섰다. 들길이다. 산을 옆으로 두고 뻗어 있는 도로, 포장도로, 그 포장도로의 까만색은 늘 상쾌하다. 대가 못으로 가는 고갯길이 통영으로 가는 고속도로 공사로 말미암아 파헤쳐지고 헝클어져 있는 것이 안타깝지만, 그래도 고성을 지나 거제대교 입구가 있는 통영으로 가는 길은 산뜻한 겨울 길이었다.

가는 도중 오른편에서 바다가 또 사량도 들어가는 배가 출발하는 선창 안내판이 보였을 때, 가던 길을 중단하고 그 섬 사량도에 가고 싶다는 충동이 있었지만, 혼자의 길이 아니라 함께 가는 길인지라 선뜻 배표를 끊으려 내려가지 못했다.

통영에 올 때마다 느낀 것은, 이르는 길 주변엔 황토밭이 많다는 거였다. 가까이 올수록 황톳빛 붉은색이 나를 감쌌다는 거였다. 그건 이번에도 마찬가지이다. 황토의 속살이 밭 곳곳에서 드러나고 있었다. 거제대교에서 오른편으로 들어섰다. '폐왕 성'과 '청마 유치환'의 생가를 안내하는 표식이 기다리고 있다가 나를 안내한다.

　폐왕 성은 고려 시대 어느 왕이 무신을 무시하고 문신만 싸고돌다가 정중부에 의해 쫓겨난, 말 그대로 폐왕이 된 후 삼 년 동안 머문 흔적을 담고 있는 성이었다. 찾아 들어갔지만, 그 성에 이르지는 못했다. 가까이 갔지만 너무 좁은 길을 신뢰할 수 없어 돌아 나오고 말았다. 둔덕면 방하리라고 하는, 바로 폐왕 성으로 가는 입구 마을의 바로 아랫마을에 유치환의 생가가 있었다. 말하자면 시인의 마을로 찾아들었다.

　도착하여 보니 찾아온 사람이 우리 식구뿐이었는지라 한적했다. 그래서 조금은 을씨년스러웠고. 하지만 집을 둘러싼 돌담은 한 가지런히 쌓였고 담 안의 마당 빗질 상태와 전시하는 소도구 정돈 상태는 정갈했다. 담 밖으로 나와서 '청마 생가'라는 표지판을 다시 봤다. 초록색 바탕칠과 흰색 글자색이 온통 벗겨져 나가고 없었다. 철판에 남은 글자 흔적이 '청마 생가' 글자를 만들고 있었다. 초록색 바탕칠과 흰색 글자 칠을 누가 벗겼을까? 스스로 벗은 걸까?

　물론 그걸 몰라 반문한 건 아니다. 바람과 세월에 시달린 그런 모습의 이정표가 색다르게 눈에 확 들어오기에 해 본 반문일 따름이다. 한참 지난 후에, 청마 생가가 새로 단장했다는 소식을 눈으로 확인했다. 그 이정표도 아마 없어졌을 것이다.


### 내 안에 부는 바람

　유치환 생가를 출발하여 해금강에 이르는 동백 숲으로 왔다. 들어가 볼 요량으로 속도를 줄였지만 주차할 곳이 마땅치 않았다. 도로 아래위가 다 동백나무 숲이었지만 철망으로 접근을 막고 있어 들어갈 수도 없었다. 가속 페달을 서서히 밟으면서 보니 동백꽃 필 기미는 보이지 않았다.

　해금강이 내려 보이는 언덕까지 차는 곧장 달려왔다. '바람의 언덕'이라는 안내판이 서 있는 곳이다. 과연 그 이름에 걸맞게 바람이 세차다. 전망대에 서 보기도 전에 몸이 공중에 떠 버릴 것 같다. 그날은 겨울, 그중에서도 더욱더 추운 겨울날이었으니 바람이 탄력을 더 받았을 수밖에. 물론 평소에도 이곳 바람은 거세다고 했다. 광풍이라고 불러야 하나. 질풍이라고 불러야 하나.

앞의 해금강을 보고 있는 동안 〈바람과 함께 사라지다〉의 바람, 『폭풍의 언덕』의 바람 또 하와이 바람의 언덕에서의 그 바람이 생각났다. 하지만 내 생각을 바람에 매단 것은 무엇보다 '내 안에 부는 바람'과 '내 안에 우는 바람'이었다.

'내 안에 부는 바람'은 제주도 바람의 작가 김영갑의 바람이다. 그는 어느 하나에 진득하니 몰입하지 못하고 방방곡곡 바람처럼 떠돌았다고 했다. 그는 자기 안에서 부는 바람을 어쩌지 못해 전국을 떠돌다가 바람 타는 섬, 제주에 정착했다. 제주의 바람에 홀려 20년 동안 바람을 쫓아다녔다. 동서남북, 섬 중의 섬, 바람 지나는 길목에서 질기게 생명을 이어가는 나무처럼 풀처럼 시련을 온몸으로 견디며 세상을, 삶을 느끼려 했다. 그는 그에게 다가오는 어떤 시련도 피하지 않고 정면으로 마주했다. 바람이 지나가는 길목에서 눈·비·바람에 시달리며 꽃을 피우고 열매 맺는 나무와 풀을 지켜보며 강인한 생명력을 닮으려 했다. 그는 제주도의 야생초는 태풍을 두려워하지 않음을 보았다. 쓰러져 뿌리가 뽑혀도 왕성한 생명력으로 꽃 피우고 열매 맺음을 보았다. 그가 A급 태풍이라고 이름 붙인 루게릭과 맞선 지도 어언 5년, 그날도 밖의 제주도 바람은 불었고 그 바람 속의 바람을 잡으려는 자기 안의 바람도 불었다. 몸의 바람은 어떤가. 계속되는 몸의 바람에 정신은 몽롱해져 가고 있었다. 루게릭에 의해 육신과 마음은 망가지고 있었다. 치료 방법이 없기에 마냥 지켜볼 뿐이라고 했다. 혼란스러운 마음을 다독이며 평상심을 찾으려 할수록 마음은 얽히고설키었다. 그는 밖에서 불어오는 바람은 쉽게 피할 수 있지만 내 안에서 부는 바람은 피할 방법이 묘연하다고 힘겹게 말했지만

절망하진 않았다.[4]

　'내 안에 우는 바람'은 전수일의 영화 바람이다. 3부작인데 1부는 '아이' 편으로서 그 제목이 〈말에게 물어보렴(Ask the Horse)〉이고, 2부는 '청년' 편인데 그 제목이 〈내 안에 우는 바람(Wind Echoing in My Being)〉[5] 이다. 3부는 '노인' 편으로서, 제목이 〈길 위에서의 휴식(Rest on the Road)〉이다. 이 영화를 부산국제영화제 때에는 보지 못하고 다른 기회에 보게 되었다.

　줄거리는 대개 이렇다. 꾸는 꿈을 책으로 내려는 청년이 비몽사몽간에 꾸는 꿈들을 소형 녹음기에 녹음한 뒤 노트에 옮겨 적는다. 청년은 여사와 함께 자신의 고향인 녹소에 가서 초등학교를 방문하며 과거를 더듬는다. 여행 후 청년은 노트에 자신의 꿈을 완성한다. 그러나 그는 책 출간이 부질없다고 생각하며 노트들을 불태우고 집을 나선다.

　내 안에 부는 바람과 내 안에 우는 바람은 어떻게 다른 걸까. 물론 '부는 바람'이고 '우는 바람'이라는 점에서 확실히 다르다. 하지만 '내면의 울림'을 말하는 점에서는 같은 바람일 것 같은 생각도 든다. 그럼 타자의 그것들 말고 지금 말하고 있는 나, 내 안의 바람은? 해금강이 아래로 보이는 이 언덕, 겨울 이 언덕의 바람은 서 있을수록 더 세게 내 몸을 때린다. 마음도 흔든다. 흔들리는 마음은 표류하는 마음이기도 하지만 각성하는 마음이기도 하다. 버텨 보지만 더 오래 서 있을 수가 없다. 저항을 멈추고 돌아섰다. 돌아서니 바로 눈에 들어오는 건 동글동글 무덤들이다. 언덕의 바람은 직선이었지만 뒷산의 봉분들은 유연한 곡선이었다. 바람도 거기서는 순해지는 것 같았다.

---

4)　'사진작가 김영갑이 제주바람 찍은 까닭',《경향신문》, 2004.5.11. 참조.
5)　제1회 부산 국제영화제 와이드 앵글 부문 최우수 작품상 수상작이며 제50회 칸 영화제 주목할 만한 시선 부문 외 여러 영화제의 초청작이었다.

# 도끼 목 리본

    거제도에 간다. 펜션 '시인의 마음'에 가는 길이다. 어쩌다 알게 된 천포 문학회 모임 일로 간다. 문학인들 모임에 내가 합류하는 건 이 천포 문학회가 처음이다. 오래전 얘기다. 정월 토요일 오늘, 부산에서 출발하여 서마산 나들목을 거쳐 고성읍을 지났다. 거기로 가는 국도에 지금 내가 있다. 동해면을 지난다. 정태춘, 박은옥의 「봉숭아」를 듣고 있다. 벌써 여러 번째 반복이다. 파릇한 보리가 겨울을 견디고 있다. 너른 들판엔 흰 비닐로 포장한 짚동들이 일광욕을 하는지 드러누워 있다. 모습들이 참 평온하다. 흰색 포장 짚동들이 마시멜로 같다. 시간적 여유를 가지고 오는 길이고 혼자 오는 길인지라 나는 '봉숭아'로 표상되는 그 여름의 상념에 젖어 들고 있었다. 거제대교를 향해 가는 길에 읍도와 연도라는 작은 섬이 보이는, 사량도를 오가는 배를 대는 선착장 못 미쳐 있는 언덕에 차를 댔다. 휴게소에서 잠시 머물렀다는 말이다. 학섬 휴게소다. 동백꽃과 갈잎 사이로 보이는 바다는 푸르다. 손에 쥔 종이 커피잔이 따스하다. 홀짝홀짝 마시면서 걸어가 비켜선 구석은 바로 그 아래에 바다가 보이는 곳이다. 보이느니 사량도 또 신수도. 멀다. 동백꽃 두어 점이 시선을 아래로 끌어내린다. 붉은 점점 선홍이다.

    비켜섰던 구석에서 내 차가 서 있는 곳으로 가기 위해 돌아섰다. 또 다른 선홍이 눈에 들어온다. 도끼 목 리본이었다. 예사롭지가 않다. 장이모, 공리의 영화 〈국두〉에서의 염색물 붉은 천처럼 휘황하진 않았지만, 카르멘 투우사 붉은 그 깃발처럼 혼미하게 하지는 않았지만 선명하긴 그것들보다 못하지 않다. 국도변 휴게소인데 어찌 된 셈인지 막 팬 듯한 장작과 그 곁의 큰 나무 밑동에 붉은 리본을 맨 도끼가 꽂혀 있지 않는가. 그게 내 눈에 포착되었다. 예사롭게 보이지 않았다. 도끼질은 평온한 행위가 아닌데 그 도끼에 찍힌 사물은 평온한 정물이다. 찍은 도끼와 찍힌 밑동은 사랑하는 사이? 폭력적 관계? 피해자와 가해자? 아무튼 도끼의 저 리본도 봉숭아 빨간색인지라 눈에 확 들어온다. 1974년 그 여름의 그 색, 진홍색과 같은 색이다.

그 여름으로 돌이긴다. 그때 함께한 사람들의 얼굴이 하나도 떠오르지 않는다. 이름들은 그때도 몰랐으니까 지금 생각나지 않는 것은 지극히 당연한 일이고. 그런데 서너 명의 모습은 지금 어렴풋이 그려진다. 그 가운데 한 사람의 얼굴이 눈앞에 떠오른다. 도끼 목 리본 때문이다. 그 해 여름의 공고지와 그곳의 캠프파이어 몽돌 해변이 회상된다. 우리는 추억이라는 이름으로 마음에 자리한 주제들을 가지고 있다. 그것은 대개 이십 대 전후의 일들인 것 같다. 나에게 그것은 1970년대 전후의 것들이다. 많지 않다. 그때 나는 운신의 폭이 아주 좁은 삶을 살고 있었기 때문이다. 겨우 몇 개인데 그래서 더욱더 아련한 몇 개다.

1972년 5월에 나는 군 복무를 마치고 복학했다. 복학한 계절은 아카시아가 송이로, 다발로 눈부시게 피던 계절이었다. 그리고 1974년 여름에 거제도의 외진 곳 공고지 몽돌 해변에서 펼쳐지는 캠프파이어에 합류하게 되었다. 한번도 가 본 적이 없는 곳 거기서 말이다. 와현 해수욕장이니, 예구니, 공고지이니 하는 지명도 그때는 몰랐었고, 몰랐을 뿐 아니라 그 이후로도 오랫동안 알지 못했는데 또 그 한참 이후부터 지도를 통해서나 탐문을 통하여 알게 되었다.

젊은 시절의 여름 바다는 그 바닷가 바위에 부딪혀 부서지는 하얀 포말처럼 누구에게나 아련할 것이다. 나에게는 더욱 그랬다. 그 여름의 그때 그 캠프는 부산의 Y 성당의 또래 젊은이들이 펼치는 거였는데 성당이라는 인연으로 구성원이 아닌 내가 함께하게 된 캠프였다. 알지 못하는 사이였지만 그런대로 나는 스스럼없이 어울렸다. 물론 겉으로는 그랬지만 속으로는 위축되어 있었다. 그때 나는 삶의 방향이 잡히지 않아 속으로 헤맬 때였기 때문이다.

위축된 마음의 벽이 허물어지고 감정이입이 된 때는 마지막 밤의 캠프파이어였다. 그 시절은 통기타 반주의 바다, 해변 모닥불 등의 노래들이 유행할 때였는데 그 캠프파이어 때 함께 부른 "모닥불 피워 놓고 마주 앉아서 우리들의 이야기는…"이라는 노래는 그 해에 만들어져서 막 퍼지기 시작한 노래였다 캠프 송으로 참 어울리던 잔잔한 노래였다. 춤이면 춤, 운동이면 운동 등 몸동작이 젬병인 나도 모닥불 타는 장작을 가운데 두고 빙 둘러앉아 손뼉 치며 함께 부르는 노래에 나도 모르게 내 소리를 섞게 되었다.

빨간 셔츠와 초록 셔츠를 번갈아 입던 한 아이가 일행 가운데 있었다. 그 옷 색깔 때문에 눈에 띌 수밖에 없었다. 내가 회상하는 공고지는 그 아이와 이어지는 공고지이나. 원색의 이미지였다. 몸동작과 언어 동작이 극단적이라고 말할 수 없지만 아주 강렬했다. 냉랭한 침묵과 끓는 정열을 번갈아 보였다. 캠프가 끝나기 하루 전부터 갑자기 더 활달했다. 물장난도 활발하더니 불놀이 때도 그랬다. 물 재주나 춤 재주, 통기타 재주 등 재주라고는 도대체 없는 나를 놀이에 확 끌어들인 것은 그 애였다. 한 이틀을 함께 했으니까 눈인사나 말인사를 나눌 때쯤 되었을 때부터 그는 활발하게 움직이고 활발하게 말 건네 왔다. 실제로는 그렇지 않았는데 내가 지금 과장하여 회상하거나 착각하고 있는지도 모르긴 하지만.

공고지에서 3박 4일을 그렇게 보내고 진주를 거쳐 서울로 돌아왔다. 그리고 좀 후인 9월 초입에 부산에서 소식이 왔다. 봉숭아 꽃잎 색깔의 셔츠, 진홍과 초록의 원색으로 이미지화되어 있는 그가 죽었다는 것이다. 스스로 택한 죽음이라고 했다. 자기 아파트 베란다에서 떨어져서 세상과 이별했는데 연세 많으신 부모님 아래서 가정 사정으로 대학을 진학하지 못한 것에 대해 평소에 크게 비관하고 있었다고 했다.

도끼 목의 리본이 동백꽃 잎으로도 봉숭아 꽃잎으로도 보였다. 한참 보고 있으니 너무 오래 보고 있다는 생각이 보고 있는 생각을 습격했다. 발길을 떼었다. 다시 한번 돌아보고는 시동을 걸었다. 죽음은 숙연하다. 누구의 어떤 죽음이라도. 죽음에 대한 회상은 내 죽음에 대한 회상이 아니다. 하지만 타인의 죽음이 나의 죽음 이미지이고 타인의 죽음 회상이 내 죽음 회상이기도 하다.

들고 있던 커피를 마저 마셨다. 다 식었다. 그런데도 커피 맛이었다. 출발했다. 좀 후 거제도 오송리 '시인의 마음'에 도착하게 될 것이다. 도끼 목 리본이 눈에 자꾸 아련했다. 그것은 스스로 택해 단숨에 꺼져 버리는 결단 이미지였다. 볼수록 선홍인 그것은 원색의 그 셔츠 같기도 했다. 이런저런 생각을 하는 중에 거제대교른 거니 사곡삼거리까지 와서는 우회선하여 오송 마을로 왔다. 오송 마을에는 오늘 밤 내가 머물 '시인의 마음'이 기다리고 있었다.

# 못 들어간 공고지

## 무대 그곳은

'시인의 마음'에 도착했다. 겨울이지만 부는 바람은 그리 차지 않았다. 그렇다고 봄 냄새를 묻혀 오는 바람도 아니었다. 하지만 훈풍인 것은 사실이었다. 도착했을 때 내가 시인은 아니지만, 시인으로 여겨졌다. 내 심중은 어느 정도 시인의 마음으로 변해 갔다. 동화되어 갔다고 말하는 게 더 맞는다.

시인의 마음이란? 누가 나에게 시인의 마음이 어떤 마음이냐고 물으면 대답하지 못하겠다. 한 자연인으로서의 시인의 마음은 그의 마음인 거고, 정색하고 물어보는 시인의 마음에 대한 대답은 좀 더 알맹이가 있는 대답이어야 하기 때문이나. 말히가면 시인의 시인성(詩人性)을 드러내 줄 수 있는 내포 혹은 외연을 드러내 주어야 하기 때문이다.

이래저래 시인의 마음 그 의미를 알아듣기 쉽지 않고 또 그 마음을 끌어내 풀이하기가 쉽지 않다. 다만, 시인의 마음을 느낄 뿐. 예이츠가 이니스프리를 동경하듯이 나도 섬을, 섬의 '시인의 마음'을 동경할 뿐. 거제도 오송 마을의 '시인의 마음'은 "코앞 섬의 칠흑 같은 밤 하염없이 울고" 있다고, "뻐꾸기 소리. 당신의 그 뜻 있는 울부짖음으로 인해 이렇게 봄의 새벽은 하얗게 오나"[6] 보다고 말하는 듯 파도 소리 함께 출렁이고 있었다. 시인의 마음은 그렇다면 출렁이는 마음인가?

---

[6] 김보한의 「봄의 새벽」에서 발췌.

예이츠는 이니스프리로 갔다. 나는 오늘 거제도로 왔다. 예이츠는 이니스프리를 그리워했다. 난 외진 해변 공고지를 못 잊었다.

오송리 '시인의 마을' 무대는 교향악을 연주하고 있었다. 바다 교향악이다. 사람이 연주하면 무대는 자리를 내어 주지만, 지금 사람이 없으니 무대는 또 소나무는, 솔바람 소리는, '시인의 마음' 언덕 옆으로 보이는 대숲의 서걱거리는 댓바람 소리는 빈 무대의 지휘받으며 바다를 위무하고 있었다. 허허바다이다.

무대? 무대 그곳은 떠날 곳일까, 돌아올 곳일까? 어쩌다 접한 공연 전단의 풀이이다.

이야기는 그녀에 대한 그의 회상으로부터 시작된다. 그는 그녀가 무대에서 노래를 부르다가 쓰러졌다는 소식을 듣는다. 그녀가 찾고 있다는 말을 듣고 병원으로 갈 준비를 하면서 과거를 회상한다. 크리스마스 전날 밤이다. 그는 고향으로 돌아가기 위해 버스를 기다리다 작은 바에 들른다. 무대에서 고아인 그녀의 노래를 듣고 무엇을 느끼게 된다. 그는 그녀와 함께 밤을 보내게 되고 결혼하게 된다. 그러나 두 사람의 결혼 생활은 결코 오래가지 못한다. 결국, 그녀는 다시 무대를 찾아 떠난다. 그녀는 언제나 행복한 생활을 하고 있다고 하지만 사실은 감당할 수 없는 고독과 회의감으로 무대에 더는 설 수 없을 지경이 되고 결국은 자살을 시도하다 병원으로 입원하게 된다. 다시 두 사람은 재회하게 된다. 그들은 다시 만났지만, 또다시 밀려오는 삶의 상실감으로 헤어지고 만다. 만남과 이별의 반복만이 있을 뿐 결코 정착하지 못하는 그들의 이미지가 마지막 무대를 장식하게 된다.

— 빌 해리스의 〈미친 사랑에 키스하다〉 요약 글

다시 묻는다. 무대는 떠나는 곳인가, 돌아오는 곳인가? 현상적으로 말해 보자. 무대는 잠시 머물다 떠나는 곳이다. 그런데 그녀를 봐라. 다시 돌아오지 않는가.

'시인의 마음' 그 빈 마당을 허허 바람과 더불어 잠시 노닐다가 다시 나섰다. 모이기로 한 문학회 회원들이 도착하려면 아직 멀었다. 여차, 홍포를 지나 팔색조 우는 동백 숲의 몽돌 해수욕장을 지나, 구조라 해수욕장으로 가서는 바다 좀 살피다가, 와현 해수욕장으로 거쳐 예구 마을에 도착해 공고지로 가는 길을 묻고, 물어 알아낸 다음 거기로 들어갈 심산이었다. 11시에 감자라면 한 그릇으로 채운 배는 제법 고프다. 곧 나는 일몰의 고갯길을 넘어가게 될 터이다. 그러면 "방랑자, 고행의 방랑자"로 될까. 하늘에 비낀 노을 바라보며 '시인의 마음'에서 시인의 마음에 밤이 오는 소릴 듣게 될 터인가.

## 선홍색 입술

오송리 '시인의 마음'에서 길을 나선 후 저만치 가다가 지도를 펼쳐 확인하니 지금 내가 찾아온 오송리 '시인의 마음'은 서부지역이고, 내가 찾아가려고 하는 '공고지'는 동부 지역 끝이다. 그런데도 반대편 시인의 마음으로 먼저 온 것은, 이곳의 위치를 확인해 두기 위해서였다. 거제도를 이리저리 다니다가 밤에 들어올 예정이기 때문이다. 확인한 후 여차 몽돌 해수욕장을 지나 홍포만이 있는 망산으로 가기 위해서였다. 물론 여기서 제일 남쪽의 산이 망산이라는 것은 나중에 알았다.

남쪽 길을 따라 조금 내려오니 길가에 동백나무가 즐비하다. 동백나무 아래에는 동백꽃의 죽음이 또한 즐비하다. 그냥 지나칠 수가 없어서 지만치 가다가 차를 돌려 그 자리로 와서는 차를 세웠다. 다니는 사람도 없고 지나가는 차량도 뜸하다. 동백과 떨어진 꽃송이와 나와 바람이 있을 뿐. 선홍의 동백, 선홍의 죽음…. 동백은 "메리의 선홍색 입술(Lips like Cherries)"을 생각나게 했다. "고향 마을은 예전 그대로 변함이 없어 보이네. 열차에서 내려서며 보니, 어머니와 아버지도 마중 나와 계시네. 그리고 길 아래쪽을 보니 메리가 뛰어오고 있네. 금발 머리와 선홍색 입술의 메리가. 고향의 푸른 잔디를 만지니 이렇게 좋은걸.”[7]

두고 갈 수 없어 한참 보고 있었다. 두고 가는 동백, 선홍의 송이들을 서서 한참 내려 보다가 다시 두어 번 돌아보다가 그곳을 떠났다. 넘어가는 해가 길을 재촉하였다. 여기 이 해변 마을 이름이 ‘영복’인지 ‘영월’인지 모르겠다. 선홍의 동백을 두고 조금 내려와서 머문 바다로 생각되니 오송에서 더 가까이 있는 ‘영복’이라고 짐작된다. 모르는 마을의 갯가에 내가 섰다. 물이 가득 차 있을 때는 없던 것들이 물이 빠지고 나며 ㄱ 모습을 드러낸다. 그러ㅣ 눈에 보이지 않는다고 없는 거라고, 눈에 보인다고 해서 있는 거라고 쉽게 단정할 일은 아니다. 없던 저 설치물들, 그러니까 일렬로 늘어서 있는 저 막대기들도 없다가 있는 것들 아닌가.

열 지어 서 있는 막대기들 위로 내 상상의 나래들이 너울로 춤추며 나풀거린다. 〈십계〉, 〈블루〉 등의 폴란드 영화감독 키에슬로프스키의 영화도 생각나고 〈희생〉의 러시아 타르ㅋㅍㅅ기 ㄲㅗㄴ 생각이 난다. 그ㅌ 냉화의 이미지로 느껴졌다. 아니면 최근에 읽은 『해변의 카프카』의 외진 해변인 것처럼도.

저 멀리 보이는 산은 무슨 산? 가운데 산자락 끝에 ‘시인의 마음’이 있다. 섬의 산들이 대개 다 그렇지만 높다고 해도 낮고 또 다정스러운 모습이다. 물론 제주도 한라산은 섬의 산이어도 크고 울릉도 성인봉은 섬의 산이어도 작지 않다. 남해의 금산은 또 어떻고. 섬의 산들이 다 작다고 말하려는 게 아니다. 정답다고 말하려 할 뿐.

가는 도중에 서너 번 차를 세워 바닷바람을 가슴으로 맞았고 서쪽으

---

7) 톰 존스, 「Green Green Grass of Home」에서 발췌.

로, 어느 모랭이에서는 지는 해가 석양으로 자기 모습을 보여 주기도 했다. 서쪽으로 바삐 가는 해, 왜 저리 갈길 재촉하고 바삐 가는지. 여차 홍포 앞바다의, '대소병도'로 보이는 섬의 모퉁이 모습이다. 그야말로 "내 고향 남쪽 바다 그 파란 물"의 아늑한 바다에도 여름에 이른바 태풍 매미는 할퀴고 갔다. 혼자 서서 내려 보는 바다는 품이었다. 누구의 품인지는 모르지만 품어 주는 아늑한 품.

남부면 천장산의 끝자락으로 난 길이라고 짐작되는 길모퉁이에서 내려 본 여차 몽돌 해수욕장, 난 지금까지 학동 몽돌 해수욕장과 여차 몽돌 해수욕장을 구분하지 못했는데 이번에 구분할 수 있게 되었다. 여름의 '매미'가 할퀴고 간 상처의 흔적은 여자 몽돌 해수욕장 해변에도 있었다. 뒤에 보이는 산이 망산이다. 저 산을 넘어 홍포로 가려고 했다. 가다가 보니 비포장도로였다. 그래서 가지 않고 돌아 나왔다. 내일 가기로 하고. 저구로 나와 동백 숲이 있는 학동 몽돌 해수욕장으로 갔다. 그리고 구조라로 와현으로 또 공고지로.

## 못 들어간 공고지

여차 몽돌밭에서 망산 기슭의 비포장도로를 따라 홍포로 가려다 말고 되돌아 나왔다. 날이 저물어갔기 때문이다. '저구'라는 곳으로 나와 동백 숲이 있는 학동 몽돌 해수욕장으로 갔다. 학동 몽돌밭을 오른편으로 쳐다보며 곧장 지나갔다. 동백 숲이라는 표지가 크게 보이고 팔색조 도래지라는 안내 그림도 크게 보인다. 곧장 가니 구조라 해수욕장이 나왔다. 구조라를 조금 지나가면 와현이 나오고 와현에서 예구로 가서 거기를 지나면 공고지가 기다리고 있을 터.

와현 해수욕장 백사장으로 내려섰다. 집들이 거의 철거되다시피 하고 있었다. 재건축을 위해 철거하고 있는 줄 알았다. 나중에 물어보니 '매미'가 쓸고 간 흔적이란다. 말하자면 상처였다. 와현과 맺은 특별한 인연은 따로 없지만, 거제도를 생각할 때 먼저 떠오르는 이름 중의 하나가 와현이기도 했는데, 현실의 와현은 이렇게 무너지고 있었다.

와현 해수욕장, 백사장은 텅 비어 있었다. 어떤 남자가 백사장으로 들어가고 있었다. 유심히 보니 발을 많이 절고 있다. 발을 많이 다친 사람들이 의지하는 지팡이에 의존하고 있다. 그는 멀리까지 길게 걸어가고 있었다. 보는 나의 눈엔 바닷가에서 연출될 수 있는 아름다운 그림으로 여길 수도 있지만 절며 걷는 저 남자는 아픔과 곡절을 안고 걸을 것이다. 그냥 산책하는 것으로 보이지는 않았다. 하와이 해변에서 혼자 물가로 걸어가는 사람도 한쪽 팔이 없는 분이었는데 그 모습이 저기에 오버랩된다.

나는 기다렸다. 그 남자가 나올 때까지 기다렸다. 젊은이인 줄 알았더니 나이가 든 분이었다. 다른 말을 물어볼 수는 없었다. 공고지로 가려면 어디로 가느냐고 물었더니 저 끝이 공고지라고 하면서 지팡으로 가리킨다. 차를 가지고 들어갈 수 있다고 했다. 저 언덕을 넘으라고 한다. 언덕, 바람의 언덕, 철쭉꽃 피는 언덕, 첫사랑의 언덕, 이별의 언덕, 일 나간 어머니를 기다리다 배고파서 찔레를 순으로 따 먹던 찔레꽃 언덕… 언덕을 넘었다. 아직 공고지 언덕은 아니었다.

1974년 그때 우리는 와현 해수욕장 여기 선착장에서 작은 배를 타고 출발했다. 뱃길은 잠시였다. 와현에서 예구까지 가는 거였으니까. 통통배로 한 이십 분 미만의 거리였다. 통통배는 설레게 하고 무언가를 기대하게 한다. 그건 그때 더 그랬다. 설레는 건 지금도 마찬가지이다. 지금에 와서 보니 매미가 할퀴었고 물조차 빠져나가고 없어서 맥없는 선착장이지만 그때는 붐볐고 깃발도 날렸었다고 회상된다. 배는 잠시 통통거리더니 이곳 예구에 닿았다. 그때 말이다. 지금이 아니라 그때. 그때는 배 댄 이곳이 예구인 줄도 몰랐다. 공고지로 찾아 들어가기 위해 확인하는 중에 알게 된 이름이다. 나에게 알려지지 않았어도 오래전부터 사람은 살았었고 태어났고 떠나갔을, 포구와 언덕을 가진 외진 바닷가 마을, 동백도 있었을 것이다. 이 부근에서 동백을 보지는 못했다.

예구 1.5㎞ 공고지 3㎞, 이정표가 기다리고 있었다. '예구-공고지'를 뜻하는 한자가 어렵고도 어렵다. 무슨 의미인가? 그냥 마을 이름이긴 하지만 구태여 의미를 풀이한다면? 매미는 예구도 철저히 휩쓸고 지나갔다. 마을이 송두리째 훼손되어 있었다. 거기까지 차가 들어갈 수 있다고 생각했지만, 행여 물어보았다. 차가 들어갈 수 없단다. 걸어서 한 30분을 가야 한단다. 다시 저 언덕도 넘어가야 한단다. 언덕 너머 또 언덕, 지금 걸어서 다녀오면 어두워질 테니 오늘은 가지 않는 게 좋겠다고 권유까지 한다.

내게 대답을 해 주는 그분에게 이름을 물었을 때 그는 자기를 박영훈으로 소개했다. 지금 들어갈 수 없다고 하기에 그러면 들어가지 않겠다고 마음먹고는, 박영훈 씨에게 "이래서 저랬고 저래서 이랬는데, 이러저러해서 오늘 삼십여 년 만에 이곳에 이렇게 왔다"라고 말했더니, 대뜸 그때 당신(들)을 배 태워 건네준 사람이 바로 자기라고 한다. 자신만만하게 말이다. 그는 뱃사공 또 선주였다. 와현에서 공고지로 가는 사람을 태워 나르는 배를 지금도 부리고 있다고 했다. 나이로 봐서 짐작해 보니 칠십 년대 그때 내 또래였겠다. 그분은 자기 이름을 내 글에 그대로 올려도 좋다고 했다. 들어보니, 퍼즐 맞추듯이 서로 얘기하며 꿰맞추어 보니 그럴듯했다. 그 당시를 묘사하는 그의 말에 내가 공감할 수밖에 없었다. 우연히 길 물어본 사람이 칠십 년대를 함께 말할 수 있는 사람이었다. 자기는 이곳 예구에 터 잡고 산다고 했다. 공고지, 당신이 말하는 공고지의 그 집 사람은 그대로 잘 있다고 하나. 세월이 흘렀으니 늙었을 뿐….

나는 그분 박영훈의 손을 잡고 흔들었다. 흔들어도 한참 흔들었다. 그의 손 놓고는 이번엔 그분의 배우자 손을 잡고 흔들었다. 그분들은 나

보고 봄에 다시 오라고 했다. 다시 오마고 대답했다. 공고지 쪽 산자락을 나는 처다보고 또 처다봤다. 그냥 처다봤다. 바닷가 저 산자락에 봄이 오면 진달래 피겠다고 생각했다. 여기가 섬이니 동백이야 당연히 필 터이고.

공고지를 그 자리에 그대로 두고 나는 돌아 나왔다. 공고지를 차에 싣고 오려고 했던 것은 아니니 그대로 두고 왔다고 해서 아쉬워할 것은 없다. 다만, 거기에 들어갔더라면 비다를 보면서, "그래 저기가 지심도이지", "저기는 해금강으로 가던 뱃길이겠는데!", "저기쯤에서 '태양은 가득히'를 휘파람 불었던가, 아니면 정미조의 '파도'를 불었던가?" 하며 짚어 봤을 것이다. 내겐 쓸데없는 것을 잘 짚어 보는 버릇이 있으므로. "여긴 캠프파이어 자리지…".

되돌아 언덕을 넘어오니 멀리 구조라 해수욕장이 보였다. 지세포로 가서 지심도를 바라보고 싶었다. 지세포로 곧장 갔다. 가는 중에 두고 온 공고지의 의미가 반추되었다. 몽돌 해변 거기에서 함께 3박 4일을 지냈던 사람 중에 기억되는 얼굴이 없다. 그 이후로 만난 사람도 없고. 하지만 죽은 애는 기억된다. 거의 선명히 그려진다. 철쭉꽃 필 때 공고지 산자락 바닷가 언덕에 앉아 "엄마일 가는 길에 하얀 찔레꽃…"을 노래하고 있을 것 같다. 아니면 "엄마, 엄마 나 죽거든 뒷산에 묻지 말고, 내 동무가 찾아오면 기다렸다 말해 주"라는 노래가 산 메아리로 남아 있을 것 같다. 지세포에 가니 어두웠다. 방파제로 나갈 수 없었다. 지심도도 공고지도 그대로 두고 나는 떠났다. 고현 시외버스 터미널 앞을 지날 때는 시간이 어둠의 터널로 들어섰을 때였고, 도착했을 때는 어둠이 빛을 지배하고 있을 때였다. '시인의 마음' 이정표가 눈앞에 나타났다.

## 바다를 향한 그네

낮에 위치 확인차 들렀던 '시인의 마을'로 다시 왔다. 고현에서 사곡 삼거리로 와서는 좌회전하여 고개를 넘고 또 넘어 오송리까지 온 것이다. 낮에 이미 보아 둔 길이라 어렵지 않게 찾아왔다. 하지만 길은, 오는 도중 내내 어둠이 지배하고 있던 길은, 한번 지나친 길이긴 했지만 처음 오는 새로운 길이었다. 밤길은 새로운 얼굴로 나를 기다린다. 밤길만 내내 다닐 수는 없지만 낮길 그 반만큼이라도 밤길을 다녔으면 좋겠다. 낯선 곳의 밤길, 두려움도 있지만 설렘도 있다. '시인의 마음' 낮의 무대는 이제 밤의 너울을 쓰고 있었다. 밤은 겨울밤이었다.

뜰의 무대가 어울리는 공간을 여기서 드물게 본다. '시인의 마음'은 무엇보다 열린 무대 덕분에 나에게 호감을 주었다. 그 무대에도 밤은 왔다. 다시 묻는다. 무대는 떠나는 곳인가? 돌아오는 곳인가?

색소폰 부는 이가 무대에 올라섰다. 그리고 또 그 옆에서 노래 부를 이도. 섬의 산 나지막한 산 위로 달은 떠서, 떠서는 젖어 있었다. 밤바다는 직막·이었고. 노래하는 저 이는 송창식과 서유석을 합친 듯한 소리로 울림을 내고 있었다. 울림 그 소리가 깊었다. 부산의 어느 대학가요제에서 일등을 한 분이라던가, 참여한 분이라던가. 부산에서 언양 석남사 쪽으로 가다가 우회전하면 산내를 거쳐 경주 건천으로 가는 길이 있다. 고갯마루 못 미쳐 '별이 내리는 집'이라는 산골 카페에 가끔 들르는데, 저 노래하는 이는 그곳에서 가끔 노래하기도 한단다. 그 산중 깊은 골의 별빛 내리는 집 카페는, 바로 그 위 더 깊은 '쉐야 동골', 즉 소호리 골짜기에 '하얀 집'이라고 부르는, 내가 잘 가는 산장으로 가는 길목에 있기 때문이다. 아무튼, 이곳 지금의 시인의 마음에서는 색소폰도 젖고 그의 노래도 젖고 달도 젖어 가고 있었다.

시인의 마음 주인장이신 저이는 삼십 년을 색소폰 불었다고 했다. 막 불기 시작한 나에겐 경이로운 연륜이다. 지금부터 내가 아무리 부지런히 불어도 삼십 년은 못 분다. 그러잖아도 시간 가는 줄 모르고 사는 나는 막 배우기 시작한 색소폰으로 말미암아 또 하룻밤이 어떻게 넘어가는 줄 모른다. 어제는 성급하게 김종환의 「사랑을 위하여」도 불어 봤다. 서툰 소리로나마 그 소리가 났다. 찌그러질 대로 찌그러지고 때가 묻을 대로 묻은 무대의 색소폰, 소리 하나는 둔탁하게 잘도 내었다.

밤은 깊어만 갔고, 겨울밤이어도 우리는 추운 줄 몰랐고, 달은 지지 않았고, 색소폰은 소리를 멈추지 않았다. 바람은 우리를 위해서 그랬는지 잠들어 주었다. "우리들의 이야기는 끝이 없어라"라더니, 우리들의 이야기도 끝날 줄 몰랐다. 난롯불, 잘생긴 나무, 장작을 활활 태우는 나루 두 식지 않았니, 낮에 내가 유심히 보아 둔 나무였다. 못생긴 나무를 태우는 것보다 날렵하고 준수한, 잘생긴 그러면서 도끼로 잘 패진 나무를 태우는 난로는 덜 고독할까. 나무와 불이 사랑하듯 더 뜨거워질까. 쓸데없는 생각. 미망….

밤늦도록 누구는 색소폰 불었고, 누구는 바이올린을 켰다. 누구는 또 깊은 허스키로 포크 가요를 불렀고 누구는 또 술 마시고 누구는 또 분위기를 마셨다. 그리고 누구는 핏대 올리며 시를 토론했고. 나중에 한 분이 무대로 올라왔다. 거제도 사는 분이라고 했다. 색소폰도 멈췄고 바이올린도 멈췄다. 침묵이 잠시 지배하는 가운데 솥뚜껑 난로의 불타는 소리만 간간이 탁탁 났다. 침묵 후에 그는 노래 불렀다. 「타박네」였으며 자진모리장단으로 불렀다. 타박네, 신분제도가 엄격하던 시절, 척박하기만 한 삶의 환경에서 살아가던 우리네 가난한 어머니, 가난한 우리네 순이, 옥이, 점이… 타박네 이야기다. 동여맨 너덜너덜 무명 저고리, 훔치는 콧물, 타박네!


어릴 적의 내 과수원 집 앞에는 멀리 공동묘지가 있었다. 낮에 가서 보면 들판도 보이고 바다도 보이는 아름다운 언덕이었다. 패랭이도 피고 제비꽃도 피고 아지랑이도 어른거리고 종달새도 울고 그 너머서 뻐꾸기도 우는. 해 질 무렵이나 밤에는 그곳에서 울음소리도 더러 났다. 사람이 와서 우는 것이었다. 울음소리는 전부 여인의 울음이었다. 무덤 때문에도 울고 자기네 삶 때문에도 우는 것이었다. 한번은 아버지가 나를 데리고 우는 그곳으로 가신 적도 있었다. 아버지가 우는 분에게 사연을 묻고 달래기도 했지만 그렇다고 우는 그분이 사연을 말하고 울음을 그치겠는가. 나의 유소년 시절엔 그곳 울음소리와 정지(부엌)에서 내는 어머니 울음소리가 너울로 걸쳐져 있다. 「타박네」는 나를 그 공동묘지로 끌고 간다. 지금은 없어진, 내 소년의 언덕…

> 열무 삼십 단을 이고
> 시장에 간 우리 엄마
> 안 오시네. 해는 시든지 오래
> 나는 찬밥처럼 방에 담겨
> 아무리 친친히 숙제를 해도
> 엄마 안 오시네, 배춧잎 같은 발소리 타박타박
> 안 들리네…
>
> — 기형도, 「엄마 걱정」

　　기형도, 그의 삶과 그의 죽음과 그의 시를 떼어서 생각할 수 없다는 기형도, 기형도의 「엄마 걱정」, 심야의 삼류 극장 객석에 앉아 앉은 채로 저세상으로 가 버려서 더욱 그의 삶과 죽음 전체가 그의 시로 되는 기형도, 기형도의 엄마 생각, 그의 엄마 생각도 배춧잎 같은 발소리 '타박타박'이었다. 나는 서울 명륜동의 기형도 시인 그 극장에서 영화를 여러 편 봤다.

그랬다. 우리네 어머니들은, 열무 단을 머리에 이고 또 이었지. 고구마, 고구마 줄기 또한 머리에 여다 날랐고. 시장으로, 시장으로 말이다. 나도 또한 소년 시절에 그 뒤를 따라 고구마, 감자, 무, 더러는 나무를 지고 또 져 날랐지. 그 어머니 이제 팔순을 훨씬 넘겨 내 눈치 보신다. 지게 지고 시장 따라갈 때 엄마 눈치 보던 나는 이제 눈치 안 보고.

「타박네」는 끝나고 색소폰 소리는 다시 울렸다. 색소포너는 「해변의 길손」은 끝까지 연주하지 않았다. 물론 저 이는 내가 「해변의 길손」을 기대하고 있는 줄 짐작조차 못 한다. 내가 발설하지 않았으니까. 나는 듣고 싶다는 말을 끝까지 하지 않았다. 남자에게는 하지 않아야 하는 말도 있는 법.

바다로 난 그네는 아이들을 자기 등에 태운 채 조용히 밤바다를 향해 있었다. 그네의 아이들은 밤이 깊었는데도 잠자리로 가지 않았다. '시인의 마음'의 뜰은 자기의 하룻밤을 이렇게 품었다.

## 환장할 섬 그림자

섬에서 홀로 지새 본 밤이 없다. 파도 소리 들으며 잠 못 이루고 뒤척이던 기억은 이제 기억 저 너머에 있다. 언제 섬으로 다시 가, 거제도처럼 큰 섬이 아니라 한 뼘 작은 섬으로 가서는 홀로 지새며, 숙면으로 들지 못해 밤을 서성이는, 갯가에서 배회하는 밤을 경험하고 싶다.

거제도 시인의 마음에서 문학 한가락 한다는 분들과 지낸 어젯밤은 비록 홀로 지낸 밤처럼 숙연한 고독의 밤은 아니었어도 그래도 난 창밖으로 뜬 달을 보려고 했고 달빛으로 반사되는 바다 물빛을 보려고 했다. 바다는 바로 발아래서 출렁이지 않았기로 밤 파도 소리를 들을 수는 없었지만. 그래도 달빛을 받은 바다는 은파였었다.

날이 밝았다. 우리는 시인의 마음을 떠나 홍포로 향했다. 명사 해수욕장 그리고 명사 초등학교를 지나 홍포에 왔다. 길가에 너른 주차장이 있어 그곳에 차를 세웠다. 바다가 보이는 언덕에 판자를 이어 만든 집이 있었다. 찻집인 줄 알았다. 계단으로 내려가 그 집 뜰에 섰다. 뜰에는 동백이 피어 있었고 열대 지방의 분위기를 풍기는 나무들도 몇 그루 서 있었다. 무엇보다 해풍이 불고 있었고. 거기서 보는 바다는 그 빛깔이 푸르고 눈부셨다.

뜰로 내려오는 문을 곧 잠그겠다고 친절하게 말하는 이가 있어 집을 다시 쳐다보니 찻집이 아니었다. 그곳 누구의 별장이었다. 말하는 이분을 난 처음에 우리처럼 홍포 바다 구경하려고 내려선 사람인 줄 알았다. 알고 보니 이분이 이 통나무 별장의 주인이었다. 그는 언제라도 이 별장에 묵고 싶으면 열쇠를 주겠다고 했다. 묻지도 않았는데 말이다. 그가 기대어 서 있는 담장 너머로의 홍포는 계속 푸른빛으로 나를 부르고 있었다. 물론 부른다고 내가 뛰어내릴 수는 없었다.

한려수도, 통영의 한산도 인근에서 사천시, 남해군을 거쳐 전남 여수시 앞바다에 이르는 물길을 한려수도라 부른다. 물길, 물에도 가는, 가야 하는 길이 있는가. 물에도 따라야 하는 길이 있는가. 사람 길, 사람에게는, 나에게는 가야 하는 길이 있다. 하기야 가면 또 길이 되기도 한다. 나는 길을 따라다닌다. 하지만 나는 방랑객도 아니고 김삿갓도 아니다. 길을 좋아하는 사람일 뿐. 길에서 보고 듣고 생각한 삶을 사랑할 뿐. 물길도 물을 사랑하는가.

거제도 사람들은 '한려수도'와 견주어 거제도 남단의 절경, 이 물길을 '붉을 혁' 자를 쓴 '혁파(赫波) 수도', 혹은 '적파(赤波) 수도'라고 부른다고 한다. 노을이 질 때의 풍광이 특히 아름답다고 하여 유래한 것으로, 이 마을의 이름 홍포(紅浦)도 이런 이유에서 유래한 이름이라는 것이다. 남동쪽으로는 대소병대도와 작은 바위섬들이 제각각 크기와 모양으로 떠올라 있다.

바라봤다. 그저 바라봤다. 여기 서서는 바라보는 것 외에 달리 할 일이 없었다. 내 지금 발 디디고 있는 이 산 이름은 이름하여 망산(望山), 바다를 바라보는 산이란다. 이 섬의 산치고 바다가 보이지 않는 산은 없다고 하지만 이 산은 유달리 바다를 바라보게 하는 산이다. 이곳 사람들이 입단속까지 하며 감추어 두었던 산이라고 한다. 달리 이름하여 바다의 조망이 제일 좋은 명산이라는 것이다. 남쪽 끝의 망산은 높이가 겨우 375m였다.

잠시 지도를 보기로 하자. 섬의 좌측 108번 도로를 따라 내려오면 무지개 상회가 있다. 거기서부터 비포장도로이다. 나는 지금 무지개 상회를 조금 지나 모서리 진 부분에 서 있다. 거기 서서 홍포를 바라보고 있다. 막연히 대책 없이 서 있다. 그저 바라보고 있을 뿐. 이를 일러서 망산의 망부석이라고 할 수 있을는지. 함께 간 문인들도 그저 바라보고만 있었다. "말이 없어도 자유로운 갈매기가 습관처럼 지어내는 몇 마디 울음에도 환장할 섬 그림자는 어둠이 오기 오래전부터 그리움으로 생겨났겠지!"[8] "살다 넘칠 때엔 좀 잦아들어야죠. 출렁이다 저물어 속밭두 바다도 흘고 닌 아이처럼 밝은 홍포까지 왔는데요. 성급히 넘치다 물매 맞는 파도. 망산도 눈이 멀 속옷 차림 여인 같은 달이 젖고 젖어 장작불 속으로 들어오는데요. 그렇죠. 생 연기만 쏟아낸 나도 이제 좀 뜨거워져야죠".[9] 바라보고 서 있는 사람들 가운데 「홍포」의 시인도 「섬 그림자」의 시인도 섞여 있었다. 비포장도로, 산길, 가파른 길을 따라 여차로 내려왔다.

여차 마을 몽돌 해수욕장 위를 지난다. 여차는 1980년 수영선수인 조오련 씨가 13시간에 걸친 대한해협 횡단할 때 바로 출발점으로 삼았던 마을이라고 한다. 대마도까지 거리는 이곳 거제도 남단에서가 최단거리

8) 박영현의 「섬 그림자」에서 발췌.
9) 황정순의 「홍포」에서 발췌.

기 때문이다. 망산을 빙 둘러 해변으로 난 1018번 지방도로 중 남쪽 해변의 무지개 마을에서 바로 이 여차 마을 구간은 아직 비포장도로다. 내 생각으로는 계속 비포장도로여야 한다. 교통이 불편해야 그나마 풍경이 보존된다. 오른편 끝의 산은 천장산.

찻길이 급했다. 함께한 이들 중에 서울로 가는 사람을 내 차에 태워 통영 버스 터미널에 오후 3시까지 태워 주어야 한다. 청마 유치환의 집 부근에서 시간을 30분밖에 가지지 못했다. 달릴 수도 없고 안 달릴 수도 없는 조급한 마음, 급한 시간이다. 안 달리는 척하면서 좀 달렸다. 거제도를 빠져나올 때 신거제대교가 아니라 구거제대교로 빠져나왔다. 이 또한 당황하게 하는 일. 만일 잘못 빠진 것이라면, 그래서 한 5분만이라도 차질이 생긴다면 시간 내에 차를 댈 수 없는 일. 도착하고 나서 보니 그 다리로 빠지나 저 다리로 빠지나 그게 그것이기는 했다. 아는 것과 모르는 것은 이렇게 차이가 난다. 그래서 사람들은 알려고 한다. 밥 먹으려고 하는 행위 그 이상으로 중요한 게 아는 행위다. 그래서 사람은 호모 메타피지쿠스(Homo Methaphysicus)일 수밖에 없다. 말하자면 형이상학적 존재, 철학적 존재, 추구하는 존재, 알려는 존재!

도착했을 땐 4분 전. 내려서 버스까지 가는 시간을 합치면 딱 맞는 여분 없는 시간. 버스는 출발했고 나도 출발했다. 그때 전화가 왔다. 다섯 시에 부산의 달맞이 고개 너머의 송정에서 모임이 있는데 아직 통영에 있으면 어쩌느냐고 다그치는 지인의 목소리다. 달릴 수밖에. 지난밤을 거의 뜬 눈으로 새우다시피 한 터라 길가에 차를 세우고 좀 졸아야 하는데 그럴 겨를이 없었다. 부산의 송정에 도착하니 오후 7시였다. 여러 사람이 나를 기다려, 5시의 만남을 밥도 먹지 않고 그때까지 기다리고 있었다. 거제도 얘기를 했다. 여차, 홍포, 와현, 예구, 공고지 얘기를 했다. 듣더니 당장 그 섬으로 가자고, 홍포에 가서 하룻밤 자자고, 자면서 일을 설계하자고 바로 결정을 해 버린다.

거제도를 한 바퀴 빙 돌아왔다. 돌아온 줄 알았더니 돌아온 것이 아니었다. 공고지, 찾아가 보니 "찾아온 곳 없었던" 것처럼 그랬다. 다시 떠나가 보면 떠나온 곳 있을 건가. 공고지가 생각난다. 칠십 년대가 생각난다. 함께 지새운 어제 거제도 밤이 생각난다. "찾아가 보니 찾아온 곳" 없었다. "돌아와 보니 돌아온 곳" 없었다. 다시 떠나가 보면 "떠나온 곳" 있으려나.[10] 다녀온 바다, 두고 온 바다, 혁파 수도, 적파 수도 홍포는 그때 내눈에 허허바다였다. 못 들어간 공고지는 그래서 더욱 안 잊히는 공고지였다.

---

10)  문단 내 겹따옴표는 정호승의 「허허바다」에서 발췌.

# 저 곳에 내가 섰던가

다시 2008년 8월, 통영의 한화 리조트에서 지인들과 함께 자고 일어나 맞이한 아침은 밝은 햇살, 쪽빛 바다, 올망졸망 섬이었다. 지난밤의 천둥, 번개, 광풍과 폭우는 언제였느냐는 듯. 섬, 불쑥 욕지도가 생각났다. 배 출발하는 거기까지 산양면 일주도로를 따라갔지만 들어가는 배 타기에는 늦은 시각인지라 차를 돌렸다. 나올 시각에 들어가는 무모함을 감행할 순 없었다. 그렇게 들어가게 된 거제도였다. 장승포에 도착하니 공고지가 생각났다. 그곳으로 향했다. 도착하여 예구 끝머리 산등성이 급경사 숲의 터널을 뚫고 올라가니 내려가는 330개 돌계단이 기다리고 있었다. 한 계단 두 계단 딛고 내려서는 내내 동백과 종려는 터널을 이루고 있었다. 드디어 몽돌 해변, 공고지다. 바람이 쏴 하다. 갯내음이 연하다. 남색으로 눈부시다. 이제 공고지!

드디어 공고지! 2008년 8월 23일이었으니 1973년 8월의 첫걸음 이후 35년 만이다. 그리고 지난 2004년, 들어가지 못하고 초입에서 돌아간 지 4년 만이다. 35년, 헤아려 보니 긴 시간이다. 공고지, 멀어서 못 온 것도 아니고, 길 몰라서 못 온 것도 아니다. 다만 내 마음의 깊은 곳, 성소(Sanctuarium)라고 할 수 있는 그곳에 오래 동안 묻어두고 있었을 따름이다. 그때, 거기에는 봉숭아가 없었다. 지금, 와서 보니 기다리고 있는 건 종려나무 숲과 파도를 배경으로 하여 밭으로 피어 있는 봉숭아였다. 봉숭아, 피어 빨개시기도 힐 티이고, 손톱 끝에 물들어 빨개도 몇 밤만 지나면 지고 말 봉숭아가 무리로 피어 기다리고 있었다. 1974년 그때 우리를 맞아준 외딴집 주인은 호호백발 할아버지가 되어 있었다. 그때는 아니었는데 지금은 수선화와 봉숭아로, 영화 〈종려나무 숲〉으로 알려진 종려나무 숲이 되어 있었다. 두 분이 평생 가꾼 땀의 결실들이다.

## 봉숭아 빨개도

봉숭아 밭이 컸다. 정태춘과 박은옥의 「봉숭아」가 생각났다. 그 노래는 오래전부터, 오랫동안 내 노래이기도 했다. 그 노래는 나를 손 놓게 했다. 하던 일 멈추게 했고, 하던 생각을 무산시켜 어디로 향하게 했다. 향하는 곳 따라가 보면 닿는 곳은 공고지였다. 공고지, 그리 큰 인연의 지명은 아니지만, 삶의 켜가 쌓일수록, 그러니까 세월이 갈수록 더 생생히 아지랑이로 피어오르는 곳(串)이었다. 노래로 닿게 되는 공고지, 그것 때문에 부르게 되는 노래였다. 봉숭아 노래는 아련하게 그리움 피워 올리는 노래 아닌가.

김선주 시인이 「두 시인 이야기」라는 글에서 쓴 정태춘의 「봉숭아」 언급은 내게 울림을 주었다.

나에게는 감히 다가설 수 없는 두 시인이 있다. 한 시인은 나에게 시를 쓰도록 동기를 제공하였고 또 한 시인은 나의 시 쓰기를 심각하게 방해하여 한때는 시 쓰기를 포기하게까지 하였다. (중략) 시 창작에 재미가 붙어 늦은 밤까지 백지를 붙들고 끄적이던 시절이다. 카세트 라디오에서 흘러나온 노래를 듣고 그것이 너무 좋아 테이프를 구하였다. 그리고 테이프가 늘어지도록 듣고 또 들었다. 그때 들은 노래 중에 「봉숭아」가 있었다. (중략) 봉숭아, 그것은 지독하게 가슴을 파고드는 서정시 한 편이다. (중략) 나는 그 울림에 압도되어 시 쓰기를 진전시킬 수 없었다. 비교할 수 없는 높은 문학성과 정신세계를 넘볼 수조차 없을 것 같았다. 그리하여 나는 그의 노래 듣기가 두려워졌다. (중략) 그의 정신세계와 그것을 담아내는 언어적 기술과 서정성 짙은 가락, 그리고 그만의 음색은 나의 잔재주가 감히 흉내 낼 수 없는 완벽한 시적 성취였다. (중략) 그리하여 그의 노래 앞에서 나는 시인이 아니다. 나를 시인이 아니게 한 그의 이름은 정태춘이다.

- 김선주, 「두 시인 이야기」

노래 「봉숭아」는 시인을 이렇게 좌절시켰다. 노래는 시인을 시인 아니게 했다. 노래는 '시인 아니게 함'을 통하여 시인을 시인 되게 했다.

### 1974년 그 여름

그해가 어느 해이더라도 그 시절, 그때 내가 뭐 했는지 잘 모르겠다. 살아오는 과정이 나의 삶의 과정이니까 내가 모를 리 없지만, 지금 모르겠다고 말하는 뚜렷이 남은 족적이라도 육하원칙에 입각한 전모를 잘 알지 못하겠다는 의미이다. 나의 그때를 알기 위해 1972년을 찾아보니 이랬고 1974년을 찾아보니 또 저랬다. 이런저런 사회적 와중에 나는 한 점 드러나지 않는 익명의 젊은이로 하루하루를 넘기고 있었다. 익사하지 않고 용케 버텨 왔다고 말해도 괜찮은 것인지 모르겠다. 1972년, 제대 후의 복학 그때 김승옥의 『1964년 겨울』을 읽고 넘겼는지 모르겠다. 나의 서울의 겨울은 1972년도 그랬지만 그 후로도 해마다 추웠다.

내가 군 복무 후 재대하고 복학하던 1972년의 정세는 국내외적으로 급박하게 돌아갔다. 7월 4일엔 '7·4 남북 공동 성명'이 발표되었다. 나는 이 발표를 지금은 없어졌지만, 그때는 있었던 서울역 앞 그레이하운드 고속버스 터미널에서 TV를 통해 보게 되었다. 8월 3일엔 박정희 대통령이 '경제안정과 성장에 관한 긴급명령 제15호'를 선포하였다. 이른바 '8·3 조치'다. 8월 9일은 문교부가 '국기에 대한 맹세' 교육을 하기 시작한 날이고 8월 11일은 미국의 마지막 지상 전투 부대가 남베트남에서 철군한 날이다. 9월 5일은 제20회 뮌헨 올림픽 선수촌이 검은 구월단의 습격을 받은 날이고, 10월 17일은 소위 '10월 유신'이 선포된 날이다. 이때 나는 중간고사 기간이었는데 아마 10월 16일 저녁이었을 것이다. 갑자기 TV의 인기 프로그램이던 〈여보〉를 중단시키더니 "10월 유신이 선포되었으니 대학생들의 학교 출입을 금지한다"라는 멘트가 무시무시한 목소리로 나왔던 기억이 지금도 생생하다. 11월 21일에는 유신헌법에 대한 국민투표가 실시되어 12월 27일에는 이른바 유신헌법이 선포된다.

이런 와중에 나 배채진은? 5월 하순에 육군 병장으로서의 복무 36개월을 마치고 계산병(Computer) 직책을 수행한 강원도 대성산 기슭에 위치한 ○○포병대대 브라보 포대 FDC를 떠나 서울의 수색에 있는 예비사단에서 제대복을 받아 입고 어깨가 축 처져 시골집으로 무거운 발길음을 떼었다. 왜? 미래에 대한 전망이 서지 않았기 때문이다. 시골집에서 미적대다가 복학을 위해 다시 서울로 올라가서 기다리다가 2학기에 복학하였다.

그럼 내 뇌리에 거제도 공고지라는 지명이 박히게 된 1974년은? 4월 25일에는 포르투갈에서 카네이션 혁명이 발생하고, 8월 9일에는 워터게이트 사건으로 리처드 닉슨 미국 대통령이 사임하고 부통령이던 제럴드 포드가 38대 대통령으로 취임한다. 8월 15일에는 박정희 대통령 부인인 부인 육영수 여사가 피격·살해되고, 같은 날 경부선 새마을호가 운행을 개시하였고, 서울 지하철 1호선 개통되었다. 8월 22일에는 당시 야당이던 신민당 당수에 김영삼 의원이 선출되었고, 9월 23일에는 천주교 정의구현 전국사제단이 결성된다. 11월 24일에는 호모 사피엔스의 조상인 루시(오스트랄로피테쿠스 아파렌시스)가 에티오피아에서 발견되었다. 12월 5일에는 오리온 초코파이가 첫 출시되었고.

그럼 1974년 그때 나는? 1972년 제대 후 복학, 복학 후 한차례 휴학했다가 다시 복학하여 서울 가톨릭대학교를 다닐 때다. 1974년 여름 방학을 진주에서 보내는 중에 8월 15일에 육영수 여사의 피습, 사망 소식을 들었다. 그때는 내가 부산의 Y 성당에서 캠핑 팀과 합류하여 그곳을 다녀온 이후인 것으로 생각된다.

## 저 곳에 내가 섰던가

함께 온 지인들을 이곳 수선화 밭과 봉숭아 밭 그리고 종려나무 숲 주인댁에 두고 나 혼자 몽돌 해변으로 나왔다. 편은 다리가 아파 우리 일행과 떨어져서는 다른 한 명과 함께 공고지 언덕 정상에서 그대로 기다리고 있었고. 1974년 여름 그때 도착했을 때의 뉘엿뉘엿 서쪽 산에 걸렸던 해가 연상된다. 그때 도착하니 기다리고 있는 건 모래사장이 아니고 몽돌 해변이고, 동글동글 몽돌들의 선은 유연했지만 느낌은 생경했던 기억도 살아났다. 그래, 여기서 누구는 텐트 치고 누구는 쌀 씻고 또 누구는 몽돌 해변을 걸었었지! 기타를 만지는 사람도 있었던 것 같고. 그럼 그때 나는? 할 줄 아는 것이 없어 어슬렁거렸던 것 같다. 첫날밤, 달이 있었는지 모르겠다. 있었건 없었건 별이 밝았을 것이다. '야영'이라는 말보다 '캠핑'이라는 말이 더 세련되게 들리던 그때, 캠핑의 첫날밤을 시끌벅적 어울려 보냈을 것이다. 몽돌 해변을 상념에 젖어 이리저리 서닐나가 저기 곳을 보았다. 저 곳에 내가 섰던가? 맞아, 위태위태 걸어가서 저 곳에 나도 섰었지.

셋째 날이라고 짐작된다. 통통배가 와서 우리를 싣고는 파도와 바람을 가르며 해금강으로 향했다. 배 안에서 사람들은 기타 반주에 맞추어 너나 할 것 없이 노래를 불렀다. 그랬었지. 그때 나도 알랭 드롱의 「태양은 가득히」를 휘파람으로 불었었지. 그때 바다와 해변과 모닥불과 파도 등을 주제로 한 노래들은 새로운 풍의 노래들이었지. 「해변으로 가요」, 「바닷가의 추억」, 「정든 배」, 「파도」 등도 그때 불렀던 것 같다. 해금강으로 향하는 통통배 뱃길을 바람이 막았지만, 작열하는 태양을 가리려는 머플러와 일행 중의 긴 머리 아이들 생머리만 흩날리게 했을 뿐이었다.

배가 해금강 바위틈을 통과할 때 나는 다른 한 명을 따라 배에서 내렸다. 통과하는 배 뒤를 따라 바위를 붙잡고 해금강 협곡을 통과했다. 헤엄이라고 겨우 한 발 정도 치는 개헤엄 주제에 무모한 행동이었다. 지금도 그렇게 하도록 내버려 두는지, 해금강 틈으로 배를 통과시키는지 모르겠다. 그때 이후로 자동차로 해금강을 간 적은 있어도 배 타고 간 적은 없었다. 그래서 바다로 난 해금강 협곡 굴을 본 적이 없다. 그 모습을 찍어 보내준 사진은 나중에 다 잃어버렸다. 허클베리 핀의 모험에 비교하면 아무것도 아니지만 사실은 하지 말았어야 한 간 큰 행동이었다. 사실난 간 큰 행동을 한다는 말을 듣고 자란 편이었다. 나중에 정작 간이 커져 입원한 일이 있고 난 이후로는 간 큰 행동은 자제하는 편이지만. 몽돌 해변에 서서 해금강 쪽을 바라보니 여러 상념이 떠오른다.

몽돌 해변 왼편에는 지심도가 있다. 그때 해금강을 출발하여 곧바로 지심도로 향했었지. 그때 안내자는 배가 닿기 전에 지심도 앞의 물길이 세니 배를 잘 잡으라고 했다. 그래서 꽉, 잡아도 꽉 잡았던 기억이 살아난다. 그때 지심도는 동백의 섬이라고 했다. 과연 내려서 올라갈 때 동백은 터널을 이루고 있었다.

돌아와서 펼쳐진 캠프파이어, 붙은 불은 잘도 탔던 것 같다. 둘러앉아 노래, 둘러서서 춤, 둘러서서 그린 원 그 가운데에는 불, 모닥불이 있었지. "조개껍질 모아 그녀의 목에 걸고"는 그 시절 해변의 '약방의 감초'였지. 밤을 새우다시피 했을 것이다. 젊음, 주체 못 하는 약동의 젊음도 있고 좌절하는 젊음, 통곡하는 젊음도 있었던 것 같다. 누구는 구토했고 누구는 그 등을 토닥거렸고, 또 누구는 통곡했고 또 다른 그 누구는 횡설수설하기도 했던 것 같다. 파도는 그것들을 삼켰던 것 같다. 그때 달이 있었는지 모르겠네. 별은 가만히 내려 보고만 있었던 것 같다.

나는 그때 그럭저럭 어울렸었다. 밀착하여 어우러질 요소가 내게는 별로 없었고 춤, 노래, 기타, 대시 등 어느 것 하나도 시원하지 않았으며 무엇보다 나는 그들의 멤버가 아니었다. 짧은 바지 위의 긴 셔츠, 봉숭아 진홍 또 동백 잎의 진초록 셔츠를 물에 들어갈 때면 입에 물던 아이가 눈에 띄었다. 마지막 캠프 밤 때까지 누구와도 도통 말을 하지 않던 사람이었다. 그런데 그가 파이어 앞에서 갑자기 활발해졌다. 쌓인 장작의 불이 더욱 활활 타오를 때 그의 정열에도 불이 붙은 것 같았다. 노래면 노래, 춤이면 춤 손뼉이면 또 손뼉… 갑자기 내 옆으로 와서 붙어 앉았다. 나로서는 충격적인 일. 함께 지낸 3일을 예열 과정이라고 보면 충분히 예열되었다고 볼 수 있지만, 한마디 말이나 눈인사도 유의미하게 하지 않았던 점에서는 그야말로 '불쑥'이었다. 건넨 말은 "좋네요"였다. 서론 없이 진입한 본론, 호감 어린 말이었다. 물론 좋다는 말이 배타적으로 '당신이 좋다'거나 '정이 깊어질 것 같다'는 그런 의미는 아니었을 것이다. 사람이 좋아 보인다거나 인상이 좋다는 그 정도의 의미였다고 본다. 하지만 나에겐 느닷없는 일이었다. 진홍 또 초록 셔츠를 번갈아 입던 그 애는 이미 지도 원색이었지만 동작도 그랬다. 활달해지고 난 이후의 동작 말이다. 몸동작과 언어 동작은, 비록 극단적이라고 말할 수 없지만, 이전과 대비해서 볼 때 그렇게 보였다. 나에게 자꾸 붙어 앉았던 것 같다. 원을 그린다고 일어서서 번갈아 손잡을 일이 있을 때 손을 몇 번 잡고 잡혔던 것 같다. 그런 그에 대한 궁금증이 있었지만 표 낼 수는 없었다. 처지도 그랬고 나를 둘러싼 상황도 그랬다.

그리고 다음 날 챙겨 여기를 떠났었지. 오르는 길이 가팔랐기로 비틀거릴 때 손을 잡아 주기도 하고 잡히기도 했던 것 같다. 가만있자, 누구 손을 잡아 주었을까? 내 손이 누구에게 잡히기라도 했을까? 그럴 리가 없을 터. 그때는 더욱 타인을 내 근접 거리에 세우지 못할 때였으니까.

돌아온 서울, 여름이 가고 가을이 왔다. 「Come September」가 골목 라디오 방에서 흘러나온다. 우중충한 복학생 생활, 그때 고래 잡으러 동해로 가는 완행열차를 탔으면 활기를 좀 회복하게 되었는지 모르지만, 완행열차 차표를 살 돈도 그리할 마음의 여유도 통 없었다.

편지가 왔다. 발신인은 거기서 함께했던 일행 중 나이가 좀 들어 보이던 이였던 것으로 짐작되었다. 진홍 또 초록의 원색 셔츠 아이가 캠핑에서 돌아온 후 바로 자기가 사는 아파트의 집에서 아래로 몸을 날렸다는 것이었다. 좌절과 굴절을 가슴에 품고 산 아이였다고, 처지를 많이 비관했다고 하는 말이 있었던 것 같다.

그 이후로, 봉숭아 꽃잎은 내게 '공고지'로 이미지화되었다. 정태춘의 노래 「봉숭아」 때문에 그랬을 것이다. 극히 제한된 내 체험 범위의 일이었기 때문에 그런 것일까. 공고지는 그 후로 내게, 언센가는 한번 가 봐야 할, 걸어 엄숙히 발걸음 떼어야 할 성지처럼 되었다. 그래도 거기 들어갈 생각은 하지 못했다. 사는 일에 매달려서 그랬을 것이다. 그런데 이번에 드디어 와서 몽돌 해변에 섰다.

## 얼굴, 거기 얹힌 세월

서기가 해남상이네. 캠프파이어 자린 여기고 밥솥 국솥 자리는 저기! 물수제비, 물장구는 조기! 저기 곳은 그대로네, 누구랑 "날 잡아 봐라" 했던가? 아니, 그런 건 없었지. 그대로네. 그때 그대로네. 내 몰골은 변색했는데 공고지는 탈색하지 않았네. 한 채의 그 집 또한 그대로였고.

"엄마 엄마 나 잠들면 앞산에 묻지 말고, 뒷산에도 묻지 말고 양지 바른 곳으로. 비가 오면 덮어 주고 눈이 오면 쓸어 주. 정든 그 님 오시거든 사랑했다 전해 주"라는 노래, 「엄마 엄마」가 생각났다. 이 노래가 언제 내 뇌리에 들어와 자리했는지 정확히 알 수 없다. 자료를 찾아보니 가수 양희은이 1971년에 발표한 노래다. 그러니 비틀거리던 내 서툰 청춘 시기의 것인 건 맞다. 통기타 노래 포크 가요의 그 무렵 시절에 이 노래가 입에서 입으로 많이 건네어졌다. 엄마가 자녀에게 나 잠들면 어디에 묻어달라고 하는 것도 아니고 자녀가 엄마에게 그런 부탁을 하다니, 실연의 아픔을 말하는 노래인지 모르겠지만 아무튼 그때 들을 때 참 허무해지던 노래였다. 그때 함께했던 또래 젊은이 그 사람들이 생각났다. 발길을 돌릴 때 이곳을 무대로 만들어진 김유미, 김민종 주연의 2005년도 영화 〈종려나무 숲〉도 가끔 오버랩되었다. 공고지는 잘 있었다. 나 또한 잘 있었음을 곳에 고했다.

1974년 그때는 아저씨라 불렀던, 지금은 할아버지인 주인어른에게 잘 계시라고 인사드리고는 돌아섰다. 재 너머 예구로 마실가신 할머니에게도 안부 인사드려 달라는 부탁을 신신하게 또 드렸다. 할아버지에게서 35년의 세월이 보인다고 했더니, 할아버지는 내게 그때는 청년이었는데 당신 또한 지금은 노장, 역시 댁의 얼굴에서도 쌓인 세월이 보인다고 말씀하셨다. 우리는 '얼굴, 거기에 얹힌 세월'을 서로 확인했다. 종려나무 숲 또 동백 숲을 지나 거슬러 올라왔을 때, 많이 걸었기로 다리가 아파서 따라 내려오지 못한 공고지 그 해안선에 시선 주고 기다리고 앉아 있던 편이 "와 인자 올라오능기요?" 했다.

# 셋.
## 흔적은 흔적

# 화개 장터

## 하동 연곡 알밤 동구 마천 곶감

구례 시외버스 터미널에서 만난 우리는 곧장 화엄사로 갔다. 우리란 나와 편과 막내를 말한다. 화엄사 입구의 레스토랑에서 점심을 먹고 경내를 구경한 후 산수유 마을로 갔다. 화엄사, 장엄한 절이지만 이번엔 별다른 감흥을 못 느꼈다. 여러 번 드는 곳이고 이번엔 입장료도 너무 비싸다는 생각이 들었기 때문이다. 편과 막내는 처음 오는 곳인지라 다시 가는 산수유 길에서 그곳을 설명하느라고 나 딴에는 한참 바빴다. 봄의 산수유가 아니라 가을의 산수유를 설명하는 일은, 봄을 끌어들이지 않고서는 말할 수 없는 산수유였다.

내리는 비가 그치지를 않는다. 내려, 들판의 나락과 길가의 코스모스와 산의 숲을 계속 적셔 주고 있었다. 숲을 이룬 밤나무를 지나치기도 했고 길가에 나동그라진 밤송이 그 안의 개구쟁이 같은 알밤을 차 세우고는 한 두어 개 줍기도 했다. 하동 밤이 유명하다고 편이 말했다. 난 하동 밤이 유명하다는 말이 어디 있느냐고 물었다. 편은 억울해했다. 대충 말했을 따름인데 민감하게 반응한다. 자기 아는 사실을 확인해 주지 않는 듯한 내 말투에 속상해했다. 이크, 잘못한 발설! 하동의 밤이 유명하다는 점을 사실로 입증하려고 편은 애썼다.

티격태격하는 사이에 피아골 연곡사 입구에 도착했다. 부산으로 돌아갈 시간이 바빠 절에는 들어가지 않고 입구에서 차를 돌렸다. 아주머니들이 비를 맞으며 알밤을 가리고 있었다. 이 말 저 말 건네니 시원시원 대답한다. 비 맞는 밤톨들이 산뜻한 밤색이다. 편이 물었다. 하동 밤이 유명하지 않으냐고. 밤을 가리는 아주머니들이 합창하듯이 말한다. "동구 마천 곶감이냐, 하동 연곡 알밤이냐?" 무슨 말이냐고 물었더니 마천 가서 곶감 말하지 말고 하동 와서 알밤 말하지 말라는 뜻이라고 한다. 편의 얼굴에 미소가 돈다. 회심의 미소! 두말 반이나 샀다.

### 화개, 소설의 프리즘으로 보니

피아골 입구를 지나 화개장터로 왔다. 오는 도중에도, 쌍계사 벚꽃 길을 한 바퀴 돌아 나올 때도 편은 밤나무만 보이면 "와, 밤 많이 달렸네!"를 연발했다. 나도 편이 그렇게 말하기만 하면 "와, 하동에 오니 정말 밤이 많네. 밤나무가 쌔비렸네. 떨어진 밤들이 한 삐꺼리네!"를 연발하며 맞장구쳤다.

화개장터에 와서 우리는, 하동 밤 얘기는 접어두고, 김동리의 역마로 대화의 물꼬를 텄다. 막내가 '화개와 역마'에 관심이 있었다. 화개장터는 스산했다. 본래 화개장터는 그 모습이 사라진 듯하고 새로 조성한 화개장터가 '화개징디'라는 팻말만 크게 달고 있었다.

> 남사당패 우두머리가 경남 하동의 화개장터에서 주막집 홀어미와 하룻밤의 인연을 맺는다. 그는 전라도 지방을 여행하다가 40여 년 만에야 어린 딸 계연이를 데리고 화개에 들른다. 옛 주막집에는 그 홀어미 대신 딸이 환대한다. 화개 장터에서 주막을 꾸려 가며 사는 옥화는 하나밖에 없는 아들의 역마살을 없애기 위해 쌍계사에 보내 생활하게 하고 장날에만 집에 와 있게 한다.

「역마」는 역마살 또는 당사주(唐四柱)로 표상되는 한국인의 운명관을 그린 김동리 작품이다. 운명에 패배하는 인간의 모습이 아니라 순응함으로써 인간 구원에 도달할 수 있다는 작가의 문학관이 짙게 깔린 작품이라고 한다.

더 요약하면 이렇다. 어느 날, 체 장수 영감이 딸 계연이를 데리고 와 주막에 맡기고 장삿길을 떠난다. 옥화는 계연이를 성기와 결혼시켜 역마 살을 막아 보려는 심정에서 성기와 계연이가 가깝게 지내도록 한다. 계 연이가 성기의 시중도 들게 한다. 그러던 어느 날 우연히 계연이의 귓바 퀴에 난 사마귀를 보고 놀란 옥화는 계연이가 자신의 동생일지 모른다 는 예감이 들어 두 사람이 가까이하지 못하게 한다. 남사당패 우두머리 가 바로 체 장수 영감이고 옥화와 계연이는 서로 이복 자매가 되는 예감 이 든 것이다. 체 장수 영감이 돌아옴으로써 예감은 맞게 되고, 옥화와 계연이가 이복 자매임이 밝혀지게 된다. 36년 전, 옥화의 어머니와 하룻 밤 관계한 체 장수의 딸이 옥화임이 밝혀진 것이다. 맺어질 수 없는 사이 이기에 체 장수 영감은 계연이를 데리고 고향으로 떠나가게 된다. 이 일 이 있었던 후 성기는 중병을 앓게 되고 병이 낫자 역마살을 따라 엿판을 꾸려 계연이가 간 반대 방향으로 떠난다.

지금의 화개장터는 소설이 쓰였을 당시의 풍경과는 다르다. 하지만 『역 마』라는 김동리 소설의 프리즘으로 화개를 보니 화개는 에느리운 그 화 개다. 보고 싶은 것만 본다면 인식의 오류를 범할 수 있다. 하지만 더러 보고 싶은 것만 보아야겠다는 생각이 든다. '이건 아닌데'라는 생각을 자 꾸 하게 되면 여창(旅窓)은 흐려지고 여정(旅情)은 시들게 된다. 오늘의 화 개에서 어제의 화개를 보았다.

### 다리, 이쪽저쪽에서

섬진강 노래에 내가 끼어들 수 있을까? 섬진강 노래를 섬진강 노래답 게 내가 부를 수 있을까? 섬진강은 와서 보고 느낄 강이었다. 따로 노래 가 필요 없고 많은 시어가 필요 없는 강이었다. 섬진강 시인이라는 호칭 을 듣는 섬진강 시인이 섬진강에 대해 너무 많은 시를 썼다는 생각이 든 다. 섬진강은 숲 하늘 바람 구름을 품고 비추며 흐르고 있었다. 그냥 흐르고 있었다.

우리는 남도대교라 부르는 영호남 화합의 다리, 태극기의 붉은색과 푸른색을 아치에 옮겨 놓은 듯한 섬진강 저 다리에서 한참 놀았다. 한참이라야 몇십 분이었지만. 이쪽 경상도에서 저쪽 전라도로 갔다.

나에게 다리는 마리아 셸의 영화 〈사랑과 죽음의 마지막 다리〉다. 그리고 윌리엄 홀덴의 한국전쟁을 배경으로 한 영화 〈원한의 도곡리 다리〉이고. 난 딱히 해 본 이별이라곤 없다. 하여 다리에서 이루어진 이별이 없다. 〈매디슨 카운티의 다리〉 같은 사랑도 없고. 그리고 나에게 다리는 또 「황혼의 다리」다. "황혼의 다리에서 울며 헤어졌네. 밤새도록 해도 해도 못다 한 말들…" 하던. 1970년대 조의 이 노래, 한갓 유행가인 이 노래가 기억나고 기억난다. 눈이 젖어 이 노래하던 반짝 남자 친구가 생각이 난다. 이 노래 부르더니 휴학하고 가 버렸는데 그 뒤론 만나지 못했다. 황혼이 질 때 섬진강에 와서 이 다리를 다시 걸어야지!

막내와 편은 이쪽에서, 난 저쪽에서 건너와 가운데서 만났다. 손뼉 짝! 뼝사리도 출발!

# 벽송사 길목

## 그곳, 내게는 심심한 산골

심심산골이 어디일까? 큰 산의 깊은 골이 그곳일 터. 당연한 얘기다. 이리 봐도 산이고 저리 봐도 산인 나라가 바로 우리나라 아닌가. 그러니 심심산골은 우리들 가까이 어디에도 있다. 하지만 그렇다고 해도 심심산골은 다녀온 사람에 따라 다를 것이나. 어떤 사람에게는 설악산이나 지리산이, 또 어떤 사람에게는 의령의 자굴산이 그곳일 것이다. 이마저도 다녀온 방식에 따라 다를 터, 차를 타고 지나갈 때의 그곳과 등산화를 신고서 하는 산행 중의 그곳이 아마 다를 터.

실상사를 다녀오는 길이었다. 도착하니 평지에 앉아 있는 절이어서 그런지 절 전체가 아주 납작하게 느껴졌다. 부산 집으로 가기 위해 택한 길이 노고단 아래 성삼재 고개를 넘어가는 길이었다. 계곡과 길은 갈수록 깊어졌다. 숲은 더욱더 짙어졌고. 함양의 마천을 지나 평평한 길로 나올 때까지 내내 심심한 산골이었다.

그때 마천길을 지나면서 '아! 이곳이 마천' 하는 생각이 들었다. 이태의 『남부군』을 읽을 때나 이병주의 『지리산』을 읽으면서 익힌 지명이었다. 조정래의 『태백산맥』에서도 자주 등장하는 곳. 지리산에 관한 글을 읽을 때 자주 만나는 지명이 마천이었기로 이곳은 더욱 심심산골일 것이라는 생각을 막연히 가지고 있었다. 조금 전 거쳐 온 실상사의 평지와 대비되어 마천의 골짜기가 더욱더 깊게 느껴졌는데 그건 조금 전에도 말한 바처럼 마천에 관한 소설 속의 언급들은 내가 마천을 더욱 심산유곡으로 인식하게 했기 때문이다.

이번 여름, 여름 나기를 틈틈이 하지 않은 것은 아니지만 그렇다고 변변히 한 것도 없어, 작심하고 편과 막내와 셋이서 출발했다. 8월 9일, 화요일이어서 그런지 차도 잘 빠졌다. 출발할 땐 맑았는데 도중의 길은 흐림, 구름, 비, 폭우 다시 쨍쨍 그리고 폭우 또 구름의 반복이었다.

의령의 자굴산을 거쳐 마천에 왔다. 다시 봐도 깊은 산골 동네였다. 실상사에서 오는 도중의 산골들처럼 그렇게 깊은 골 모습은 아니었어도 마천은 깊고 깊은 지리산 동네임은 틀림없었다. '자연 휴양림'이라는 이름이 주는 인위적 이미지가 좀 거북스러워 그런 곳에 가는 걸 망설였지만, 이번에는 마천에 온 김에 바로 곁의 그곳에 들르기로 했다.

휴양림 안으로 들어가는 길이 내내 조용했다. 사람이 별로 없었다. 하기야 주말이 아니고 화요일 아닌가. 그러니 덜 붐비다 못해 띄엄띄엄 사람 간격이 너르고 너른 건 너무나 당연한 일. 나무와 돌과 물만이 제 얼굴 뚜렷이 드러내고 있었다.

인적이 없는 휴양림 깊은 곳, 물소리 크게 들리는 계곡 언덕에 자리를 잡았다. 가져간 책 두 권 번갈아 읽었다. 읽다가 막내는 가지고 간 오카리나를 손에 들었다. 처음 부는 오카리나인데도 잘 불었다. 부는 악기 만지는 데는 소질이 있다고 했다. 막내가 엄마에게 부는 법을 가르치는데 '투투'가 안 되어서 불다가 웃고 만다. 발 담그고 서 있을 수가 없다. 뺐다 담갔다 하면서 부는 하모니카는 「바위고개」였다. 계곡 소리에 소리가 묻히고 만다. 등 붙이고 자기도 했다. 오래간만에 가져 보는 무위자연이었다.

마천, 돌아올 때 다시 지나쳐 온 마천은 산그늘을 너울처럼 쓰고 있었다. 슈퍼를 알리는 간판이 그리 크지는 않았지만, 글자색은 총천연색이었고 근대화된 글씨였다. 슈퍼라 부르는 마천의 마켓에 들러 아이스크림을 샀다. 세 개 중 젤 큰 것을 내게 주었다. 마천서 먹는 아이스크림은 더욱 맛이 있었다. 마천중학교 입구에 우체국이 있었다. 엽서 부치러 들렀다면 더 좋았을 텐데 쓴 엽서가 없어 그리하지 못했다.

중학교는 옛 마천초등학교 자리라고 한다. 지리산 이야기 등에서 늘 비극의 현장으로 등장하는 자리다. 동창회를 알리는 플래카드는 그런대로 친숙한데 8·15를 기념하는 축구대회 애드벌룬은 영 낯설다. 8·15 기념식 같은 행사는 국가와 사회로부터 누리는 게 더 많은 대도시 등에서 거행할 일이지 하루가 급한 산골 마을에서 저렇게 대대적으로 할 일은 아니지 않은가 하고 생각했다. 광복을 산골에서는 기념하면 안 된다는 말이 아니다. 도시의 이기심을 말하고자 함이다.

마천, 나오면서 돌아보니 다시 봐도 심심산골이었다.


### 자작나무 새들의 집

함양 지리산 마천의 휴양림에 도착하여 계속 걸어 올라가면서 보니 군데군데 새의 집이 나무에 붙어 있었다. 나무는 자작나무로 보였다. 자작나무인지라, 자작나무에 붙어 있는 새집인지라 나무와 새집을 더욱 유심히 보게 되었다. 자작나무를 직접 내 눈으로 보기는 처음이나. 여러 해 전, 백두산을 오를 때 자작나무가 큰 키로 줄지어 서 있고, 숲이 너르던 것을 차창 밖으로 본 적은 있다. 아마 이전에도 산을 오를 때 자작나무와 마주친 적이 없지는 않았을 것이다. 하지만 손을 대며 본 것은 이번이 처음이다.

자작나무 껍질이 탈 때 '자작자작' 소리를 내면서 타기로 자작나무라 부른다고 한다. 또 화촉(樺燭)을 밝힌다고 할 때 화(樺) 자가 자작나무를 뜻하며 자작나무 껍질을 재료로 쓴 초를 불 밝힌다는 의미라고 한다.

장영희에 의하면 프로스트는, 동시대의 다른 시인들이 현학적 사고에 근거해서 암호같이 난해한 시를 쓴 반면에 프로스트는 주로 잔잔하고 명상적인 분위기로 자연의 아름다움이나 농부들의 건강하고 소박한 삶, 평범한 일상에서 문득 부딪치는 소중한 순간들을 진솔하게 묘사했다. 예를 들면 프로스트 시에 나타나는 '사과나무에 걸쳐놓은 사닥다리', '땅 위의 별과 같은 반딧불', '자작나무 가지를 타고 오르는 소년', '펼쳐 놓은 책 위로 스치는 산들바람' 등은 결국 그 속에 숨어 있는 보편적 진리로 연결된다는 것이다. 그래서 그에게 있어 시는 '기쁨으로 시작해서 지혜로 끝나는 것'이며 '잠시 삶의 혼돈을 피해 평화 속에 머물게 하는 것'이었다.[11]

이번엔 헤르만 헤세의 『지와 사랑』 중 자작나무 부분이다. "골드문트는 잠을 이룰 수가 없었기 때문에 몸을 일으켜 오두막에서 나왔다. 바깥은 시원했다. 바람이 약하게 자작나무 가지를 흔들고 있었다. 어둠 속을 이리저리 거닐다가 그는 바위 위에 걸터앉았다. 그냥 명상에 잠겨 깊은 비탄 속으로 젖어 들어갔다".

어디 이뿐인가. 소설가 김훈도 "5월의 산에서 가장 자지러지게 기뻐하는 숲은 자작나무 숲"이라고 하면서 자작나무를 예찬한다. "하얀 나뭇가지에서 파스텔 풍의 연두색 새잎들이 돋아날 때 온 산에 푸른 축복이 넘친다. 자작나무 숲은 생명의 기쁨을 주체하지 못하고 작은 바람에도 늘 흔들린다. 그 이파리들은 이파리 하나하나가 저마다 자기 방식대로 바람을 감지하는 모양이다. 사람이 바람을 전혀 느낄 수 없을 때도 그 잎들은 흔들리고 또 흔들린다. 그래서 자작나무 숲은 멀리서 보면 빛들이 모여 사는 숲처럼 보인다". 이어서 그는 "잎을 다 떨군 겨울에 자작나무 숲은 흰 기둥만으로 빛난다. 그래서 자작나무 숲의 기쁨과 평화는 죽은 자들의 영혼을 불러들일 만하다. 죽어서 자작나무 숲으로 간 영혼들은 복도 많다"고 한다.[12]

---

11)  장영희, 『가지 못한 길』에서 발췌.

12)  김훈, '산과 바다에 우리가 사네 (25) 다시 숲에 대하여', 《한국일보》, 2000년 5월 4일 기사 중.

장영희 교수는 소아마비 장애와 세 차례의 암 투병 속에서도 희망을 잃지 않는 삶을 살다가 하늘나라로 가셨다. 그런 분의 자작나무 언급이어서 더 따뜻하게 들린다. 김훈이 묘사한 5월의 자작나무 숲으로 김훈의 책을 들고 언제 들어가 보고 싶다. 헤르만 헤세, 고교 시절에 읽은 그의 책은 나의 감수성에 많이 흡수되었다.

## 벽송사 길목

낮달이 써레봉을 넘다가 중봉에 걸렸다


망태 장대 그냥 두어라


손 뻗으면 잡을 듯
재 너머 벽송사 가는 길목
깔깔대는
몇 안 되는 광점동 아이들 위해


오늘 밤은 쑥밭재로
꼬리별이나 듬뿍 떨어져라
오줌싸개들 발이 저리도록

– 권경업, 「낮달」


벽송사는 함양군 마천면 추성동에 있는 절이다. 쑥밭재는 대원사에서 벽송사로 넘는 고개 이름이고, 광점동은 쑥밭재에서 벽송사 쪽의 아랫동네 이름이었다.

8월 화요일, 백무동을 기웃거리고 칠선 계곡에서 서성거리다가 돌아오기엔 늦은 시각이다. 그래도 잠시 백무동 입구가 어디인가를 핸들 꺾어 들어가 확인하고, 칠선 계곡의 물은 아래로 흐르는지 위로 흐르는지를 내 눈으로 보기 위해 그쪽으로 갔다. 계곡 따라 이어지는 길이 유난히 좁았다. 마주 달릴 수 없는 길이어서 차를 만날까 봐 조바심 일었다.

그때 벽송사 이정표가 눈높이보다 더 위에서 나를 내려보며 서 있는 것이 눈에 들어왔다. 왼쪽으로 난 벽송사 그 길로 방향을 돌렸다. 절보다 멀찌감치 아래에 있는 주차장에 차를 세웠다. 서 있는 차가 두서너 대뿐이었다. 골짜기 절에 오르기엔 늦은 시각인지라 그러려니 했지만 그래도 주차장 공간은 휑하니 넓어 보였다.

우리 셋뿐이었다. 오르는 길을 힘들어하는 막내를 따라 편은 뒤로 처지고, 나는 천천히 '간다, 간다'고 하면서도 아무래도 걸음이 앞서 있었다. '여기쯤' 하면서 돌아도 절이 있을 기미가 보이지 않고 '저기쯤' 짐작하면서 살펴보아도 절이 보이지 않는다. 숲길의 그늘은 더 짙어지고 있는데 찾는 절은 인 니타난다. 물론 아직 어둠이 내릴 시각까지는 아니다. 폭우로 망가진 길을 고치기 위함인지 차가 한 대 멈춰 있다. 버려진 차는 아닌데 버려진 듯이 아무렇게나 서 있었다.

잎, 짙은 색 그 위에 한 마리 나방이 도사처럼 앉아 있다. 나비인가? 흰 줄무늬가 가사처럼 보이기도 하고 장삼처럼 보이기도 하고. 슬그머니 겁이 났다. 반달곰, 멧돼지가 덮칠까 봐 이리저리 살폈고 무엇보다 나보다 더 힘이 세고 어깨가 딱 벌어진 남자가 두서너 명 길을 가로막고 '보소, 말 좀 물읍시다' 하고 시비 걸까 봐 신경 쓰였다. 늦은 길이 너무 적요했다는 얘기다. 사람 하나 만나지 못했다. 버려진 나무 막대기가 있을 법도 한데 눈에 뜨이지 않는다. 겨우 하나 찾았다. 막대기를 손에 쥐니 마음이 좀 든든하다.

문드러져 가는 막대기는 왜 들고 서 있느냐는 물음에, 시비 거는 사람

나타날까 봐 그랬다는 말은 차마 못 하고 산돼지 나타날까 봐 그랬다고
했더니 둘이서 한참 웃는다. 내려오는 사람 둘, 남자와 여자를 처음 만났
다. 저기쯤 절이 있겠다고 확신했다.

　길은 어두침침했는데 절은 환했다. 벽송사, 건물도 몇 없고 디딘 발자
국 수도 그리 많지 않아 보이는 절이었다. 꽉 차지 않고 썰렁해 좋았다.
손댈 채비하는지 건축 자재가 좀 쌓여 있기는 했다. 이름 쓴 기와도 몇
줄이 있었고. 건물도 몇 안 되었고 사람은 아예 한 명도 없었다. 돌아올
때까지 스님 한 명도 못 봤다. 절에 가서 스님 一경 한 명 못 하고 일반인
한 명 구경 못하고 내려오기는 처음이다. 올라올 때 절 앞에서 만난 두
사람이 유일한 사람 구경이었다.

　차가 서 있는 곳에 내려와서 솔잎 음료 캔을 들고 상점 주인에게 물으
니 스님 8명이 수행 정진 중인 절이라고 한다. 마침 지프가 한 대 지나간
다. 스님이 핸들을 잡고 있었다. 여승처럼 보였다. 상점 주인에게 이건 미
처 못 물어봤다. 저 절에 사는 분들이 남자 스님인지 여자 스님인지.

　올라오는 벽송사 길에도 낮달은 걸려 있지 않았는데 내려오는 길에서
도 꼬리별은 떨어지지 않았다. 낮달은 늦은 시각까지 걸려 있었는데 내
가 사주경계 하느라고 못 봤을 수도 있고, 꼬리별은, 떨어지기엔 이른 시
각인지라 안 떨어져 못 봤을 것이다. 내려와서 칠선 계곡 쪽으로 가, '저
기부터 칠선 계곡' 하고 돌아 나왔다. 길옆에서 물은 내내 따라 흐르고
있었다.

　재 넘어 벽송사, 지붕의 기와와 소나무 두 그루와 소슬한 댓잎들이 눈
에 선하다. 두고 온 벽송사다. 다시 갈 벽송사다. 쑥밭재는 요 다음에 오
르겠다. 광점동은 내려가다 확인하고. 내려왔어도 광점동을 확인하지 못
했다.

## 편안한 다리

함양의 지곡면 시목 마을에 도착했다. 삼봉산을 보고 셔터를 대여섯 번 눌렀을 때 디카는 숨을 멈추어 버렸다. 니콘 쿨픽스 2500(Nikon Coolpix 2500)이라는 이름을 가진 디카, 내게 와서 고생 많이 하고 간다. 그가 품어서 나에게 전해준 풍경이 많고도 많다. 나는 이 품종을 두 개나 내 손가락 아래서 숨 멎게 했다.

시목 마을, 잃었다가 다시 찾아 이정표에 새겨 세워진 이름은 감나무 골이었다. 함양읍에서 남원 방향으로 약 8㎞. 함양에서 남원으로 가는 이 길을 이전에 서너 번 왕복했었는데 그때마다 참 깊은 산골 마을, 길이라는 생각을 하곤 했었다. '두레 공동체 입구'라는 표식도 서 있었다.

돌아오는 길에 오도재를 넘었다. 등구 마을로 갈 참이다. 오도재는 함양에서 지리산으로 가는 가장 직선거리의 고개라고 했다. 유난히 구불구불하다. 속리산의 법주사로 가는 구불구불한 길보다는 규모가 작은 고개인 것 같다. 오도재 정상의 관문을 지나 조금 내려가니 전망대가 있었다. 거기 서서 바라보니 지리산의 큰 봉우리들은 다 한눈에 들어온다. 천왕봉, 중봉, 하봉, 제석봉, 칠선봉….

내려가니 중턱에 등구 마을이 있었다. 말로만 들었던 마을이다. 오늘에야 눈으로 확인한다. 등구 또 마천은 전설처럼 듣던 소년 시절의 마을 이름이다. 덕산 유지(덕) 골과 더불어 지리산 골짜기의 대명사였다. 어른들의 입에서 빨치산과 관련하여 등장하는 이름들이었다. 물론 무주 구천동도 골짜기의 표상이었다. 등구, 지리산 등구, 그 등구를 이제 내 눈으로 확인했다. 차를 타고 스쳐 지나갔다. 등구 마을, 걸어서 답사하지 못한 아쉬움으로 안 보일 때까지 차창 밖으로 봤다. 오늘은 내가 차 뒷자리에 앉았다.

마천으로 들어가지 않았다. 칠선 계곡, 벽송사로 가는 다리, 의탄교를 뒤로 한 채 산청 쪽으로 방향을 잡았다. 의탄교는 지리산 천왕봉이 흘려 보내는 칠선 계곡 아랫자락에 있다. 칠선 계곡은 설악산의 천불동 계곡, 한라산의 탐라 계곡과 함께 폭포가 아름다운 이 나라 3대 계곡의 하나라고 한다.

의탄교라는 이름의 이 다리는 이 땅의 어느 다리보다 보는 이의 시선을 편하게 한다고 생각했다. 말하자면 내 눈엔 '편안한 다리'였다. 다리는 다급하고 가파르게 부대끼다 온 사람들의 막힌 심성을 편안하게 열어 준다. 이 다리는 폭이 좁다. 자동차가 겨우 한 대 지나갈 폭이다. 다리는 그 자리에 늘 서 있으면서 건너길 이를 의연하게 기다리는 것 같았다.

# 배다른 형제봉

한 해를 보내는 마지막 날, 작은 분량이라 하더라도 소회가 없는 사람이 있을까? 해를 맞이하는 첫날, 작은 크기라 하더라도 설렘이 없는 사람이 있을까? 맞이하는 기분보다 보내는 기분이 더 애잔한 것 같다.

12월 31일 이른 아침에 부산 집에서 출발하였다. 하동 악양의 길뫼재에 도착하니 7시, 아직 이른 아침이다. 송구영신을 길뫼재에 가서 할 생각을 하지 못했는데 막내가 할머니는 자기가 돌볼 테니 엄마, 아빠는 거기 가서 보내고 오시라며 넣은 간곡한 압력에 힘을 얻어 한 출발이고 도착이었다.

겨울이지만 푸근한 일기다. 그래도 겨울 아닌가. 또 산기슭 아닌가. 바로 난로에 불을 붙였다. 편은 안에서 떡국을 끓이고. 한 시간 이상을 나팔 연습하고 형제봉을 향해 출발했다. 보내는 한 해의 소회를 산꼭대기에 올라가서 풀자고 둘이서 약속한 터였다. 바로 맞은편, 해가 넘어가는 곳, 1,115m의 형제봉에 오르기로 했다.

청학사 코스로 올라갈 예정이었다. 그런데 면 소재지 마을의 K가 강선암 코스로 오르는 게 좋겠다고 권유한다. 강선암까지 자기 차로 태워 주겠다고 했다. 강선암 코스는 두 바위 사이에 구름다리가 걸쳐져 있는 신선대를 통과하여 올라가는 길이다. 강선암 코스 초입까지 차로 왔다.

산에 오르는 사람은 우리 둘뿐인 듯했다. 뒤에서 밀어붙이듯 올라오는 사람이 없으니 조급할 것도 없었다. 앞에서 끌듯 빨리 가는 사람도 없으니 느긋한 걸음을 더욱 천천히 뗐다. 한 이불 덮고 지내는 사이이지만 이 얘기 저 얘기 나누면서 정상에 가까운 신선대에 도착했을 때야 사람

소리가 들리더니 두 쌍, 네 사람이 올라왔다. 젊은이들이었다. 그들은 자진해서 우리 사진도 찍어 주었다.

신신대 구름다리에 서서 둘러보니, 섬진강, 악양 평야, 평사리 무너미 들판, 천왕봉, 노고단, 중봉, 시루봉, 구재봉, 칠성봉, 회남재, 깃대봉 그리고 오지인 논골 또 동매리 마을이 한눈에 들어온다. 천하가 눈 아래에 있다. 물론 내려 보는 교만은 금물이다.

또 가는 방향 위를 보니 봉우리가 두 개 있다. 형제봉이다. 정상에 거의 다 온 것이다. 신선대에서 형제봉으로 가는 길은 온통 철쭉나무 군락이었다. 봄의 철쭉제에 꼭 다시 오자고 약속했다. 산의 안내판에서 형제봉은 '형제봉'으로 기니어 있었다. 지역 사투리로 '형'을 '성'이라 부른다. 그러니 성제봉은 형제봉이다. 하지만 성제봉을 '聖帝峰'이라고 표기한다.

그날도 날이고 이날도 날이긴 하지만, 해를 보내는 마지막 날, 길뫼재에서 바라보기만 하고 오르지를 못했던 형제봉에 서니 감회가 새로웠다. 비로소 악양 사람이 되었다는 생각도 들었다. 손바닥을 펴 마주치면서 '짠!' 했다. 우리식의 브라보 표시다. 해냈다는, 해를 마무리한다는 둘, 우리 상호 확인이다.

작은 형제봉, 그러니까 동생 봉엔 바위가 있었다. 큰 형제봉, 성(형) 봉에 발을 디뎠다. 무덤 하나가 있었다. 그 뒤엔 방공호가 있었고. 싱겁다고 생각했다. 형제봉 정상에 무덤이라니. 무덤은 맞은편 광양 백운산의 바구리(바구니) 봉을 향해 있었다. 그럴 수도 있겠다고 생각했다. 만난 사람은 아까 그 젊은이 넷을 포함해서 아홉 명이었다. 하산을 서둘렀다. 점심 도시락을 안 가지고 올라왔는데 시간은 점심때를 제법 넘겼다.

하산은 청학사 코스로 하기로 했다. 그런데 길 초입을 찾을 수 없다. 이정표를 찾아도 없다. 헬기장에 서서 K에게 전화했더니, 작은 형제봉 아래에서 입구를 찾으라고 했다. 아무리 찾아도 길이 보이지 않는다. 그래서 올라왔던 길, 즉 강선암 코스로 진입했다. 신선대 아래로 한참 내려왔는데 K에게서 전화가 왔다. 아까 전화한 지점을 다시 말해 보라고 했다. 헬기 착륙장이라고 했더니 거기가 형제봉이 아니라고 한다. 거기서 한 20분 더 앞으로 나아가면 형제봉이 있고 그 형제봉 바로 아래에 청학사 코스를 안내하는 이정표가 서 있다고 했다.

봉우리 두 개가 나란히 있기에 의심 없이 형제봉이라고 여겼는데, 그게 형제봉이 아니었다. 말하자면 '배다른 형제봉'이었던 셈이다. 이 이름은 순간적으로 내 머리에 떠오른 이름이다. 그러고 보니 큰 산 정상엔 표석이 있는데 그 표석이 없던 것을 깨닫지 못한 것이다.

편은, 둘이 형제이면서 시선을 못 끈 소외를 우리가 달래준 셈이 아니냐고, 오히려 잘된 것 아니냐고, 그래서 너 유종히게 거둔 미 아니냐고 말한다. 그런 셈이었다. 나도 전적으로 동의했다. 그리고 왜 그리 산행 중에서 만난 사람이 적었던지도 알 것만 같았다. 많은 사람을 안 만난 산행이어서 더욱더 유의미하다고 나는 말했다.

강선암 가까이까지 내려왔을 때, 길가에 귤 하나가 놓여 있었다. 순간, 무릎을 '탁' 쳤다. 이까 올라가면서 편이 귤 하나를 떨어트렸는데, 그것이 예상 밖으로 데굴데굴 잘도 굴려 내려가, 줍기를 포기했는데, 그 귤이 우리 내려올 때까지 얌전히 기다리고 있었던 것 아닌가. 이를 나는, 청학사 코스로 내려가지 말고, 그러니까 형제봉 꼭대기에 오늘은 발을 디디지 말고 다음에 디디라고 하는, 강선암 코스로 도로 내려오라는 길 안내, 섭리로 받아들였다.

귤을 주워 손에 들고 두 손으로 따뜻이 품은 다음, 나누어 먹었다. 맛이 남달랐다. 길뫼재 언덕으로 오니 해가 서산으로 제법 기울어져 있었다. 길뫼재 언덕에 해지기 전에 돌아오려고 조금은 서둘렀던 차였다.

해가 진다. 길뫼재 언덕에 서서 보니 형세봉 아래의 배다른 형제봉, 또 그 아래의 신선대 턱밑으로 해가 넘어간다. 나팔을 꺼냈다. 지는 해를 보고 섰다. 불었다. 「올드 랭 사인」, 케니 지의 악보이다. 이날 이 시간을 위해 연습을 제법 했다. 내가 죽다 깨어난다 해도 케니 지 비슷하게라도 못 불겠지만. 그래도 나 혼자, 우리 둘이 치르는 일몰의 축제이다. 못 분 다고 어찌 위축될 것인가. 엄숙히 불었다. 해가 넘어갔다.

어떻게 잤는지도 모르겠다. 점심을 거른 산행이 피곤했던 모양이다. 편 도 그랬다고 했다. 멧돼지가 내려와 메고 가도 모를 뻔했다고 했다. 멧돼 지 다녀간 흔적은 없었다.

새해의 뜨는 해도 우리 흙에서 맞이하기로 했다. 보낼 때도 그랬듯이 말이다. 해뜨기 전에 난로 나무를 몇 도막 베었다. 불을 붙이고 기다리 니 해가 뜬다. 내가 서서 봤을 때 깃대봉 오른편, 칠성봉 왼편, '논 골'이 라는 오지가 있는 지점이다. 해 뜰 때는 나발을 꺼내 들지 않았다. 아침 인지라 그래서는 안 될 것 같았다.

다음 날, 해가 뜨려 한다. 편은 난로에 불을 때다 말고 앞으로 걸어간 다. 나는 뒤에 서 있고. 해가 떴다. 둘이서 다시 산을 이리저리 봤다. 형 제봉 쪽을 봤다. 저기가 형제봉, 저건 형 저건 동생, 그 아래가 배다른 형 제봉, 또 그 아래는 구름다리가 있는 큰 바위 둑 신선대. 난 '배다른 형 제봉'이 정겹게 보인다고 했고 편은 이에 동의했다. 신선대 오른편 봉우 리가 이른바, '배다른 형제봉'인데, 아래에서 보면 저 봉우리가 제일 높은 봉우리, 즉 형제봉인 것처럼 지금도 그렇게 보인다.

# 하동역 북천역

## 마분지 기차표

8월 어느 날 오전 9시, 역의 구내로 들어가기엔 이른 시간이다. 부산역, 구포역, 서울역으로 들어가기엔 이르지도 늦지도 않은 시각이지만 하동역, 짐 실은 열차는 모르지만 사람 태운 열차는 하루에 네 번밖에 지나가지 않는 하동역 9시는 이르고도 남은 시각.

이른 시각이긴 하지만 역에 볼일 없는 내가 일없이 들어가기엔 좋은 시각이었다. 표 안 끊고 개찰구를 통과하는데도 아무도 제지하지 않는다. 보는 사람도 없다. 그렇게 안으로 들어갔다. 아무도 없었다. 나만 있었다. 정적이 있었고. 섬진강을 가로지르는 기찻길 철교가 멀리 보인다.

서성이다 니오ㅓ 역사 안 시계는 팔이 아픈지 큰 손(바늘)을 25분에다 내려놓고 있었다. 차표를 물어보고만 있는 것일까. 건장한 검은 옷 남자는 창구 역무원을 향한 앞모습을 뒤로 돌리지 않는다. 걸친 팔을 움직이지도 않는다. 다른 이야기 하는 것 같지는 않다. 건네받을 차표가 마분지 차표인지 끝내 확인하지 못하고 대기실을 나왔다. 마분지 차표, 그 차표를 내 손에 건네받아 본 지 얼마인지. 꽉 쥐어도 더 쥘 게 있던 그 시절 차표…. 오후의 이른 시각은 어떨까?

기차가 오기에는 아직 이른 시각이다
대합실 내 군데군데 칠이 벗겨진 나무 의자
일몰의 그림자 길어지면 자갑게 흔들리는
철로 주변의 측백나무 사이로 쓸쓸히 흘러가는 저녁

셋, 흔적은 흔적

93

종착역을 알 수 없는 낯선 사람들 지루한 표정

딱딱한 마분지 차표를 건네는 매표원의 가느다란 손가락

아무도 일러주지 않는 출발과 도착의 낡은 시각표

의미 없는 부호처럼 굴러다니는 비닐봉지

너무 일찍 나온 것이다

— 이궁로, 「기차역에서 서성이다」

나는 오후의 이른 시간이 아니라 오전의 이른 시각에 왔다. 그래서 "의미 없는 부호처럼 굴러다니는 비닐봉지"는 눈에 띄지 않았다.

## 여 덟 시 기 차

차창을 내리고 천천히 갔다. 북천역 바로 앞이다. 8월 24일 얘기다. 열차 소리가 들렸다. 일곱 시 오십칠 분이었다. 핸들을 좌로 꺾어 역으로 들어갔다. 그리 크지 않은 역 마당으로 다 올라가지 않고 옆에 치를 세웠다.

두 사람이 나오고 있었다. 단 두 사람이어서 더욱 눈에 띄었다. 역사 위로 오르는 해가 부서 잘 볼 수는 없었다. 소녀였다. 내 눈에 소녀로 보인 것이지 처녀였을 것이다. 돌아보니 그들은 길가에 서 있었다. 누군가를 기다리는 듯했다. 어느 방향으로 가는지 물어볼까 하다가 그만두었다.

좀 후에 진한 쥐색 봉고 승합차가 오더니 그 자리서 차를 돌렸다(불법 좌회전). 내가 가는 방향과는 반대 길이다. 문을 여니 둘이 탄다. 그리고 출발한다. 그 사이 열차는 출발하는 소리를 냈다. 바퀴와 엔진이 내는 소리다. 전라도서 온 열차는 경상도를 지나 부산까지 갈 것이다.

열차도 갔고 소녀 둘 다 봉고차에 실려 어디론가 갔다. 난 역의 구내로 들어갔다. 들어가려는데 역무원이 어디 가시느냐고 묻는다. 출발한 열차 뒤로 들어가는 구내로의 발걸음이 의아스러웠을 것이다. 구경하러 들어간다고 했더니 코스모스가 지천이라고 말했다. 한 달 후엔 코스모스 메밀꽃 등의 꽃길 축제가 여기서부터 열리니 그때 꼭 오시라고 한다. 그렇게 하겠다고 했다. 과연 코스모스가 지천이었다.

열차가 떠난 역의 구내, 피기 전의 코스모스 레일[13]에 서서 오래 머물렀다. 생각은 코스모스보다는 여덟 시 기차에 더 붙들려 있었다.

여덟 시 기차, 먼저 떠오르는 여덟 시 기차는 아무래도 그리스의 노래, 「기차는 여덟 시에 떠나네」일 수밖에 없다. 억눌린 사람들의 소박한 비애가 담겨 있어 더욱더 애틋한 노래. 저항의 노래라기보다는 돌아오지 않는 연인을 기다리는 노래로 들리지만 기자 다고 떠난 그 연인은 조국을 위해 항쟁하러 떠난. 돌아오지 못할 길을 떠난 연인을 기다리려 매일같이 기차역으로 나가는 그리스 여인의 여심이라는 여덟 시 기차 노래이다. 나는 피지 않은 코스모스 레일을 뒤에 두고 갈 길을 계속 갔다.

여덟 시 기차는 또 카프카의 『변신』에서의 여덟 시 기차도 생각하게 했다. 나중에 찾아서 다시 읽었다

제발 잠깐만 기다려주세요. 아직도 상태가 완전하게 좋지는 못합니다만, 그래도 괜찮습니다. 최근에 제가 발송한 주문서를 미처 보지 못하신 것이 아닌가요? 하여튼 여덟 시 기차로 떠나겠습니다. 저도 곧 일하러 회사로 가겠습니다. (중략) 이렇게 많은 말들을 단숨에 지껄이면서도 그레고르는 자기 자신이 무슨 말을 했는지조차 알 수 없었다. 그레고르는 침대 위에서 익힌 경험을 살려 옷장 쪽으로 다가갔다. 그리고는 옷장에 매달려 일어서려고 애를 썼다. 그는 정말로 문을 열고 지배인에게 자신의 모습을 보여 주면서 그와 이야기하리라 마음먹은 것이다.

---

13)  어릴 때 우리는 이를 '철 까시'라고 불렀다.

지금 저토록 자신을 만나고 싶어 하는 사람들이 막상 자신의 변해 버린 모습을 확인한다면 그들은 무슨 말을 할 것인가 궁금하기도 했다. 만일 그들이 깜짝 놀라너라도, 내게는 하등의 책임이 없으니까 그저 조용히 있으면 된다. 그들이 태연하게 받아들이면, 나 역시 흥분할 이유가 없으므로 여덟 시 기차를 탈 수 있도록 서둘러 역으로 미끄러졌으나, 마침내 간신히 몸을 흔들어 일으켜 그곳에 똑바로 서게 되었다.

가끔, 아주 가끔 나는 카프카 『변신』의 그레고르는 아닌지 생각해 본다. 요샌 그런 생각이 덜 든다. 실존의 실존성에 대한 사색이 무디어졌음을 말해 주는 것인지도 모른다.

9월 하순의 어느 토요일, 다시 북천역에 갔다. 이번엔 편과 더불어 갔다. 여덟 시였다. 기차는 가고 없었다. 내려 개찰구를 통해 나오는 사람은 아무도 없었다. 두 소녀가 내리던 그 8월을 생각했다. 소리도 못 들었다. 북천역에는 우리 둘과 역무원 둘뿐이었다. 그리고 서 있는 내 차 위에 떨어진 낙엽 하나.

편을 꼬드겨 안으로 들어갔다. 역무원이 왔다. 8월의 그 역무원이었다. 셔터를 자기가 눌러 주겠다고 했다. 오늘부터 꽃길 축제가 시작된다고 했다. 역무원의 이름을 물어 수첩에 적어 두었다.

# 무명, 슬픔, 가슴 뭉클함

초여름 어느 달 하순, 삼천포 와룡산의 여름밤은 감미로웠다. 달이 떴고 개망초는 달빛을 받고 있었고 산 아래 천포 산장으로 오르는 가파른 길 그 곁의 천수답 논은 아직 키 작은 모를, 논물을 요로 깔아 품고 있었다. 그 물에도 달빛은 내리어 우유처럼 반사하고 있었다. 개구리 울음소리는 멀리서 은은한 음악으로 들려오고 있었고. 꽃이 진 목련, 밤의 그 나무 그늘에 의자를 놓고, 달빛 받으며 색소폰을 불었다. 한참 불었다. 시계가 자정을 제법 지날 때까지.

이튿날, 그러니까 27일 일요일 아침, 일어나니 개운하다. 산중 정기를 받아서일까? 개운해도 한참 개운하다. 와룡산을 하산하여 하동군 진교면의 백련 도요지로 향했다 백련리 도요지는, 진교 나들목을 빠져나와 진교로 들어서서는, 1002번 지방도로로 진입, 하동 쪽으로 가다가 한 5분 정도 가서는 오른편, 그리고 곧바로 왼편으로 핸들을 꺾었다가 또 곧바로 오른편으로 핸들을 꺾어 들어가면 만나게 되는, 야트막한 산 아래의 동네이다.

하지만 이번에도 헤맸다. 지난번에 왔을 때도 헤맸는데 말이다. 1002번 지방도로에 세워져 있는 이정표와 바로 연이어 있는 길에 세워져 있는 이정표가 혼선을 초래하기에 부족함이 없도록 교차하여 있었다. 지난번에는 이정표를 스쳐 지나가 버렸기로 찾지 못했고, 이번에는 이정표의 안내를 따라 바로 좌회전을 제대로 했는데, 곧이어 우회전할 것인지 또 좌회전할 것인지를 망설이다가 헤매게 됐다.

마을 초입에 도착했다. 하동 샘문골 무명 도공의 비, 비문부터 읽었다. 무명은 늘 가슴을 뭉클하게 한다. 이름 없는 별들, 이름 없는 전사들, 이름 없는 도공늘…. 옛날 이곳 샘문골 사람들은 요를 묻고 흙을 비비며 불을 지펴 도혼(陶魂)을 담은 그릇을 만들며 살아갔고 또 죽어 갔다고 한다. 임진 국란을 맞아 이들의 뛰어난 도재(陶才)가 이국 만 리로 끌려간 비극의 원인이 될 줄이야, 자기도 모르고 그 누구도 몰랐단다. 그들은 끌려간 땅 일본에서 이곳 샘문골을 바라보며 통한의 나날을 보내면서 울고 또 울다가 외로이 죽어갔으리리고 짐작되고노 또 된단다. 그러니 이곳 샘문골은 창조와 한의 땅이라 아니할 수 없단다. 샘문골의 도화(陶火)기 끼진 지 이미 오래되어 그 요적(窯跡)을 알 길 없었으나 일본의 국보로 남아 있는 40여 점의 정호다완(井戶茶碗)이 순우리말로 샘문임을 알아 그 원산지임을 확인하게 되었고 이 위대한 땅에 다시 불을 지피게 되었으니 자랑과 기쁨의 새 샘물이 함께 솟아났다 하지 않을 수 없단다. 우리는 늘, 찬란했던 그 시절을 회억(回憶)하고 그 시절을 만들어 갔던 이름 없는 수많은 도공늘을 추념하면서 그들의 넋이나마 이 샘문골에 돋이오게 히고 또한 그들의 도심(陶心)을 오늘에 이어가고자 여기 조촐한 비를 세우니 이름하여 무명 도공의 추념비라 부르겠단다.

이명산 남쪽 기슭 진교면 백련리 이곳의 백련리 도요지. 남해 바로 앞에 위치해 뜰 녘 해의 기운을 가장 많이 받는 명당으로서, 이름에서 알 수 있듯이 하얀 연꽃이 핀 형국이라 한다. 하동군에 산재한 질 좋은 고령토로 인해 조선 초기부터 도요지가 있었으며, 이곳에서 '꽃핀 눈박이' 사발을 만들었다고 한다. 일본 사람들은 이를 '이도 차완(井戶 茶碗)'이라 부르는데, '정호'가 바로 이곳의 옛 지명인 새미골을 가리킨다고 한다. 대문을 들어서면 '취화선 최민식 그림방'이라는 팻말이 붙은 방이 바로 눈앞에 나타난다.

자두가 새미골 가마터 이 구석 저 구석에서, 세월 가는 줄 아는지 모르는지 아랑곳하지 않으면서 매달려 세월을 희롱하고 있었다. 세월아 네월아 가거라 하면서 익고 또 익어 나둥그러져 있었다. 가마를 둘러싼 대나무들은 서걱거리며 이리저리 흔들리고 있었다.

새미골 이 첨지는
올겨울 대숲에 이는 바람 소리가
자꾸만 서러웁다네

댓잎 속에
깃을 친 겨울새들
살 부비며 함박눈 날리는 하늘로
좌 솟아오를 때

— 곽재구, 「바람 소리」에서

이곳 지금 내가 걷는 골은 새미골이긴 하지만 이 첨지가 있는 새미골은 아니다. 하지만 바람 소리 이는 대나무 숲은 있는 새미골이다. 겨울이 오면 이곳 새미골의 대숲의 바람 소리도 아마 서럽게 들릴 것이다. 하지만 아직은 아니었다. 여름인 지금 시원한 물줄기 소리로 들렸다. 한줄기 소나기 소리로 들려오고 있었다.

# 흔적은 흔적

지리산 천왕봉, 오르려고 마음을 먹었거나 산행 준비를 단단히 하고 오른 게 아니었다. 11월, 춥고 흐린 어느 주말 아침, "한번 올라가 봐?"라는 나의 말에 대한 "그럼 일단 나서 봅시다"라는 변의 응대로 일이 곧바로 진척되었다. 산천 중산리의 지리산 국립공원 매표소 주차장에 두착히여 시글 세우니 8시 40분이었디. 신행 시노늘 윗수머니서 꺼내 다시 확인하였다. '칼바위 → 법천 폭포 → 홈 바위 → 산희 샘 → 장터목 산장 → 제석봉 → 통천문 → 천왕봉'으로 이어지는 중산리 길이 내가 택한 길이다. 반복해서 숙지했지만, 나의 인지 능력이 안 미더워 다시 확인한 것이다.

30분 정도 올라가니 칼바위가 나온다. 하늘을 향해 뾰족차게 치솟은 바위였다. 하늘을 찌를 일이라도 있는지. 오른편으로 꺾어지는 법계사 코스로 들어서지 않게 되도록 유의하며 걸었다. 법천 폭포 팻말을 기대하며 가는데 나타나질 않는다.

들길은 발로만 걷는다. 오르내리는 산길은 발로만 걷는 것이 아니다. 걸음에 도와주는 손의 도움이 크다는 것을 이번에 알았다. 짚을 때마다 조금씩 묻힌 땀이 바위를 적시고 있다. 10시경의 바위가 저리 땀이니 2시경의 바위는 아예 흐르는 땀이겠다고 생각했다. 천왕봉 길은 땀 길이었다. 법천 폭포 안내판은 못 봤다 치고 홈 바위 안내판은 놓치지 말아야겠다고 재삼 다짐하며 걸었다. 지리산 아닌가. 길 놓치면 큰일 날 산이다.

산죽이다. 반갑다. 그 옛날 우리 산의 산죽은 잎이 저리 넓지 않았다. 밭을 침범해 들어오는 산죽을 차단하느라 땀깨나 흘렸던 그 시절이 생각난다. 아카시아와 산죽은 뿌리로 쳐들어오는 침략군이었다. 싸우면서 정이 드는 건지 그때 싸웠던 황토와 아카시아와 산죽이 지금은 어디서 만나도 옛 벗이다. 옛 동지이다. 산죽은 망울을 품고 있었다. 초겨울 망울은 불륜처럼 보인다. 불륜이라면 아름다운 불륜! 산죽이 품었을까. 바람이 없다.

계속 돌계단이다. 위로만, 위로만 올라간다. 행렬의 꼬리를 뒤따르며 내가 지금 『꽃들에게 희망을』의 애벌레처럼 줄이어 오르고만 있다고 생각했다. 옆으로 걷는 길은 아예 없다. 오르고 또 오르면 못 오를 리 없다는 옛 격언이 위안이었다. 오르자. 올라보자. 오르다 보면 천왕봉 나오겠지. 홈 바위일 것으로 생각했다. 사실은 망 바위였다. 예정한 길을 벗어나 있는 줄도 모르고 위를 보며 계속 걷기만 했다.

곰 발자국이 아니다. 사람 발자국이다. 내 눈에는 저 자국이 땀 자국으로 보였다. 어느 산 정상이 땀 안 흘리고 오를 수 있는 정상일까만 천왕봉은 더더욱 땀을 흘려야 오를 수 있는 꼭대기임을 저 흔적은 보여 준다. 흔적(痕跡), 저런 흔적은 그냥 흔적이 아니다. 흔적이기보다는 차라리 혼적(魂跡)이었다. 생각을 다시 한번 다잡았다. 허벅지에 힘을 꽉 주며 발걸음을 떼었다. 혼신으로 걸었다.

한 치 앞이 겨우 보이는 안갯속에서 목탁 소리가 들려 물어보니 법계사라고 했다. 길을 잘못 들었음을 확인하는 순간이다. 법계사 코스로 온 것이다. 차라리 잘되었다고 말했다. 길은 수직으로 가파른 대신 거리는 짧으니 시간은 단축된다.

개선문을 지났다. 조금만 더 가면 천왕봉이란다. 가도 가도 천왕봉은 아니었다. 힘은 다 빠져 가는데 천왕봉은 보이지 않는다. 내려오는 사람이 그리 부러울 수가 없다. 가도 가도 천왕봉이고 가도 가도 천왕봉이 아니었다.

'조금만 더' 하면서 이 다물고 오르는 천왕봉이다. 법계사를 지날 때부터 인개가 산을 덮었다. 조바심이 일었다. 비가 온다는데 비 내리기 전에 내려가야 한다. 몇 번 더 이를 다물어야 천왕봉 푯돌을 보게 될 것인가. 티브이 화면에서만 보던 그 돌을.

천왕봉이다. 드디어 천왕봉! 이제야 왔다. 하지만 천왕봉은 왜 이제 왔느냐고 말하지 않았다 벌써 왔느냐는 말도 물론 안 했다. 천왕봉은 비목처럼 나무 세워 길을 가리키고 있을 따름이었다. 바람이 너무 세다. 춥다.

천왕봉! 가까이 가지 않았다. 한걸음 뒤에 서서 보는 것으로 만족했다. 천왕봉은 다 보여 주지도 않았다. 그래도 서운하지 않았다. 천왕봉은 천왕봉을 원하는 사람들이 점령하고 있었다. 비집고 들어가 물리치고 만지지 않아도 천왕봉은 내 품의 천왕봉이었다. 가서 안기지 않아도 지리산은 '큰 바위 얼굴' 가슴으로 나를 품었듯이, 만지지 않아도 나는 천왕봉 푯돌을 만진 셈이었다.

안개이더니, 안개비이더니, 비다. 벽계사, 안개와 비속의 벽계사 염불이 따라 울고 싶도록 심혼을 흔들었다. 법당, 절하던 여자 셋 중 한 명은 독경하는 스님을 따라 염불한다. 이런 염불 처음이다. 법당 밖, 사람 없이 혼자 서서 보는 보고 듣는 나는 그대로 정물이 된다. "어두워지는데요. 빗줄기도 굵고. 안 내려갈라요?"

차마 못 울 사연일까? 여자 셋은 절만 해댄다. 안개 → 안개비 → 비 → 목탁의 염불…. 법당 스님 얼굴을 또 차마 보지 못했다.

올라갈 때 9시가 내려와서는 5시 반이었다. 법계사 로터리 산장에서 비닐 비옷을 사서 걸치긴 했지만, 옷은 온통 물이었다.

언 제 나 강 저 편

서울에 사는 아이들에게 차례로 전화했다. 한 아이는 전화 안 되어 걱정, 다른 아이는 멧돼지가 많다던데 하며 걱정, 그리고 또 다른 아이는 무리한 것 아니냐며 걱정했다고 했다.

파이팅을 외치자고 했다. 심심하면 하는 우리들의 파이팅, 이른바 하이파이브이다. 편과 나는 이렇게 결속을 다짐한다. 손바닥을 마주쳤다. 파이팅!

천왕봉을 다녀왔다. 이렇게 다녀왔다. 긴 기다림이었다. 천왕봉, 오래 기다린 후의 만남이었다.

# 갈매기의 꿈

3월 이른 아침, 부산의 영도 앞바다 갯벌에서 초등학교 5학년 학생 두 명이 빠져 헤어 나오지 못한 채 이틀 밤을 보내며 사투를 벌이다가 극적으로 구조됐다. 소꿉놀이 친구 사이인 그들이 매립지인 갯벌에 들어간 것은 지난 20일 오후, 갯벌 안쪽에 떼 지어 있는 갈매기를 좀 더 가까이 보기 위해서였다고 한다.

이들은 갈매기에 정신이 팔려 자신들이 갯벌 속으로 빠져드는 것을 몰랐다는 것이다. 남자아이가 정신을 차렸을 때는 이미 무릎까지 빠져 도저히 나올 수가 없었다. 그는 계속 탈출을 시도했지만 그럴수록 몸은 더 깊이 빠질 뿐이었다. 덩치가 좀 더 큰 여자아이는 친구를 구하려 했으나 자신도 같이 빠져 30여 시간을 갯벌 속에서 같이 보내다 22일 새벽 겨우 혼자 탈출할 수 있었다. 진흙투성이인 채 여자아이가 매립지 둑길에서 갯벌에 동생이 빠졌다는 말을 남기고 쓰러지는 것을 본 시민이 발견해 경찰에 신고한 것이다.

경찰은 곧바로 출동해 둑에서 2㎞쯤 안쪽 갯벌에서 목만 내놓은 채 울고 있는 남자아이를 발견해 구조했다. 병원에서 치료를 받는 그는 탈진 상태로 잠에서 깨어나지 못하고 있으나 생명에는 지장이 없는 상태다. 참 다행이다. 이상은 신문에서 읽는 기사 내용이다.

밤길을 걷는 한 노인이 있었다. 그는 걸으며 하늘의 별들을 유심히 보았다. 어느 날 별자리를 관찰하며 걷다가 웅덩이에 빠지고 말았다. 겨우 기어 나와 숙소로 돌아왔다. 그 꼴을 본 일하는 아주머니는 이렇게 말했

언 제 나  강   저 편

다. "철학자 양반, 이제 하늘의 별자리를 관찰하는 일은 그만두고 발밑이나 똑똑히 보고 다니시라요. 한 치 앞도 보지 못하면서 어찌 저 높은 하늘의 이치를 궁구한다는 말인가요?" 그는 창피했다. 그래서 그는, 철학자는 마음만 먹으면 눈앞의 일도 잘 살필 수 있다는 것을 보여 주고 싶었다. 그는 주위의 착유기를 다 빌렸다. 착유기란 올리브 기름을 짜는 기구를 말한다. 그해 올리브 농사가 대풍작을 이루었다. 농부들이 기름을 짜기 위해 착유기를 찾았으나 이미 그의 손에 다 넘어가고 없었다. 할 수 없이 비싼 돈을 주고 그가 가지고 있는 착유기를 빌려 기름을 짤 수밖에 없었다. 그렇게 해서 그는 돈을 많이 벌었다. 탈레스와 관련된 일화다.

철학은 이렇게 '바라보기'에서 시작한다. 탈레스는 움직이지 않는 별을 바라보다 웅덩이에 빠졌지만, 부산 영도의 두 아이는 움직이는 갈매기를 바라보다 갯벌에 빠졌다. 정적인 시대와 동적인 시대를 각각 대변하는 것 같다.

아이들은 호기심이 발동해 바라보려고 했을 것이다. 갈매기를 보려고 갯벌 안쪽까지 깊숙이 들어가, 빠져드는 줄도 모르고 늪에 빠졌다가 극적으로 구조된 이 두 소년 소녀가 후에 탈레스보다 더 많은 과학적·철학적 업적을 남겨, 과학사와 철학사에 오르는 큰 인물로 성장하는 꿈을 꾸어 본다. 이것이 내가 꾸는 '갈매기의 꿈'이다.

# 레시 포에티크

내 글을 성의 있게 읽어주는 출판사 지인이 '레시 포에티크'에 관심을 가져 보라고 권유한다. 처음 듣는 개념인지라 자료를 찾아보니 시와 소설이 어우러진 새로운 장르를 말하는 것으로서 우리말로는 '시설(詩說)'이라 부른다고 했다. 그래서 읽게 된 책이 『붉은 꽃 이야기』이다.

붉은 꽃 이야기는 남매 이야기다. 누나 선이는 일곱 살, 동생 윤이는 네 살. 동생 윤이는 흰 꽃(흰 등)에 끌렸고 누나 선이는 붉은 꽃(붉은 등)에 마음을 빼앗겼다. 무슨 꽃이 가장 예쁘냐고 선이가 소곤소곤 묻자 윤이는 고개를 쳐들고 경내를 돌아본다. 저기 하얀 꽃 예쁘다고 말한다. 듣고 있는 줄 몰랐는데 옆에 섰던 어머니가 나무라듯 잘라 말한다. 그건 영가 등이라고, 죽은 사람들에게 달아 주는 등이라고.

선이가 붉은 꽃을 본 것은 막 시작된 경내 연등 행렬에서였다. 예닐곱 살 어린애의 몸집만 한 붉은 연등이 허공에서 흔들리고 있었다. 그의 눈에 그것들은 마치 나름의 생명을 가진 것처럼 그것은 고요히 앞으로 흘러가는 것이었다. 뜀박질을 멈추며 선이는 숨을 할딱거렸다. 한 사미니가 그것을 들고 나아가고 있었다. 사미니가 가는 방향으로 그는 고개를 빼 보았다. 긴 연등 행렬의 끝이 보였다. 식구들이 찾는다는 생각을 일순 잊은 채, 그는 홀린 듯 윤이의 팔을 끌고 그 커다란 꽃을 향해 나아갔다. 봄 가고 온 가을 어느 날, 네 살 윤이는 녹슨 못을 밟는다. 이틀 낮과 밤을 헤매다가 깨어나지 못한다. '내 동생 윤이는 어디서 왔느냐'고 온 곳을 묻다가 쥐어박히곤 했던 선이는 '내 동생 윤이가 어디로 갔느냐'라고 이번에는 간 곳을 묻는다.

7월의 햇볕이 내리쬐는 느티나무를 바라보는 동안 수학 선생의 지적을 듣지 못했기 때문에 선이는 교탁 앞으로 불려 나간다. 오른뺨을 맞았다. 선생을 올려다보았다. 똑바로 바라본다고 이번에는 선생이 왼뺨을 때렸다. 얼굴을 들어 다시 보았다. 이번에는 양 뺨을 번갈아 맞았다. 그때마다 얼굴을 바로 들었다. 손바닥은 계속해서 날아왔다. 선이가 넘어지자 슬리퍼 신은 선생의 발이 그의 등짝을 밟았다. 일격이 가해질 때마다 그는 고개를 곧추 들어 선생의 얼굴을 쏘아보았다.

나가라고 했다. 당장 나가라고 했다. 떨리는 손으로 선생은 교실 앞문을 가리켰다. 선이는 나왔다. 수돗가에 가서 코피를 닦던 선이, 아랫배가 뜨거워 옴을 느꼈다. 화장실에 들어갔을 때 속옷이 젖은 것을 알았다. 집으로 가는 내내 코피를 흘렸다. 육교를 건넌다. 아랫도리에서 흘러내린 핏방울이 시멘트 바닥에 동전 같은 자국을 남긴다.

네 번째 겨울 안거를 마치고 암자에서 열흘을 보낸 뒤 그는 걸망을 메고 떠난다. 걸망에는 풀 먹인 가사와 발우, 속옷과 양말을 담았다. 늦은 겨울의 청량한 빛이 드는 아침이었다. 산문에서 그는 자목련 한 그루를 본다. 잎사귀도 꽃도 잎눈도 없는 앙상한 나목이다. 오래전 상행자와 함께 장을 보러 읍내에 오르내릴 때마다 올려다보곤 했던 나무다. 그는 꼭 한번, 밝은 봄날, 반쯤 열린 꽃들 속에서 스며 나오는 빛을 본 적이 있었다. 그때 저런 빛깔의 목련도 있었나. 의아해하며 떨어진 붉은 꽃잎을 하나 주워 코끝에 대어 본 적이 있었다.

두 달간의 만행에서 돌아오던 저녁, 산문을 들어서던 그는 다시 그 나무를 보았다. 그가 보지 못한 사이 꽃은 피었다가 시들었다. 떨어진 자취도 남아 있지 않았다. 검푸른 잎사귀들이 소리 없이 흔들리는 동안, 그는 묵묵히 그 아래 서 있었다.

한강이라는 이름의 작가가 쓴 『붉은 꽃 이야기』를 읽게 된 건 우연이었다. 글 중에 나타나는 시성(詩性) 혹은 글의 '시(詩)'스러움'이 무엇인지를 알아보기 위해 자료를 찾다가 만난 단어가 '시설'이었다. 시적인 이야기라는 뜻이란다. '열림원'에서 내는 시설 시리즈의 세 번째 책이 이 책이었다. 그래서 이 책을 읽게 되었다.

이 책을 불교 이야기나 인연 이야기로 봐도 되겠고, 이 책의 서평을 쓴 시인 박형준이 말하는바 "불교적 색채가 강하지만 불교라는 종교 이야기가 아닌" 이야기, "삶이란 매 순간 상처와 각성의 되풀이 때문에 성숙한다는 것을 깨닫는데" 있음을 알게 해 주는 이야기 등 그 어느 쪽으로 봐도 되겠다. 이 책을 읽는 나의 눈은 시설(레시 포에티크, Recit Poctique)이란 무엇인가에 맞추어져 있었다. '시설 그러니까 레시 포에티크란 이런 글을 말하는구나'라고 짐작했다. 시처럼 압축된 간결함과 언어의 밀도, 거기에다 산문의 구조적 완결성이 결합한 새로운 글쓰기라는 시설, 일상적 현실의 무게를 직관과 상상력을 통하여 아름답게 포용해 내는 장르로서 프랑스 문학의 '레시 포에티크'를 우리말로 이렇게 부르는 것이라는 시설에 대해 조금은 눈뜨게 되었다.

'시설'이라는 눈에서 볼 때 이 책이 이러한지 저러한지에 대한 평가는 유보한다. 다만 '시설'이라는 단서가 붙어 나온 점에서는 감동이 줄어들었다는 점은 말하고 싶다. 읽고 나서 '그러네' 하는 것 하고 이건 '그런 거'라는 걸 미리 전제하고 읽는 건 다른 문제다.

불교적 용어들은 비교적 나를 편하게 해 준다. 하지만 절 구경 다닌 지가 제법 되는데도 절 그림은 선뜻 와 닿지 않음을 이 책의 절 그림에서 또 한 번 느꼈다. 남매 이야기는 대개 감동적이다. 인연 이야기는 더 말할 필요가 없다. 『붉은 꽃 이야기』라는 제목의 책이었지만 내내 '붉은 등'을 말하고 있었다. 정작 붉은 꽃은 맨 마지막에 한 번 나온다. 그건 산문을 드나들 때 그가 본 자목련이었다.

자목련 철에 내가 절에 가지 않은 건가. 갔어도 다른 것 보느라 자목련을 놓친 건가. 봤어도 유의하지 않은 건가. 자목련은 내게 부산 장전동의 수녀원을 먼저 연상시킨다. 수녀원의 자목련은 내게 꽃잎 하나를 슬픔처럼 품고 있는 자목련이었다. 그런데 선이의 자목련은 무엇을 무엇처럼 품고 있는 자목련일까? 생각이 안 난다. 상상의 나래가 펼쳐지지 않는다. 선이는 붉은 꽃, 윤이는 하얀 꽃…. 수녀원의 그 자목련은 붉은 꽃 속의 하얀 꽃이었다. 죽음과 삶, 이건 붉은 꽃 흰 꽃에서 또다시 읽어낸 생의 화두다. 잊고 있다가 문득 상기해 내는.

# 넷,

## 아름다움,
## 어둠으로부터
## 와서
## 미명에
## 사라지는

# 오어사 산그늘

기림사에서 오어사로 가는 길은 듬성듬성 서릿발이 날을 세운 길이었다. 겨울이 산그늘에 숨어서 이를 악다물고 있는 것으로 보였다. 핸들 잡은 손을 또 제동장치 밟는 발에 신경을 쓰시 않을 수 없다. '추상같은 호령'이라더니, '서리발 같은 호통'이라더니 한겨울의 언 산길은 내게 히츠리든 훈찡이었나

바람도 어지럽고 들판도 을씨년스럽다. 2월이어서 그랬을 것이다. 한겨울이지만 2월은 어중간한 겨울 달이라는 생각이 든다. 비가 그렇고 바람이 그렇다. 2월의 비바람은 겨울의 그것도, 봄의 그것도 아니다. 매섭지만 순한 기운이 스며들어 있다. 가는 도중 내내 상쾌했다. 편과 나는 늘 함께 지내는 사이이면서도 오랜만의 만남인 듯 얘기들을 게속 이이있나.

검은 새들이 많았다. 검은색은 중후하고 아름답다. 겨울 들판은 검정 저 까마귀 떼가 날지 않으면 사실 허전할 것이다. 반가운 겨울새들이다. 들판에 하얀 서리가 이불처럼 깔리고 서릿발 얼음이 듬성듬성 솟아 있으며, 빈 들판 빈 하늘에 까마귀 떼가 날 때 그게 바로 겨울 들판의 겨울 들판다운 모습일 터. 오늘은 무슨 회의가 있는 모양이다. 까마귀들이 줄에 무리 지어 앉아 있다. 반갑다. 까마귀 너, 더러 오해받기도 하지만 우리의 산하 겨울 들판에 너 없으면 우리의 들판이 얼마나 허허로웠겠는가.

오어사 길로 들어섰다. 아름다운 호수가 나온다. '멀찌감치 차를 세우고 걸을걸' 하며 후회했다. 철이 아니라서 길은 비었고 호수는 아름다웠다. 절 앞에서 바라본 호수는 깨달음을 이룬 경지였다. 고요해도 너무

고요하다.

둘러싸여 있는 절 오어사, 물 그 뒤에 산도 있었다. 물을 건너게 해 주는 다리에는 산길이 또 뚜렷한 형체로 이어져 있었다. 암자로 가는 길. 아득히 높다. 저 길 따라 재촉하면 발아래 이승이 먼 세상일 건지. 종종걸음 숨 가쁘게 저리로 달려가면 백팔번뇌 거들어 줄 손, 님으로 서 있을 것인지. 망상이다. 엎드려 조아려도 지지 않는 번뇌이다.

난 깨달음의 내용을 잘 모른다. 하지만, 겨울의 저 호수, 오어호 물의 저 푸름은 하늘의 파랑(靑)과 대(竹)의 초록을 포용하여 각자(覺者)처럼 아우르고 있지 않은가. 대나무의 검푸른 초록을 디카에 담고 싶었는데 오늘 오어호에 와서 그렇게 할 수 있었다. 싱싱한 초록이다. 생기가 돈다. 물은 대를 비추고 있었다. 서서 그냥 바라봤다. 시간이 제법 가도록. 절엔 사람들이 없었다. 헐렁했다. 나무도 비우고 있었다. 가지들 사이가 텅 비었다. 하늘도 비었다. 서서 댓잎 부딪히는 소리를 듣는다.

> 사랑이 어떻게 오는지 알고 싶은가? 대숲에 부는 바람 소리로 온다. 댓잎이 서걱거리는 그 청정한 소리로, 영혼을 맑게 씻는 대숲의 소리로. 대숲의 그늘이 움직이는 그 작고 미묘하고 아득한 소리로 온다.[14]

무얼 잊지 못해 떠나지 못했는지. 달은 빈 하늘과 빈 나무, 빈 가지 위로 떠나지 못하고 달이 낮달 되어 머물러 있다. 무얼 잊지 못해, 누가 그리워, 무슨 말 전하려고 떠나지 못하고 저리 머물러 있는가. 가슴 아프다. 보니 달도 비었다. 낮달은 빈 달이다. 하기야 지금 정경들은 공허의 미학을 보여 준다. 찬 하늘보다 빈 하늘이, 가득 찬 절 길보다 빈 길이

---

14) '귀로 보는 영화, 마음으로 듣는 영화', 《오마이뉴스》, 2002.12.10.

더 풍요이고 아름다움임을 여기서 나는 본다. 내 마음은 비었는가. 마음을 비웠는가. 운제산 기슭 여기 어디에 마음을 내려놓고 청산, 겨울 어느 산을 만행처럼 가야겠다고 생각하고 생각한다. 벗어나면 또 잊어버릴 생각…

절과 산 사이의 빈 곳에 붕어가 떴다. 호수로 내려앉고 싶은 몸부림일까. 끝없이 흔들린다. 작은 바람에도. 그 몸부림으로 작은 종이 운다. 미물을 깨워도 자기는 잠들어야 할 텐데. 잠 못 이루는 밤, 불면증. 불면증 아니어도 잠들지 못하는 붕어는 슬픈 붕어!

고개를 들어 위를 보니 한천이다. 불면에 빠졌는가. 눈 뜨고 내려다보고 있나 누가? 달이. 잊지 못하는가. 잊히지 않는가. 밤은 멀었는데도 어찌 저리 빤히 보이는 얼굴인가. 눈 뜬 낮은 밤보다 길 것이다. 절 앞의 나무들, 벗은 옷이 그 아래서 밟힌다. 절에서는 언제 어떤 깃발을 매는 것일까? 깃대가 있다. 떨어진 나무 옷들은 밟히는데 내려진 깃발은 어디로 간 것일까? 깃발 없는 깃대가 빈 하늘과 더불어 더욱 허허롭다. 바람조차 안으로 움츠린다.

절 안으로 들어가지 못했다. 절을 돌아 물 곁으로만 갔다. 지장암, 대웅전, 칠성각 어디에도 들어가 조아리지 못했다. 한 분 스님, 털모자가 두껍고, 옷은 덕지덕지 누비다. 바가지, 플라스틱 바가지를 들더니 벌컥벌컥 마신다. 찰 텐데, 이 시릴 텐데. 쳐다보지 않는다. 나는 그를 봤다.

햇살이 외롭다. 겨울, 운제산 기슭에 걸린 빛이 애처롭다. 빛으로 말미암은 나무들의 따사로움은 나중 얘기다. 빛이 외롭다. 난 빛은 '꽉 참'인 줄 알았다. 빛은 알맹인 줄 알았다. 빛은 자기의 충만으로 하여 외로운 타자들을 보듬어 주는 것인 줄 알았다. 빛에도 빈틈, 공허가 있어 보인다. 빛이 외로워 보인다.

절을 나섰다. 호수도 벗어났다. 운제산, 운제산의 오어호, 오어호의 오어사에 오래 머물렀다. 좀 늦었다. 서둘러 출발했다. 겨울의 오후 해는 더욱 짧다. 해 떨어지기 전에 백암까지는 가야 하기로. 돌아보니 절은, 부잣집 윗채, 사랑채, 행랑채가 도란도란 앉아 있는 모습이었다. 평소 익히 본 절 모습이 아니었다.

오어사에서 기림사 쪽으로 되돌아 나오는 길도 또한 겨울이 산그늘에 숨어서 이를 악다물고 있는 것으로 보였다. 기울고 있는 해여서 더욱더 그랬을 것이다.

# 석공의 노래

경주시 현곡면 오류1리, 동국대 뒤편 저 멀리, 영천 가는 길로 가다가 오른편으로 있는 동네의 토암 조각 연구원으로 가는 길이다. 길목에는 6월의 꽃들이 두란도란 피어 있었다.

망초의 흰색과 노란 꽃의 노란색, 평화롭다. 석공의 집 찾아가는 길이 한참 이어졌다. 흐르는 늘이 멀리 부느러웠고, 이제 흙내를 맡은 논의 모는 질서 정연하게 파랬다. 6월이 가고 있다는 말이다.

흐르는 경주의 저 물에 그림자 비칠까. 내려가서 견주어 보질 못했다. 그때 생각이 났으면 내 내려가 견주어 보았을 텐데. 아사달과 아사녀의 경주는 그림자가 비치지 말아야 경주답다. 길섶 꽃이 노랗다. 꽃이 하얗다.

토암 조각 연구원으로 석공을 만나러 지금 가고 있다. 거리의 둥근 거울 속으로 들어가는 길이다. 저만치 끝닿는 지점까지 가서 좌측으로 들어가니, 아주 작은 촌 동네가 있었다. 이 부근엔 화가들과 교수들이 들어와 살고 있다고 했다. 나 보고도 이 부근으로 들어올 생각 없느냐고 가볍게 물었다. 또 부근에 모여 사는 예술인들끼리 여는 마을 예술 축제도 1년에 한 번 있다고 했다. 석공이 나중에 내게 했던 말이다.

내가 만나러 가는 석공을 난 모른다. 사람도 모르고 사는 곳도 모른다. 모르면서 간다. 짐작으로는, 불국사 가는 쪽 또는 보문관광단지 쪽의, 집에 이르는 길도 잘 포장되고, 그 간판이 세련되며, 그 집이 근대적인, 그러면서 토속적인 분위기가 감싸고 있는, 그런 집의 조각 연구원이리라고 생각했다. 현곡리를 찾아 들어와서 그런 생각이 전연 엉뚱한 생각임을 확인했다. 이리 좋은 들판, 흐르는 물, 나무의 푸름이 무성한 동네.

내가 지금 찾아가는 석공은 강원도 삼척 탄광촌 출신이라고 했다. 탄광촌 그곳의 양조장 큰딸이었던 시인이 내게 알려 준 그에 관한 정보다. 삼척에서 경주 이곳으로 흘러들어온 망치를 든 남자, 망치를 들고 돌을 깨는 한 남자의 유랑 이야기가 궁금했다. 두고 온 그의 고향 탄광촌, 고향은 길모퉁이의 저 둥근 반사경 속에 있을 것이다. 고향길은 저 거울로 흘러들어와 또 거울로 빠져나갈 것이다. 석공의 터로 가는 들길엔 저런 반사경 거울이 두 개나 있었던 것 같다.

우리는 찻잔을 두고, 수박을 앞에 두고 마주 앉았다. 석공의 아내는 보인 차를 가져왔다. 거듭 부었다. 난 또 주는 대로 거듭 마셨다. 석공은 자기 유년의 땅 삼척을 척박하게 회상했다. 밭 두 뙈기 밤나무 두 그루…. 곡식을 산출하는 땅은 이것이 전부였다고 했다. 밤 서리를 웃으면서 회상했다. 난 정색을 하며 내 유년 시절의 우리 과수원 밤 서리 예방의 고동을 얘기했다. 우리는 웃었다.

풍부한 건 검은색, 석탄, 가난…. 제주도로 가려고 했단다. 어찌 경주까지 와서 자리 잡았느냐는 물음에 그는 이렇게 말했다. 그는 석굴암의 부처에 매료되어 경주로 왔다고 했다. 제주도 아니면 경주. 그는 어쩌면 바람의 사람일는지도 모른다. 서라벌의 혼이 그를 불렀을 뿐. 바람의 사람이라고는 했지만, 아낙 얻고 자식 두고 터에 뿌리내리며 사는 것으로 보였다. 처음인 한 번의 만남이지만 난 그렇게 짐작했다.

내가 다닐 때 초등학교 학급은 단 두 학급뿐이었다. 반도 6년 동안 한 번도 바꾸지 않았다. 그는 여러 학급이었다고 회상했다. 우리네 1960~1970년대는 가난해서 석유 못 때고 가스 못 때고 연탄 땠지만, 연탄 때던 그 시절 삼척은 흥청거렸다고 했다. 학급 수도 여러 학급이었다는 것이다. 다는 기억하지 못하지만, 동급생 중에는 양조장 큰딸도 있었다고 했다. 그 시절 장성 사람은 그 집 양조장 막걸리 안 마신 사람 없으리라고 했다. 그러고 보니 우리 동네도 양조장 있었다. 우리 동네 양조장에도 딸은 있었다. 내 또래의 아들도 있었다. 그는 이제 경주 사람이었다. 돌을 쪼러 망치 들고 서 있는 그는 경주 사람이었다. 경주의 산바람에 더 어울렸다. 얼굴이, 희끗희끗 머리카락이…

내겐 양조장 집 큰딸에 대한 회상 거리는 없다. 술찌끼미에 대한 회상은 있다. 주전자에 대한 회상도 있고. 란도셀 메고 다니던, 유독 혼자만 세라복 입고 홀어머니 손이나 할아비지 손 잡고 학교 오가던 같은 반의 여자아이에 대한 회상은 있다. 그 아이는 지금 어디? 나는 여기 있는데 그들은 시방 어디서 무엇을 하며, 또 어떻게 살고 있는가?

석공은 이미 돌을 닮았다. 저 얼굴 봐라. 이미 돌부처 아닌가. 사람은 자기가 생각하고 사는 대로 얼굴이 만들어지는 모양이다. 도공인 그의 아내는 자기가 빚었을 그릇에 연방 차를 따라 주었다. 참 맛이 있었다. 난 또 자꾸 마셨다. 안도의 숨을 쉬기도 했다. 아내와 별리한, 슬픈 사랑을 하는 아낙과 지아비는 아니었기 때문이다. 아낙이 장부 자픔이 그림자 비치기만을 기다리고 있다고 생각해 보라. 얼마나 가슴 아픈 일이겠는가. 그들은 삶을 쪼고 있었다. 자기들을 빚고 쪼고 있었다. 석공은 생활 이야기를 했다. 서울서 돌 쪼면 몰라도 경주에서 돌을 쪼아 버젓한 연구원 차리기 쉽지 않다고 했다. 안내판을 왜 보이는 데 세우지 않느냐는 물음에 석공은 그렇게 대답했다. 그러면서 실망했겠다고 겸연쩍어했다. 그림자가 그립다.

담소하며 그렇게 시간을 보낸 후 일어섰다. 석공 도공으로 켤레를 이룬 부부의 먼 배웅을 받으며 골목 어귀를 빠져나오는데, 바람은 시원했고, 논은 푸르렀고, 접시꽃은 빨갰고 하얬고, 도라지는 선명히 부풀어 꽃으로 피었으며, 풋고추 냄새는 또 저리 상큼한 6월의 냄새였고. 가지 꽃의 보라색은, 가지의 부풀어 커짐은 숫총각 그것처럼 팽팽히 솟고 있었다.

땅으로 향해. 편은 석공의 집을 나와서 걸으면서 배가 부르다고 했다. 주는 대로 차를 마셨더니 그렇다고 했다.

석공, 어느 조각공원에서 본 웅장한 조형물 같은 조형물 하나 그를 표상하며 서 있지 않아도, 석공은 돌에다 혼을 불어넣는, 자기 얼굴이 이미 자기의 작품이었다. 흙을 도자기로 빚어내는 아낙의 손도 그랬다. 참 기분 좋게 간판 없는 '토암 조각 연구원'을 빠져나왔다.

사람은 끝내 제 갈 길로 간다. 인생도 그렇다. 우린 또 우리가 가는 길로 들어서기 위해 마을을 벗어났다. 다음엔 또 국밥집으로 가, 희망을 생각하고 인생을 생각해 보자고, 희망가를 불러 보지고, 장사익이 있으면 크게 틀어 달라고 요구해 보자고 말했다. 그림자가 그립다. 물은 늘 그림자를 반영했으면 좋겠다. 물을 늘 그리움을, 사랑을 그림자로 반사했으면 좋겠다.

# 그때 기림사, 수필 같은 절

## 옹기종기

8월 하순 토요일 오후, 우리는 기림사 쪽으로 방향을 잡았다. 기림사는 경주서 포항으로 가는 길목에 자리 잡은 고즈넉한 절이다. 곧 서울로 올라갈 아이 둘 그리고 편과 함께 왔다. 편의 지인들은, 댁의 남편은 방학이 있는 직장에 있으니 얼마나 좋으냐고, 시간 많아 좋겠다고 더러 말한다고 한다. 그러면 편은 웃고 만다고 했다. 사실상 시인하는 거다. 그렇게 보는 것이 어떤 의미론 맞다. 그러나 어떤 의미론 그렇지 않다. 강의실만 들어가지 않을 따름이지 시간에 덜 쫓기는 건 아니기 때문이다.

월요일의 개강을 앞두고 난 고민을 했다. 어느 문학 기행에 함께 하느냐 마느냐의 문제로 말이다. 기행 지역이 영월으 더우이 내기 매력을 느끼는 지역이었다. 가지 않는 쪽을 택했다. 여름 방학 내내 일에 매달린 관계로 내 몸과 마음을 좀 느슨하게 풀어 줄 필요가 있었기 때문이다. 그래서 내가 올 때마다 편안하게 긴장을 풀고 가는 절인 기림사로 오게 된 것이다.

기림사에 오길 잘했다. 기림사는 내게 수필 같은 절이다. 편안했다. 해가 저물어 가는 저녁 무렵의 절은 더욱더 고즈넉했다. 기림사에 이르는 길 또한 그렇다. 절 이르는 길 좌우엔 어디에도 번잡함이 없다. 망가트린 산도 없고 들어선 집들도 없다. 그래서 그 길도 또한 수필처럼 소슬하다고 그 길을 오갈 때마다 나는 생각한다. 지난번에 다녀온 후 다시 오겠다고 생각한 지 딱 일 년 만에 온 절이다. 소리 내어 읽을 책을 들고 왔다. 절 안, 보리수 큰 나무 아래의 평평한 돌 위에 가부좌하고 앉아서 책을 폈다. 읽었다. 읽었다고 해도 몇 장 읽었겠는가? 네댓 줄 읽었어도 포만감이 크다.

해가 진다. 집이 있는 부산으로 돌아가야 한다. 차를 돌려 절을 빠져나와 내려오는데 절 바로 아래의 작은 마을 골목길에 '차와 수제비, 옹기종기'라는 까만 이정표가 기다리고 있었다. 순간적으로 방향을 돌려 그 골목으로 들어섰다. 들어가서 보니 외삼촌 댁 골목처럼 정다운 골목이었다. 정갈하기도 했고. 편지를 쓰기 위해 연필에 침 발라 본 적 있는가. 편지지, 편지 봉투 고르기 위해 문방구서 시간 보내 본 적 있는가. 편지지 깔판에 글자가 그대로 복사되도록 꾹꾹 눌러써 본 적이 있는가. 편지를 부치기 위해 먼 길 걸어본 적 있는가. 무엇보다 편지를 목 빼, 목 빼고 또 빼 기다려 본 적 있는가. 빨간 우체통….

'옹기종기'라, 이름도 옹기종기하고 초록의 글자색도 옹기종기하다. 글자의 널빤지가 그야말로 옹기종기 어울린다. 수제비 맛이 절로 나겠다. 들어가서 앉았다. 우리는 옹기종기 앉았다. 둘러앉으니 옹기종기 우리 가족이었다. 음악이 흐르고 있었다. 잔잔히 흐르는 음악, 참 정답다. 노래하는 저 가수 누구인가. 들을수록 정답다.

안으로 들어서니 박꽃이 있었다. 수줍게 기다리고 있었다. 어디를 다녀도 박꽃을 이고 있는 지붕을 만날 수 없다. 박꽃의 지붕은 초가지붕이다. 초가지붕이 박꽃의 자리인데 초가지붕 사라진 이 땅에서 박꽃인들 어디서 편안히 꽃 피울 수 있을 것인가. 박꽃은 또 흙 담벼락 그것도 짚으로 엮은 모자를 쓴 흙 담벼락 위가 제 자리인데 이 땅에 흙 담벼락으로 둘러싸인 집을 이제 어디서 볼 수 있겠는가. 흙과 박꽃, 초가지붕과 박꽃, 흙. 다 하나같이 정다운 주제들이나. 어울려서 연출하는 이들의 분위기는 더욱 정답다. 내 흙에서 왔으니 흙으로 돌아갈 터. 그렇다면 박으로, 박꽃으로 환생할 수는 없겠는가.

내내 흘렀다. 이성원의 노래가 잔잔히 내내 흘렀다. 주인장에게 물었다. 이성원을 좋아하느냐고. 좋아하는 정도가 아니라고 한다. 내내 그의 음악만을 흐르게 하다시피 한단다. 여기 이곳 자기 찻집에서 말이다. 이성원의 CD를 구하기 위해 이리저리 찾아다닌 세월도 길었단다. 이성원에게 전화도 했단다. 마산의 어떤 여성 단체를 통해 연락, 그의 음반을 구할 방도를 찾기도 했단다. 그의 음반이 하도 귀하기에 할 수 없이 그의 음악을 복사하여 틀어 준단다.

'옹기종기' 이곳에 와서 차를 마시고 음악을 들은 사람마다 누구의 노래냐고 묻는단다. 듣고는 저렇게 좋은 음악이 있느냐고, 저렇게 좋은 노래를 부른 가수를 왜 우리가 모르고 있었느냐고. 주인장은 이성원의 음악사도였다. 이성원의 소리를 기쁘게 전달하는 기쁨의 사도였다. 이성원이 알아주건 알아주지 못하건 간에 사도의 역할을 충실히 수행하고 있었다. 알아주건 알아주지 않건 간에 그 일이 즐거워서 수행하는 이런 분을 만나면 난 참 기분이 좋다.


뜰로 내려서니 희어서 푸른 박꽃이 꽃순 벌리고 있었다. 날이 어두워졌다는 말이다. 들어설 때는 다물고 있었는데 내려설 때는 꽃이 순을 벌리기 시작한 것이다. 내가 아는 한 박꽃은 밤에 꽃을 피운다. 내 소년 시절, 과수원 그 집에는 앞 신작로에 미루나무 가지런히 서 있었고, 가지런히 선 그 사이로 달이 쏟아지면, 달은 그 사이로 빛으로 휘몰아 다니고 있었다. 밤안개는 달빛을 더욱더 신비롭게 휘몰고 있었고.

영롱한 이슬이 달빛으로 젖어 순백의 박꽃 저 꽃잎에 맺혀 있는 정경을, 희어서 더욱더 푸른 여리던 박의 그 정경을 잊을 수 없다. 이성원의 노래는 저 박꽃에 또 박에 더욱 어울린다고 생각했다.

## 무심코 던진 한마디가

글 「옹기종기」를 편지로 만들어 우표 붙이고는 '옹기종기'에 보냈다. 그집 앞의 빨간 우체통에 이 편지가 들어갈 것을 상상하면서. 상상하니 아름다웠다. 부친 것을 잊고 있을 때쯤 편지가 왔다. '옹기종기' 주인장이 보낸 편지였다. 손수 그린 박꽃 그림과 함께. 편지 봉투와 편지지와 그림이 전부 그대로 작품이었다. 뜻밖에 난 귀한 선물을 받은 셈이다. 이 가을에 받은 아름다운 선물이다.

선생님, 무심코 던진 한마디가 이렇게 기분 좋은 선물로 되어 내게로 오는군요. 선생님의 열의 가득한 정성에 나름대로 보답을 드리려고 애써 부지만 역량이 부족하여 치졸한 손놀림입니다. 작은 인정으로 받아 주십시오. 우리 주변의 생활문화에 관심을 지속해서 보이시는 선생님 같은 분이 더 많이 계신다면 이 나라 이 강산을 덮고 있는 천박한 유흥문화가 조금은 줄어들게 될 것입니다. 그리되면, 그곳에 갔을 때 그 자리에는 옹기종기 작은 문화가 고향처럼, 다정한 벗처럼, 박꽃처럼 소슬히 기다리고 있을 것입니다. 참 선생님 혹시 헨리 데이비드 소로우의 『월든』을 읽어 보셨는지요? 기림사 어떤 스님이 권유하여 전 읽어 보았답니다. 제가 꿈꾸던 삶이었습니다. 하지만, 현실은 그러지 못합니다. 여전히 꿈으로만 남아 있습니다. 그리고 『조화로운 삶』 등의 책을 편안한 마음으로 읽으며 자시 순한 자연 일부분이 되어 삶을 음미하듯 이주 느긋한 행복에 젖어들곤 한답니다. 귀소본능, 자연으로 돌아가고 싶은 귀소본능이 살아납니다. 문명은 어찌 이리 앞으로만 치달고 있는지….

나는 이렇게 답장했다.

보내 주신 편지는 저에게 큰 기쁨이었습니다. 편지를 이리 성의 있게 만드셨군요. 『월든(Walden)』은 보신 바대로 저자인 소로우가 월든 호숫가에서 혼자 보낸 시간을 반추하며써 내려간 책이죠. 소로우는 월든 호수와 그 숲속을 우리의 진정한 삶의 양식이자 마음의 안식처로 묘사하고 있습니다.
1817년 7월에 매사추세츠주의 콩코드에서 태어난 그는 이려서부터 생각이 깊은 아이였으며 아름다운 콩코드에서 태어난 것을 무엇보다 큰 행운으로 여겼다고 합니다. 하버드 대학을 졸업했지만, 부와 명성을 좇는 화려한 생활을 따르지 않고 고향으로 돌아와 자연 속에서 글을 쓰며 일생을 보냈다고 합니다.

소로우는 생전에 자신의 저술로 어떤 경제적인 성공이나 주목을 받지 못했지만, 월든 호숫가에서 통나무집을 짓고 생활한 2년간의 경험을 기록한 이 책을 우리에게 남겨 줌으로써 우리가 자연을 다시 보게 하였습니다. 이 책은 19세기에 쓰인 가장 중요한 책 중 하나로 평가받고 있다고 합니다. 안타깝게도 그는 1862년 5월에 45세의 나이에 결핵으로 눈을 감았죠.

그의 월든 생활은 자급자족 생활이었습니다. 많이 생산하고 많이 소비하는 이 시대를 살아가는 우리는 어쩌면 정도의 차이는 있을지언정 자연 앞에 고개 못 들 범죄인, 공범자일 겁니다. 소로우의 월든 호수 생활은 이 점을 우리에게 경각시켜 줍니다.

전 이 책을 영감으로 읽었습니다. 1백 50여 년 전에, 그것도 홀로 숲속에 통나무집을 짓고 살았던 그의 체험담은 소중하게 제게 전달되었습니다. 그 책에는 철학적 사유의 깊이와 오래된 고집스러움의 향기가 묻어 있었습니다. 은둔 생활을 소로우는 즐겼습니다. 저도 은둔이 부럽습니다. 은둔의 유혹을 받고 있습니다. 그러나 전혀 그러지 못하고 있습니다. 전혀 말입니다. 지금 그렇게 해서는 안 된다는 이유만 잔뜩 가지고 있습니다. 숨비꼭질할 때의 숨는 것, 숨음에 대한 매력과 유혹이 오늘도 끕니다. 숨어 있다 보면 숨어 있는 그 자체가 나중엔 매력으로 오고 나를 숨겨 주는 그 공간에 대한 친근감이 소록소록 쌓이던 경험….

소로우는 '철학자가 된다는 것은 명민한 생각을 하거나 학파를 세우는 것이 아니라 지혜의 명령에 따라 소박, 자립, 관대, 신뢰의 생활을 즐겨 가는 것'이라고 말합니다. 이런 의미의 철학인으로 되어 갈 것을 소로를 읽고 배웁니다. 손수 그리신 좋은 그림을 선물로 주어 기쁩니다.

# 아름다움, 어둠으로부터 와서 미명에 사라지는

포항의 등대 박물관에 왔다. 문을 닫아 두고 있었다. 공사 중이었다. 더위를 무릅쓰고 여기까지 왔는데 문을 닫아걸고 있으니 못 들어간 발걸음이 아쉽기도 했다. 동강을 다녀온 조금 후였으니 8월 중순이었다. 곧장 보경사로 갔다. 선운사, 해인사, 진도 운림산방 갈 때처럼 이번에도 딸들과 더불어 편이 함께했다.

보경사 계곡의 물은 이날따라 더 시원했다. 물이 귀한 이 지역의 흐르는 물이니 더욱 시원할 수밖에. 앉았다가, 일없이 생각 없이 오래 앉았다가 돌아오는 길에 경주 안강의 양동 마을에 들렀다. 해는 지고 있었고 초가지붕들은 익어가는 박들을 이고 있었다.

양동 마을은 경주와 포항 사이의 아주 오래된 마을이다. 경주의 문화유산 대부분이 신라 시대에 조성된 것인데 양동은 조선 시대에 조성된 유교 문화의 마을이라고 한다. 마을 전체가 문화재로 지정된 곳이다. 그 마을 사람들은, 안동 하회 마을이 상업 관광지화되어 가는 데 비해, 자기네 마을은 그렇게 되지 않고, 보존할 것을 생활 가운데 잘 보존하고 있다는 점에서 자부심을 지니고 있다고 했다.

마을의 진입로 쪽은 경사가 급한 산에 시선이 차단되고, 골짜기 밖에서는 마을의 모습이 드러나지 않아, 마을 입구에서는 그 규모를 짐작하기가 어렵다. 접근해 들어가야 보이기 시작하는 고풍스러운 가옥들은 잘 보존되어 있었다. 우리나라 전통 가옥의 구조를 한눈에 볼 수 있는 마을이다. 가옥을 비롯해 서원, 향교, 정자, 사당 등이 고색창연함을 빛깔로 가지고 있었다.

마을 앞을 지나 흐르는 개울물이 맑다. 개울 이름은 '논내'인데 이 이름의 유래는 '놓네'라고 한다. 그 옛날 마을에서 양반 행세를 하는 사람들이 이 개울을 건널 때 만나는 사람보고, 그 사람이 누구든 아랑곳하지 않고 대뜸 "내 말을 놓네" 하고 말했기 때문에, '놓네'를 빗대어 '논내'라고 부르게 되었다는 것이다.

또 이런 유래도 있었다. 양동 마을의 어느 양반이 안강 읍내에 볼일이 있어 '논내'를 건너가는데, 마침 건너편에 농민 한 사람이 있었다고 한다. 그래서 그 양반은 늘 하던 습관으로 "나는 말을 놓겠네. 자네 이리 건너오게" 했겠다. 그 농민이 양반 앞에 갔더니 이번에는 대뜸 "나를 업고 건너가게" 했다 이 안다. 화가 난 농민은 양반을 업고 중간쯤 와서는 "나도 놓네!" 하고는 그 양반을 도랑물에다 놓아 버렸다고 한다.

알고 나니 속이 시원했다. 내게도 그럴 일 있었으면 좋겠는데. 이 마을은, 신라 시대 유물의 본산인 경주에 있는 조선 시대 유적이라는 점이 특성이라면 특성인데, 바로 이 때문에 관리도 제대로 못 받고 관광객들의 관심도 제대로 끌지 못하고 있다고 했다. 불운한 유적지라고도 했다.

'논내' 건너편 초가지붕 위에서는 박들이 익어 가고 있었다. 푸르게 하얗다. 박을 보니, 우리네 어머니들이 게으를 수 없었던 여름들이 생각난다. 해가 서산으로 게으름 피우며 갈지자걸음으로 느릿느릿 걸어가고 있어도, 우리네 어머니들 그들은 결코 게으를 수 없었던 여름, 그때 그 여름들도 박을 꽃 피웠고 지붕들이 박을 월사금 내지 못해 받던 벌처럼 이고 있게 하였다. 그때 박은 대개 지붕에 있었지만, 밭둑에도 더러 있었다.

밭이랑, 멱 감으러 가고 싶고 자치기하러 가고 싶어도 가지 못하게 발목 붙든 밭이랑, 아이들이 놀던 동네 저쪽으로 시선을 보내고 또 보내게 하던 그 여름날의 밭이랑들. 지금 생각하니 그리운 여름이고 정다운 밭이랑인데, 어린 그 시절엔 왜 그리 지겹고 역겨운 여름이고 밭이랑이던지. 어른들 밭일 나가고 없는 여름날 초가지붕엔 여린 박이 시처럼 무르익어 가고 있었다. 박이 익고 맨드라미도 졸던 그 시절의 시골도 여름도 내게서 이제 떠났다. 떠나고 없다.

저문 날, 우리네 아버지 어머니, 발목의 흙을 도랑에서 씻고, 엎드린 조밭, 수수밭을 뒤로하면서 지친 몸을 이끌고 터벅터벅 돌아오던 시골길 초가 담벼락엔, 박꽃이 여름밤마다 또 소리 없이 피곤했었다. 피었다가는 날이 새면 별, 이슬 함께 영락없이 스러져 갔다. 아름다운 것들은 왜 어둠으로부터 와서 미명에 사라져 가는 것인지….

# 미지의 강 물안개

## 새벽 강둑

7월 중순, 경북 예천군 지보면 임천리, 구담 지역이다. 하회 마을을 싸고도는 낙동강이 이곳으로 와서 큰 늪시대를 이루고 있다고 했다. 여름 방학 중엔 '초록빛 생태 교실'이 열린다고 했다. 들은 말이다.

새벽, 새벽은 늘 미지이다. 지금의 새벽은 불이 밝고 방에도 거리에도 들판에도 사물이 많다. 그래서 그전보다 덜 낯설다. 그렇다고 하더라도 미지의 땅에서 맞는 새벽은 낯설며 전율이 있다. 새벽을 맞이하는 그 땅이 미지의 땅이고, 늪이 너르게 이어지고 있으며, 장마 중이고, 강가에 물안개 피어오른다고 할 때 그 새벽은 더욱 전율을 일으키는 새벽이다.

새벽 다섯 시, 디카를 들고 하모니카는 뒤주머니에 넣고는, 가톨릭 영남 4개 교구 합동 세미나 참석차 머무는 높은 수련원을 나섰다. 공기가 신선하다. 새벽이니 그럴 수밖에 없을 것이다. 나서니 온통 초록, 성숙한 초록이었다. 논의 벼가, 초봄엔 그리 여리더니 지금은 성숙한 숙녀 되어서 있었다. 그것도 정장한 숙녀.

다리에 섰다. 미지의 땅에서 미지의 강변을 걷는 전율, 새벽을 걷는 전율! 내가 누릴 수 있는 환희라 생각하고 더욱더 활기차게 걸어, 걸어서 앞으로 갔다. 미지이던 땅의 생명 소리를, '숨어 우는 바람 소리'를 늪에서 들으며, 미지이던 사람과 사물에 든 정이 마음속에서 울림으로 북소리 내는 것을 느끼며 강둑 깊숙이 걷고 걸었다. 걸음은 '성자의 행진'이 아닌, '콰이강 다리'도 아닌, '나부코 노예들의 합창' 리듬이었다. 천천히, 천천히 둑으로 깊숙이 빨려 들어갔다. 내 걸음은 엄숙했고 진지했다.

다리를 건너자, 이쪽저쪽으로 강둑이 끝없이 이어졌다. 이리 긴 직선의 강둑에 서기는 처음인 것 같았다. 기억이 없다. 지금처럼 도시화하기 전의 대전 유성 갑천 강둑, 그 강둑도 이리 길지는 않았다. 진주 남강, 내 기억으로는 길게 걸을 강둑이 없다. 강물은 흘러도 말이다. 키가 작은 갈대숲이 하상(河床)에서 끝없이 이어지고 있었다. 소리, 생명의 소리, 말하자면 '숨어 우는 소리'가 신비롭게 계속 이어졌다.

　강둑 그 밖으로는 망초가, 개망초가 피어 끝없이 이어지고 있었다. 안으로는 하상에 갈대가 끝없이 작은 숲을 이루고 있었고. 개망초를 만나지 않는 늦봄 초여름의 아름다움을 말할 수 없다. 개망초는 그냥 피어 있는 것이었다. 모란처럼, 라일락처럼 무슨 의미를 달고 있는 것도 아니었다.

　물안개가 피어오르고 있었다. 안개, 내 상념의 주제 중의 하나이다. '안개'는 오래전부터 내 마음의 깊은 곳에 자리하고 있는 내 정서의 원천 그 하나이다. 심혼 그 깊숙한 시심의 우물이다. 안개가 언제부터 내 안에 스며들었으며, 내 정서에 어떤 영향을 미쳤는지 구체적으로 생각해볼 때도 되었다고 생각했다. 강둑을 걸으면서 말이다. 아무튼, 내가 만난 최초의 안개는 '안개 낀 서귀포'의 안개였다. 이 영화를 나는 보지 못했다. 오랫동안 아주 오랫동안 서귀포에 가 보지도 못했다. 서귀포에 안개가 많이 끼는지 아닌지 그것도 몰랐다. 가난한 어린 시절에 화려한 꿈을 담은 포스터였고, 내가 가 볼 수 없는 먼 곳의 환상적 지명이었을 따름이다. 그래도 그 영화 제목, 그 포스터는 그 후 오래오래 '안개'가 내 마음의 고향으로 자리하는 출발점이 되었다. 안개! 안개는 내 마음에서 이렇게 시작되었다.

　그리고 지금, 낯선 이곳 새벽 강둑에서 '안개'를 다시 화두로 붙든다.

## 봉정사 절밥 밥그릇 수

7월 안동 봉정사, W 거사는 노인이라고 말하기엔 꼿꼿했고 카랑카랑했다. 나는 그를 W 거사라고 부르기로 했다. 그는 봉정사의 유래를 봉정사 주지 스님보다 자기가 더 잘 안다고 말했다. 허풍일 수도 있겠다. 하지만 그의 이어지는 봉정사에 대한 설명을 듣고 나는 그의 말에 수긍했다. 그는 안다는 것을 과장하는 것이 아니었다. 절에서 일하는 분으로 보였는데 맹목적인 긍정이나 부정의 관점에서 말하는 것이 아니라, 자기가 확신하는 사실적 관점에서 사실대로 말하는 것이었다. 봉정사를 과대평가하는 나의 눈, 그 눈의 꺼풀을 그가 한 꺼풀 벗겨 준 셈이었다. 그의 설명은 맞다. 사기이 봉정사 절밥 밥그릇 수가 장난이 아니라고 했다.

거품을 걷어내고 보아도 절은 좋았다. 봉정사는 내 앞에 담백한 절로 앉아 있었다. 영국 여왕이 다녀갔다는 표식이 오히려 군더더기로 보였다. 그의 절밥 먹은 세월이 길었고 먹은 밥그릇 수만큼이나 법륜도 쌓인 것으로 보였다. 말하자면 나이와 밥만 먹은 것이 아닌 것으로 보였다.

말하는 중에 비는 간간이 내렸으며 받쳐 주는 우산을 마다했고 내내 삽과 괭이를 양손에 꽉 움켜쥐고 있었다. 그는 한학을 열심히 공부한 분이었다. 독학으로 이룬 한학, 한학 그중에도 유학과 절집에서의 긴 삶이 조화를 잘 이루고 있었다. 불자가 유학에도 깊은 공부 이력을 가지고 있었다. 필부필부는 아닌 것으로 보였다.

함께 나누는 담론이 재미있어 지체하는 중에, 벌써 출발해야 하는 버스는 나를 기다리고 있었다. 세미나 일행이 한참 기다린 모양이다. 앉아 있는 일행의 눈길이 조금은 불편하다. 사진을 찍어도 되느냐고 물었더니 기꺼이 자세를 취해 준다. 자기 얼굴, 올려도 좋다고 했다.

## 이  자리에  늘

호수같이 잔잔한 포구 구석에 배 두 척이 매여 있다. 물도 배도 움직임이 없다. 물이 또 배가 왜 움직이지 않으랴만 워낙 잔잔하고 고요하니 그렇게 보인다. 배가 "나, 이 자리에 늘 이렇게 있다"라고 말하는 것 같다. 줄이 앞뒤에서 배를 당긴다. 방파제에 매인 앞줄은 배가 나아가려고 하면 당기고 닻에 매인 뒷줄은 방파제로 들어오려고 하면 당긴다. 그림자 줄도 그렇게 그림자 배를 앞뒤에서 당기고 있다. 삶도 그럴 것이다. 가려는데 붙들리고 오려는데 매인다. 줄을 보니 시몬느 베이유의 '운명의 핀'이 생각난다.

안동 낙동강변의 농은 수련원에서 이틀 머물고 돌아왔다. 머물기만 한 것이 아니다. 다녔다. 다닌 장소는, 구담 늪지대와 길고도 길던 강둑과 하회 마을 또 봉정사. 늪지대의 긴 강둑은 새벽이었고, 영화 〈동승〉의 도념이가 어미를 그리는 울음의 공간인 하회 백사장의 그 강둑과 봉정사의 빗속 절집은 오전과 오후였다.

연수회에 함께한 사람은 가톨릭 부산교구 교수회 회원들과 대구, 안동, 마산 교구의 회원들이었다. 부산교구 회원들은 내가 책임자로 인솔했다. 살다 보면 진지하고 가슴이 따뜻하며, 눈빛이 열망 어린 사람을 가끔 만난다. 그런 사람들을 만나면 늘 삶의 활력이 솟는다. 내가 한 일로는, 오며 가며 버스 안에서 안내원 노릇, 영화 〈동승〉이 하회 마을과 봉정사와 무슨 관계가 있는지를 설명하는 일이었다. 연수회 시간에는 자리에 앉아서 여성 복지, 노인 복지, 아동 청소년 복지, 장애인 복지에 관한 발표를 듣는 거였고 저녁 후에는 연회장에서 부산 사람 노래할 때 부산 사람들 무대로 다 나와 함께 노래하고 춤추자고 권유, 어디서 밥 먹을 것이고 언제 하회를 출발할 것이며, 봉정사는 몇 시 몇 분에 나서야 하고, 부산엔 몇 시에 도착하리라는 것을 알려주는 것 등의 일들이었다.

처음으로 관광버스에서 안내원, 말하자면 가이드 노릇을 했다. 어느 대학의 관광학과 교수도 함께 탔는데, 내가 한 가이드가 못한 가이드는 아니라고 했다. 다른 사람들도 나보고 잘했다고 말했다. 난 노래도 불렀고 하모니카도 불었다. 하모니카 분 것은 그들이 예상치 못한, 그런대로 빅히트였다. 나보고 낭만이 있다고 했다. 낭만, 회복하여 살려내고 싶은 단어, 내 가슴이 정말 그것으로 채워져 있다면…. 그들도 좋아했고 나도 즐거웠다.

일상으로 돌아왔다. 일상은 늘 내 자리로 생각되는 자리다. 여기에 내가 있다. 일상은 언제나 그렇듯이 늘 내 지리로 생긱되는 사리다. 일상이라는 오늘의 자리가 내일도 내 자리라는 보장이 없는 것도 알지만, 일상에 묻혀서는 안 된다는 것도 안지만, 일상이라는 깃이 마치 포구의 배를 움직이지 못하게 앞뒤로 매는 줄과 같은 구속이라는 것을 모르지 않지만, 아무튼 일상이라는 줄은 내게 구속이어도 사랑의 구속으로 여겨진다. 붙들지 않았으면 파선했을 나(Ego), 생각하면 아찔하다. 돌아보면 난파할 뻔한 위험이 몇 번 있었다. 칼 야스퍼스는 난파한 후에야 초월자를 만날 수 있다고 말하긴 했지만 그래도 난파 직전에 붙들렸기에 산산이 소삭나지 않고 자아를 이나마 유지할 수 있었다고 안도의 숨을 쉰다. 붙들린 내가 없으면 난파된 나의 배 부서진 조각을 어떻게 찾고 어떻게 맞출 수 있겠는가. 붙들어 준 손 그리고 붙들린 나…. 포구의 배를 보니 감회가 깊다.

7월도 벌써 그 가운데이다. 밋밋한 7월, 아직 바다도 파도도 많이 언급되지 않는, 청포도가 익어 간다는 육사의 시 외에는 특별히 시로써 말해지지도 않는, 싱그러움과 숲의 짙은 푸름 외에는 특별히 언급할 사건도 없는 그 7월이 벌써 여기까지 왔다. 하지만 부서지는 숲의 이파리, 또 그것들이 연출하는 초록의 파노라마만으로도 좋은 달이다. 이 7월을 그 한가운데 서 있으면서도 내 가슴은 7월을 기다린다. 7월을 살며 7월이 주는 소식을 받고 있으면서도 내 마음은 언제나 소식 기다린다.

새벽길을 걷고 돌아온 일상, 정장하고 가지 않아도 될 일터의 방학 연구실이지만 난 오늘 넥타이를 매고 정장으로 집을 나선다. 내가 장악하고 추진하고 진행해야 할 일들이 많다.

피시를 켜고 이메일을 확인하니 안동 갈 때 동행했던 부산의 A 대학 K 교수한테서 이메일이 와 있었다. "배 교수님, 큰 행사를 치르시느라 고생이 많으셨습니다. 배 교수님께 만능 엔터테이너의 소질이 있으신 줄은 꿈에도 몰랐습니다. 안동으로 향하는 버스에서는 감탄의 연속이었습니다. 다음에 기회가 된다면 음식 대접하고 싶습니다". 읽은 후 연구실 창밖을 멀리 본다. 앞의 구월산엔 칠월의 숲 그 위로 비가 가끔 내리고 안개는 골짜기마다 드리워 있다.

# 계살피 적송

## 영근 대추 사이 그 하늘

8월 끝자락, 계살피 계곡으로 가는 길에 공암 마을을 다녀왔다. 청도의 운문호 끝머리의 공암 마을에 유저지 답시히듯 다녀온 것이나. 언양 석남사 방향으로 가다가 우회전, 건천 경주 가는 길의 산내에서 좌회전 히여 운문호 끝 시섬에 누작하였다. 운문호를 흰 바귀 빙 돈 우 눈목산 기슭의 계살피로 가는 참이었다. 계살피는 화랑도의 역사 자리일 뿐 아니라 계곡의 물흐름이 비경을 이루는 곳.

이전에 있었을 마을 터는 늪지대로 되어 너른 초원을 이루고 있었다. 병풍처럼 펼쳐져 있는 공암에는 배를 타고 건너야 하는데 탈 배가 없어 바라보기만 했다. 반 키를 훌쩍 넘는 풀 사이를 오래간만에 걸었다. 반바지 입고 걸으니 감촉이 좋다. 하늘이 유난히 쳐다보였다. 호수와 하늘! 초원과 하늘!

늪지대 초입의 마을은 반쯤 스러져 갔고 반쯤은 남아 있는 마을이었다. 마을 어귀에는 칸나와 부용화 그리고 줄콩이 경쟁하듯 붉게 꽃을 피우고 있었다. 줄콩은, 그 이름을 몰라 임시로 줄콩이라 부른다. 그 위의 하늘, 뭉게구름은 더욱더 희었다.

청도의 "구룡산에서 뻗은 산봉이 꿈틀거리면서 발백산이라는 고봉을 옹립하고 다시 숨을 쉬면서 마을을 휘감은 일봉은 공암 풍벽(孔巖楓壁)이라는 절승지를 형성하여 청도 팔경 중의 일경을 창출해 놓았다. 산내 천인 공암천은 용암을 감고 돌아 서류하면서 서지산을 따라 흐르고 내 건너는 용암봉이 다시 하늘 높이 솟아 사방이 고봉뿐"이라고 안내판은 궁금해하는 나에게 친절히 설명한다.

공암을 굴암(窟岩)이라 부른 이유는 "풍벽(楓壁)이 있는 용산 정상부에 바위가 갈라져 있는 탓인데 이곳이 바로 통로, 즉 관도(官道)로 이용되었고, 이곳이 아니고는 신작로가 되기 이전에 다른 길은 없었다" 한다. "그래서 바위굴 또는 굴 바위라 부르기도 했으며 구전에는 용이 등천할 때 꼬리로 바위를 쳐서 구멍이 났다고 하여 공암이라고 불리게 되었다"고 하는 설명이 계속 이어졌고.

대추나무가 줄지어 서 있었다. 영근 대추 사이의 하늘은 가을 하늘이었다. 높았다. 깊었다. 넓었다. 맑았다. 성질 급한 대추 한 놈은 지 혼자 붉었다. 햇빛 사이의 바람은 시원했다. 오늘은 구름이 하늘을 덮었다. 어제의 하늘, 공암 마을의 하늘은 진저리나게 깊은 남색 하늘이었다.

## 계살피 계곡 물소리

문복산, 동쪽으로는 경주시 산내면, 북쪽으로는 옹강산, 남쪽으로는 운문령, 서쪽으로는 청도 운문면 삼계리 계곡이 있는 곳. 천혜의 비경을 간직하고 있다는 삼계리의 계곡에 왔다. 문복산의 숨은 비경은 바로 이 삼계리에서 계곡을 따라 문복산 정상에 오르는 이 코스라고 했다. 과연 삼계리에서 계곡으로 들어가니 바위와 물이 이리 짙을 수가 없다.

소(沼)는 푸르다 못해 무섭다. 이게 바로 옥류다. 한 시간여 오르다가 건너 계곡을 보니 산 중턱 바위 절벽이 절경 중의 절경이다. 이날 오른 길은 산길이 아니라 계곡을 거슬러 올라가는 길이다. 이건 아예 산악 훈련이다. 높이로 따지면 해발 얼마 안 되고 길이로 따져도 그리 긴 발걸음 아니지만, 물이 불어 콸콸 때리는 물, 바위를 헤쳐 오르는 건 두려움을 제법 동반했다. 이런 발걸음을 예측하지 못하고 온 길인지라 나는 등산화를 벗고 건너곤 했다.

오늘은 어제 폭우 수준의 비 뒷날인지라 절벽은 물을 소방 호스처럼 내뿜는다. 폭포수는 내 존재를 압도하고 만다. 서 있으니 내 존재가 작아지고 작아진다. 이러다가는 납작돌이 되고 말겠다.

한 시간 이십 분 정도 임도를 따라 오르니 계곡이 다시 두 갈래로 갈라진다. 더 올라가지 않고 거기에 퍼질고 앉아 놀았다. 끝까지 올라가면, 즉 문복산 정상에 오르게 되면 울산도 경주도 영남 알프스의 아름다운 봉우리들도 다 보인다고 한다. 계살피라 부르는 삼계리 이 계곡에 오후 두 시경에 진입했는지라 해발 1천 미터가 넘는 정상까지 간다는 건 무리를 크게 동반하는 일인지라 비경 중의 비경이라는 두 갈래 계곡에 주저앉은 것이다.

물론 맨발을 담갔고, 탄성을 질렀고, 바위를 봤고, 히늘을 봤다. 저서를 앞둔 8월 중순, 비가 온 뒤의 폭포로 쏟아지는 계살피의 물소리는 구름 한 점 없는 하늘만큼이나 나를 시원하게 했다. 하늘은 눈을, 물소리는 마음을. 앉았던 바위, 섰던 바위, 폭포수 평평 바위는 갑골 문자 거북 등 바위, 그러니까 의미의 바위였다. 내려오는 길, 올라갈 때 유심히 보지 않았던 비석을 걸음을 멈추고 유심히 봤다. 비석에는 '가슬갑사 유적지'라고 되어 있었다. 뒷면에는 '성지 보존지'라고 쓰여 있었고.


## 눈부신 피부색

눈부시다. 황홀하다. 찬란하다. 우아하다. 고상하다. 하여 눈 다 뜨고 못 보겠다. 반 눈으로 본다. 작은 눈을 그나마 반 눈으로 뜨니 실눈이 되고 만다. 덜 부시지만 그래도 눈부시기는 마찬가지다.

적송이라고 해도 좋고 미인송이라고 해도 좋다. 이름은 아무래도 좋다. 내가 시비 거는 건 이름이 아니라 피부색이다. 나무의 피부색이 저리 눈부셔도 되는 건지, 몸매가 저리 준수해도 되는지 하는 거다. 적송, 미인송, 살결이 참 곱다. 이름값을 한다. 계살피 깊은 계곡의 가파른 길을 숨 가쁘게 오르다 만난 눈앞의 적송, 아찔하다.

# 지게와 자전거

그해 여름의 더위는 더욱더 불볕이었다. 근 백 년 만의 더위라고 했다. 더위는 사람도 고생시키지만, 우리를 자기 등에 지는 지구도 고생시킨다. 땅이 뿜어 올리는 열기가 헉헉 지구 숨소리 같다. 대단하다.

토요일, 반바지에 흰옷 상의를 걸쳐 입고 길 나섰다. 가는 곳은 경상북도 네륙, 구룡산 꼭대기이다. 가자고 부추기 이는, 가는 곳 구룡산 공소 길을 나바론 외길이라고 했다. 나바론은 〈나바론 요새〉라는 영화의 그 나바론이다. 가물가물 먼 기억의 영화.

운문댐 정자에서 땀을 식혔다. 호수의 푸른 물이 산의 푸름과 대비된다. 강냉이도 먹고 손가락 크기의 고구마 껍질도 벗겼다.

산길을 오른다. 경산시 용성면으로 가는 길을 따라 올라가다가, 청도 운문면으로 가는 길로 길을 바꾸니 좀 후에 오른쪽으로 콘크리트 솝은 샛길이 보인다. 겨우 들어설 수 있었다. 구룡산 공소 길은 협소하기 이를 데 없었다. 이 길을 과연 차가 통과할 수 있을는지 두려움이 없지 않았다.

올라보니 정상은 포근한 품이었다. 평범한 산이었다. 뒤에 알아보니 615 고지였다. 재미있는 사연과 볼거리가 많은 산이었다. 구룡산은 청도, 경산, 영천의 꼭짓점을 이루는 산인데, 수더분한 외모 때문에 자칫 심심한 산행일 수도 있는 산길이었다. 공소 마당의 종탑이 눈에 들어온다. 그 소리기 KBS '한국의 소리'에 채록된 종이라고 했다. 종소리, 북소리는 잠자는 심혼, 원시 혼을 깨운다.

우리는 공소 방에 짐을 풀었다. 가지산, 문복산, 고헌산 등 영남 알프스 일대 산들의 사열을 받는 듯, 멀리 떨어진 저 앞에서 가물가물 이어져 있다. 짐을 푸는 대로 옆길로 들어섰다. 아까 나바론 그 길에서 이어지는 길이다. 걷는 이 없는 길을 우리가 걸으니 산책로가 된다. 조금 가다가 정상에 도달하기 전의 조망이 트이는 좁은 공터에서 뜻밖의 광경을 대하게 된다. 십자가에 못 박힌 예수상이 불쑥 나타난 것이다. 산행하는 사람의 처지에서는 불상이면 몰라도 외진 곳에서 예수상을 마주친다는 것은 생소한 체험일 것 같다. 산 제비들은 멀리 계곡의 전깃줄에서 점점이 앉아 있다.

밤에 다시 밖으로 나왔다. 달은 초승달이었다. 별이 흐르고 있었다. 우리는 아까 그 길을 다시 걸었다. 낮엔 산책길이었는데 밤에 걸으니 신경 곤두서는 길이다. 산중의 밤길은 어두워서 익숙하니 오히려 밝았다. 마을 불이 보였으면 별빛, 달빛 조명이 방해를 받았을 것이다. 우리는 손도 잡고 어깨도 부딪치기도 하면서 제법 멀리 걸었다. 노래도 불렀다. 내려올 때 달은 저만치 기울고 있었다.

둘러앉아 지인이 들려주는 공소 길 이야기를 들었다. 나바론 외길, 이 산길에 얽힌 신앙 이야기 말이다. 그 옛날 아주 옛날, 자인 성당 신부가 판공성사 주러 여기 올 때는 자전거에 지게를 싣고 출발했다고 했다. 평평하면 자전거에 지게를 싣고 페달을 밟았고, 가파르면 지게에 자전거를 지고 헉헉거리며 걸었다는 것이다. 듣는 우리는 모르는 사이에 너 나 할 것 없이 숙연해졌다. 그런 시절도 있었음을 새삼 생각해 보게 되었다.

다섯,

머루골
야밤 새살

# 겨울 무제치

새해 아침이다. 부산 근방, 울주군에 있는 정족산의 무제치늪에 다녀왔다. '늪'을 새해 초하루의 화두로 붙들었다. 무제치늪은 1995년 울주군 삼동면과 웅촌면 은현리 덕현 마을에 걸쳐 있는 정족산(530m)에서 발견되어, 1998년 12월 31에 전국에서 다섯 번째로 생태계 보전 지역으로 지정되었다고 한다. 무제치늪은 6,000년 전에 화산암의 풍화 작용과 홍수 등에 의해 생성된 분지로 크고 작은 일곱 개의 늪으로 형성되어 있다고도 하고. 또한 산지 고층 늪지로서 습지 밑바닥에 미세한 수로가 많이 형성되어 있어 항상 일정량의 수분과 물이 고여 있다는 사실도 이번에 알게 되었다.

특히 무제치늪은 현재까지 우리나라에서 과학적 검증을 거친 늪 중에서 가장 오래된 늪으로 밝혀져 한반도 남부 지역의 자연 생태계 변천 과정과 습지 동식물의 서식 변화 상태, 기후 변천 등을 연구할 수 있는 최고의 자연 자산으로 평가받고 있다고 한다. 습지 식물 군락지로서는 세계적인 생태계 보고이며 희귀한 자생식물이 많기로 학계에 보고되어 있다는 것이다. 가슴 아프게도 현재 훼손으로 말미암아 많은 곳이 육화된 상태여서 환경부가 네 곳 중 1, 2 늪 등 두 곳을 생태계 보전지역으로 지정했다고 한다.

겨울 늪에서 '늪', '늪의 원초적 생명성'을 생각한다. 문득 나는 "나의 주위에서 어떤 거대한 늪 같은 것을 느끼기 시작"했다. "바닥을 알 수 없는 깊고 거대한 늪이 나를 서서히 빨아들이고 있음"을 느꼈다. 하지만 나는 그 늪 속으로 몸뚱이가 끝없이 가라앉아 들어가고 있는 듯한 숨 막히는 절망감이 답답하게 가슴으로 차오르고 있음을 느끼지는 않았다. 새해 아침에 늪으로 가자고 하기에 미리 이청준의 『살아 있는 늪』을 찾아서 읽고서 갔더니 이런 느낌이 떠올랐던 것 같다. 새해 올해는 내게 원초적 생명성의 늪이 되었으면 좋겠다. 그 속으로 깊이 빠져드는 기대를 꿈꾸어 본다.15)

---

15)  문단 속 겹따옴표는 이청준의 『살아 있는 늪』에서 발췌.

# 영화와 영화

## '영화의 고향' 가는 길

계곡을 따라 계속 올라가면 '영화의 고향'이 있다고 집 지킴이가 말했다. 무슨 영화를 몇 편 찍은 곳이라는데 그 영화 세목은 모르겠다고 했다. 날이 새는 대로 새벽에 올라가 보기로 했다.

큄핑 아우스에 심을 풀었다. 다섯 쌍 열 명, 정월 날미의 토요일 눈 위에 비 내리는 밤을 군불 때어 함께 보내기 위해 들어온 정족산 기슭이다. 빗소리, 집 처마의 낙수 소리, 개울의 바위에 물 부딪치는 소리가 각각 들리기도 했고 심포니 되어 화음으로 들리기도 하는 밤을 밤새우며 보냈다. 즐거운 담소는 물론이었고.

비가 그치지 않았지만, 새벽에 혼자 나섰다. 우산은 오른손에, 하모니카는 뒷주머니에, 디카는 오른손에 들고. 나중에 확인하니 영화 마을이라는 곳은 정족산의 오지로서 이름은 '보삼'이었다. '보쌈'이기도 했다. 날은 새었지만 굵은 빗줄기 때문에 날은 그리 밝지 않았다.

비가 눈 위로 내리는 겨울 산 그 속을 혼자 걸으며 본다는 것은, 산의 소리를 듣는다는 것은 전율을 일으키는 경이로움이었다. 우산에 떨어지는 빗소리는 리듬이었고. 그렇게 오르내리는 과정에서 산을 들었고, 산을 보았고, 산을 생각했다. 아니 생각이 흘렀다.

알고 보니 지금 가고 있는 보삼(保三) 마을은 울주군에서 가장 깊었을 뿐 아니라 가장 높은 마을이기도 했다. 보삼 마을은 또 '보쌈 마을'이었다. 오지 중의 오지여서 '보쌈'해 오지 않으면 장가들기가 어려웠던 모양이다. 세 개의 난으로부터 보호받았다는 마을을 향하여 가다가, 서다가,

바로 보다가, 옆으로 보다가, 뒤로 돌아보다가 하며 느릿한 걸음으로 지금 내가 가고 있다. 남의 눈엔 빠른 걸음이다. 난 걸음이 빠르다.

영화의 고향으로 가는 산길이, 돌아보고 올려보니 새삼 선명하다. 황토는 젖어서 포장은 씻겨서 더욱더 그렇다. 〈서편제〉의 섬길 영상이 여기서 또 다른 색채로 대입된다. 그래서 누리게 되는 길의 미학, 풍요롭다. 혼자 누리기엔 아깝지만 지금 나는 혼자다. 그림 같은 길이다. 다시 보니 길 같은 그림이다. 젖은 나무와 젖은 길이 서로 배척하지 않는다. 자기가 가운데 서겠다고 하지 않으니 서로 주연이고 조연이고 엑스트라이다. 나무를 보니 길이 배경이고 길을 보니 나무가 배경이다. 공존, 더불어 숲, 더불어 길!

가지의 물방울이 영롱하다. 우산 들고 걷는 긴 길, 산길은 오랜만이다. 비 올 때 가는 길은 대개 자동차 길이다. 핸들 잡고 앉아서 가는 길. 우산이 흠뻑 젖는 발걸음을 가져 본 적이 별로 없는 것 같다. 어느 틈인지 삶의 방식이 이렇게 달라졌다. 우산이, 비옷이 또 비신(장화)이 절실하지 않은 삶의 방식으로 삶을 살아가고 있으니. 노란 우산, 빨간 우산, 찢어진 우산, 노란 비옷, 파란 비옷, 찢어진 비옷, 노란 장화, 빨간 장화, 찢어진 장화…:

제법 멀리 걸었다. 발이 젖는다. 가지에 맺힌 물방울들, 영롱하다. 물방울투성이다. 가만 보니 동그랗다. 물방울이 동그랗게 맺히지 않고 네모나 세모로 맺힌다면? 들어가 머물기엔 네모가 편안하다. 그래서 방은 대개 네모난 방이다. 보기엔 동그라미가 편하다. 네모는 마음을 편하게 하고 동그라미는 시각을 편하게 한다.

우린 너 나 할 것 없이 콘크리트 우리에 갇힌 힘없는 짐승, 어른이 되었어도 우리 너머 세상은 늘 동경으로 있나. 우산의 무게를 던져 버리고 휘돌아 굽이진 빗속 황톳길을 먼 길로 달음박질, 그 발걸음으로 내디디고 싶다. 아니 내디디고 있다. 신발은 흙으로 무거워지고, 속도도 차츰 느려진다. 비 냄새에 묻어나는 흙냄새를 맡으니 멈추어 뿌리내린 한 그루 나무가 되고 싶다. 서정의 길을 따라 내가 이 아침에 걷고 있다. 나는 혼자다. 그러나 혼자가 아니다.

나뭇가지에 걸린 나뭇가지가 보인다. 꺾인 가지다. 물구나무를 섰다. 물구나무를 섰는데 바로 선 사람 같다. 달려오는 사람! 나무 뒤에 숨어서 기다리다가, 기다리다가 뛰어내려서 달려오는 그 산골 총각이다. '바위고개' 총각이다. 무정(慕情)이라는 말이 생각났다. 이 제목의 영화도 있다. 서서 꺼내 분 하모니카 음은 "바위고개 언덕을 혼자 넘자니 옛 임이 그리워서…".

오늘 발길의 끝 지점이다. 아침 안개는 피어오르지 않는다. 대신 비다. 비가 피어오른다. 하염없이 내리는 비다. 개 짖는 소리만 요란하다. 한 두어 마리가 아니다. 외로운 산골에서 무더기로 칸칸이 가두어져 사육되는 멍멍이들, 뭐가 반가웠겠는가. 적막한 산골일 것이라는 청각적 이미지를 산통 다 깨트려 놓는다. 이 산골에 웬 개들이 저리 많은가. 영화의 고향 마을이라는데 소리를 들어보니 멍멍이들의 마을 아닌가.

## 영화와 영화

도착했다. 마을은 망가져 있었다. 폐허로 된 집들이 군데군데 있었다. 폐가였다. 비바람에 바래고 썩어 마른 잡초가 무성한 지붕 또 떠받들고 있는 썩은 기둥들, 지붕의 이끼와 얽혀 있는 눈은 색상으로나 사물로서나 잘 어울린다. 시각적으로 편안하다. 마음도 그렇다. 폐허의 미학이라고 이름 붙여 본다.

영화에 쓰인 집이라고 한다. 썩어서 풍요로운 산출이다. 지붕이나 마당에 풀들이 무성히 자랄 것이고 곤충이나 작은 새들이 번성할 것이다. 물론 사는 사람이 없는데 무슨 번성이냐고 할 수 있겠다. 하지만 생태계는 순환하는 거 아니겠는가. 사람 집터가 또 풀들의 터, 곤충들의 터, 들짐승 날짐승들의 터로 되고 하는 거 아니겠는가.

고즈넉할 줄 알았는데 아니었다. '보쌈'과 '영화 마을'이라는 산골 마을 이미지를 단번에 날려 버리고 말 저 소음은 개들이 내는 꿩음이었다. 초라해도 너무 초라하고 썩어도 너무 썩은 또 내려앉아도 너무 내려앉은 여러 채 초가지붕들은 비가 배경 그림으로 되지 않고, 빗소리가 산골 음악회를 열어 주지 않았다면, 눈이 간간이 캔버스의 흰 물감으로 되어 주지 않았다면 화장 벗겨진 마이클 잭슨 얼굴 같았을 저 폐허들, 부서진 마을이었다.

하지만 아름답게 본다. 비가 내리지 않는가. 신골에 내린 눈의 깊이가 깊지 않은가. 소멸해 스러져 가는 저 지붕들, 자연의 순리이지 않은가. 하여 시인의 시를 빌린다.

산 아래 엎드린 삶이
고운 이늘 맺혀시 .

(중략)

헛간에 낡은 농구(農具)
마당엔 소와 닭이
솥발 산 그늘을 깔고 솔잎처럼 모여 산다

— 강세화, 「보삼마을」에서

정족산 또는 솥발산이라고 불리는 높은 산골의 이 마을은 임진왜란, 정유재란, 병자호란 등 3개의 난도 비껴간 마을이라고 했다. 억새로 만들어진 초가와 영화 촬영이라는 두 가지 사실은 이 마을을 유명하게 만들었다고 했다. 이곳은 이 지역 사람들보다 서울 충무로 사람들에게 더 잘 알려졌다고 한다. 영화 〈씨받이〉와 〈뽕〉 그리고 〈감자〉 등의 영화 때문이란다. 1970년대에 촬영된 이 영화는 1960년대 산골 마을의 상황이 그대로 보존돼 있어 영화 촬영 장소로 선정됐다고 한다. 보쌈 마을에서는 씨받이로 간택되기 전에 옥녀가 어머니 필녀와 함께 살던 장면을 찍었다.

보쌈 마을에서 옥녀는 인간 세상의 격식이나 규율과는 완전히 유리된 채 자연과 하나가 되어 자유롭게 살아간다. 자연 그 자체와도 같았던 옥녀의 삶은 씨받이가 된 이후 대갓집 별채에 갇혀 지내는 이후의 삶과 대비된다. 봉건적 가부장제의 억압은 옥녀의 과거 삶의 자유분방함과 자연 그대로의 보쌈 마을의 풍경 때문에 더더욱 강력하게 형상화되고 있다. 〈씨받이〉에 이어 〈감자〉, 〈뽕〉, 〈사방지〉 등의 영화도 이곳에서 촬영되었다고 했다.

내 이 영화들을 하나도 보지 못했다. 이곳의 영화 그중 하나도 보지 못했다. 영화 만든 사람들에게 좀 미안하다. 사실 보고 싶은 게 영화인데 시간을 내지 못한다. '영화와 폐허', 오늘의 화두다.

최근까지 10여 가구가 살았다고 한다. 지금 보니 아닌 것 같다. 보쌈 마을이라는 이름은 워낙 깊은 산골이라서 이곳으로 보쌈을 해 오면 행방을 찾을 수 없다고 해서 붙여진 이름이라고 했다.

초가집은 엎드린 집이다. 삶도 또한 엎드린 삶! 이 마을을 그렇게 상상했다. 지금 우리는 아파트라 이름하는 하늘 높은 집에 산다. 아파트촌은 엎드린 마을이 아니다. 고개 치든 집들이다. 역리하는 모양새이다. 역행하는 삶이 더 많다. 역행하는 차도 더러 만난다. 순리를 생각해 본다.

순명, 나는 이제 초가집 지붕처럼 둥글어야 할 때이다. 초가집 그 지붕처럼 엎드릴 때이다. 자연의 흐름을 따를 때이다. 자연은 좋은 선생님, 세월이 주는 교훈이다. 비굴한 엎드림이 아니다. 물과 어울리고 봉우리와 어울리고, 뫼와 어울리고 산의 높이와도 어울리는 순명이다. 폭삭 내려앉은 저 지붕들, 조화로운 사그라짐이다. 이래저래 내 눈엔 '아름다운 폐허'였다. 폐허의 폐가 그 마당에 서서 영화(映畵)와 영화(榮華)를 생각했다.

내려오는 길도 황토색 물감이었다. 저만치 앞에 우산을 든 남자가 내려가고 있었다. 둘이었다.

## 노란 꽃 왕국

겨울, 눈 속에서도 나무에 기대어 사람처럼 서 있던 나뭇가지는 봄, 보드라워 어찌해 보지 못하는 연두, 연초록의 봄에도 그 가지에 기대어 사람처럼 그대로 서 있었다. 정족산 산골 영화 마을로 오르는 길에서 지난번에 마주쳤던 나뭇가지 얘기다. 서서 보낸 시간이 길어 뛰어내려 걷고 싶은 가지? 그 누구와 든 정이 깊어 사람이 되고 싶은 나무? '든 정'의 사람이라면 그는 누구일까?

'高(고)' 자를 윤나게 빤질빤질 닦아야 했다. 까만 줄 테 모자 중앙에 위치시켜야 했다. 그런 시절에 '高' 자가 달린 모자를 쓰고 고등학교에 다녔다. 망경산 진주 남강, 유수리의 철길, 그 철길의 산자락에 암자가 있었고 거기엔 진달래 많이 피었었다. 나의 진달래는 그 산 진달래이다. 나에게 동백은 몰운대 동백, 남쪽 바다 지심도의 동백이듯이. 사병 시절의 최전선 대성산, 적근산의 진달래도 진하긴 진했다. 하지만 영화의 고향 여기에 와서 노란 봄을 보며 생각한 나의 봄은 망경산 그 산의 진달래 산천이다. 그때 아이들 어디서 무엇을 하며 어떻게 살고 있는지….

누구는 미국 가고 누구는 해군 장교에게 시집갔다고 했다. 누구는 서

울 증권 회사에 취직했고 뜻밖에도 누구는 지게 지는 삶을 선택했다고
했다. 나무에 걸린 사람 형상의 가지를 보니 그들이 생각난다. 그들 중
누구로 되어 뛰어오는 것 같다. 그들에게도 봄이 왔을까?

하모니카 손에 들고 올랐던 겨울의 이 마을 또 걸었던 이 길을 이번엔
하모니카 아니 들고 빈손으로 왔다. 마을 어느 집 울안엔 큰 모란들도
있었다. 탱자꽃도 화사하게 햇볕 쬐고 있었고. 영화의 고향은 노란 꽃
왕국으로 변해 있었다. 유달리 노랬다. 폐허는 그래서 아름다운 폐허였
다. 썩은 짚 지붕 폐가 위에서 필름이 어른거렸다.

# 거울과 진달래

좌우가 바뀌지 않는 거울이 발명되었다고 한다. 오른손을 들면 오른손이, 왼손을 들면 왼손이 올라가는 거울이 발명됐다는 것이다. 오늘 신문을 보면, '거울에는 사물의 좌우가 거꾸로 비친다'라는 유사 이래 통념을 뒤엎은 이른바, 진짜 거울이 일본의 한 평범한 시민에 의해 발명됐다는 것이다. 일본 미에현의 한 시민 발명가가 고안한 이 거울은 2개의 거울과 투명 유리 1개를 삼각 형태로 짜 맞추어 2개의 거울을 통해 형상을 반사함으로써 허상을 실상으로 바꾸는 데 성공했다는 것이다. 이 거울은 정영경(正影鏡)으로 이름 붙여졌는데, 이 거울은 안에 물을 집어넣어 거울의 이음매를 없앤 것이 발명의 포인트라고 한다.

양산 석남사 가는 길을 따라가다가 우측으로 핸들을 돌려 산내 마을 쪽으로 들어갔다. 주위 산에선 연초록의 나뭇잎들이 수줍은 듯 얼굴 가리려는 시늉을 연방 하고 있었다. 고개를 거의 다 올라가서 다시 핸들을 오른쪽으로 틀었다. 소호 마을로 들어가는 길이었다. 입구가 아주 좁은 길이었다. 그러나 안으로 조금 들어서면 길은 좀 넓어진다. 하지만 깊은 산골인지라 지나치는 차를 만날 가능성은 거의 없다.

우측 끝 지점으로 가서 아침 농장이라는 이름의 지인 집으로 갔다. 길을 만든다고 을씨년스럽다. 아침 농장 주인 내외는 매번 그랬지만, 이번에도 흙 같은 미소로 흙손인 채 우리를 반갑게 맞이해 주었다. 아직 변변히 자라지 못한 사과나무들이 새로 심겨 있었다. 둘러보니 산은 온통 진달래였다.

부산으로 돌아와서 참석한 어떤 저녁밥 모임에서 산 이야기를 했다. "봄 산은 진달래 천지더라. 진달래가 붉기도 붉더라. 온 산이 만홍이더라"라고 했더니, 함께 자리한 옆 사람이 나에게, 진달래색은 그렇게 진하지 않다고, 봄에 진달래가 많이 피는 것은 사실이지만 산을 온통 채울 만큼의 색은 아니었을 것이라고 말한다. 난 좀 뜨끔했다. 과장을 좀 했기 때문이다. 하지만 난 계속 주장했다. 산이 진달래로 채워진 것도 사실이었기 때문이다. 내 말을 믿지 못하겠거든, 직접 가 보라고 했다. 여기서 이러쿵저러쿵 입씨름하느니 가서 직접 눈으로 보면 내 말이 사실인지 아닌지 알 수 있다고 했다. 직접 가 보아서 사실과 들어맞으면 내 말이 옳은 것이고 그렇지 않으면 그른 것이다.

사실 우리는 말이나 판단이 사실이나 대상에 대응할 때 참이라고 생각한다. 이렇게 '판단이 사실에 일치, 대응할 때 진리'라고 보는 대응설은 복사설(Copy Theory)이기도 하다. 우리는 우리의 눈이 특별한 장애가 없는 한 대상을 있는 그대로 정확하게 복사한다고 믿고 있다. 우리가 진달래가 붉다고 생각하는 것은 진달래가 실제로 붉기 때문이라고 보는 것이다. 이것은 우리의 시각이 마치 맑은 거울과도 같아서 밖에 있는 대상이 조금도 왜곡됨이 없이 그대로 비친다고 생각하는 것이다. 이처럼 우리의 인식 능력이 대상을 있는 그대로 정확하게 반영, 즉 복사한다고 생각한다. 일상적인 경험에 비추어보면 이 말은 맞는다.

그러나 우리의 감각은 정말 거울과 같이 대상을 언제나 있는 그대로 복사하는 것일까? 일상생활에서 우리는 너무도 무비판적이고 감각적 복사설을 전제하고 있는 것이 아닐까? 조금만 반성해 보아도 우리의 감각이 늘 거울과 같지는 않다는 것을 알 수 있다. 생리적 상태, 조명, 대상의 위치 등 모든 것이 조건이 정상적이라 할지라도 그래도 인간의 감각 기관의 능력에는 한계가 있다. 자외선이나 적외선을 우리는 보지 못한다. 인간은 냄새도 개보다 더 잘 맡지 못한다. 소리를 듣는 경우도 마찬가지다.

그래서 여러 보조 기구를 사용한다 해도 제대로 보지 못하고 듣지 못하는 것은 마찬가지다. 결국, 우리의 감각이라는 거울은 바깥에 있는 사물을 사실 그대로 복사하지는 못하는 것이다.

생각한다는 뜻인 사변(Speculation)이라는 말은 거울(Speculum)에서 나왔다. 거울에 반영된 모습, 말하자면 결과로부터 실물이나 원인을 향해 상승적으로 되돌아가는 추론이 사변이다. 사변은 우선 신에 대해 생각하는 방법이다. 오래전 사람들은 자연은 신의 거울이라고 생각했다. 자연을 통하여 드러나는 신의 행위에는 신의 전지전능이 거울에 비친 것처럼 반영되고 있으므로, 이 신의 행위를 통하여 신을 직접적으로 인식하는 일, 즉 신을 순수한 이성을 통해서 직관적으로 관조하고 파악하려는 초월적 사고행위가 사변이라는 것이다. 이 사변은 명상과 관조에 의해 이루어지는 것으로 여겼다. 그러나 일반적으로 사변이란 경험적 현실을 초월하여 현실 전체의 궁극적 원리 또는 근거를 순수 이성에 의하여 직관적으로 관상하는 것을 말한다. 하지만 오늘날 사변적이란 말은 그리 호감을 주는 말이 아니다. 공리공론적이고 경험과 실제를 무시한 추상적 견해를 지칭할 때 사변적이라고 한다.

그러나 학문이, 주어진 사실이라든가 결과를 통해 그 조건·원인·동기 등을 추구하고 가설을 구성하여 이를 검증하는 경우, 주어진 것에서부터 원리 쪽으로 넘어가는 일은 어떤 종류의 사변적 요소를 끊임없이 내포할 수밖에 없을 것이다. 그래서 사변적 활동을 너무 쉽게 깎아내려 버릴 일은 아니다.


이 봄의 진달래는 다 졌다. 이 땅의 봄을 진달래가 다 표상하는 것은 아니지만, 진달래는 이 땅의 봄을 만홍의 봄으로 표상 지운다. 봄을 기다린다. 봄이 오면 진달래를 새삼스럽게 다시 볼 참이다. 그러기 위해서는 눈을 크게 떠야 한다. 내 사변의 거울도 닦아야 한다. 그렇게 할 참이다. 거울을 생각할 때 잊지 말아야 할 것은, 거울은 물체를 반대로 반영한다는 것, 즉 거울 앞에서 내가 오른손을 들었을 때 거울 속의 나는 반대편 손, 즉 왼손을 들고 있다는 점이다. 사물이나 사태를 정확히 반영하는지의 문제, 즉 제대로 안다는 문제는 그리 쉬운 문제가 아니다.

# 쒜야 동골 이야기

## 술 마신 거미는 어디로 가고

7월 중순, '쒜야 동골'의 하얀 집에 갔다. 다른 지인 두 내외와 더불어. 이곳 도장 골 사람들은 이 마을을 '쒜야 동골'이라 부른다고 한다. 산 너머 마을 이름이 쒜야라는 것이다. 그 마을의 동쪽 골짜기란 뜻이다. 마을 입구의 물이 잘 흐르는 곳에 방앗간이 있었으므로 도장골이 되었다고 한다. 하얀 집이 있는 농장 이름은 모닝 팜, 즉 아침 농장이다. 겨울에 눈을 이고 있으면 하얀 집이 더욱더 하얗다.

여름은 아무래도 거미의 계절이다. 하얀 집 여기도 처마의 이 구석 저 구석에 서미줄이 많았다. 그중 하나 특이한 거미줄, 제법 큰 둥근 물체를 매단 거미줄이 있었다. 가서 보니 그 물체는 소주병 뚜껑이 아닌가. 그런데 거미는 어디 숨었는지, 한잔하고 잠들었는지 보이지 않았다. 말하자면 술 마신 거미는 어디로 가고 병뚜껑만 거미집에 대롱 달려 있었다. 난 처음에 우주선이 착륙하는 줄 알았다. 다시 보니 술병이 술 취해서 제 짝지인 뚜껑을 내팽개쳐, 내팽개쳐진 뚜껑이 시위하는 것으로 보였다. 거미줄에 걸린 병뚜껑, 거미가 걸었는가? 뚜껑이 저절로 걸린 것인가? 술에서 깨어난 거미가 한마디 일갈을 할 것만 같다.

이번엔 나비다. 나비가 다소곳이 목이 긴 풀꽃 위에 앉아 있다. 날갯짓하게 하면 안 된다. 조용히 발걸음을 옮겼다. 나비에게 날갯짓시키면 지중해에서 폭풍이 일어날지 모르고, 근방의 영남 알프스 산군에서 사태가 일어날지도 모르니까(나비 효과 이론) 다가가도 나비는 꿈쩍도 하지 않는다. 그렇다면 이 나비는 장자(莊子)의 환생? 지금 나비가 내 앞에서 꾸고 있는 낮 꿈은 장자의 꿈? 나도 나비 옆에 앉아서 눈을 감아 본다? 그렇나면 그건 나의 꿈? 나비의 꿈? 아니면 졸음?

모닝 팜 안주인 닭죽을 끓이고 있는 사이, 그 닭죽을 맛있게 퍼먹는 사이에 고헌산 도장골 여기 '쒜야 동골'은 초록으로 젖고 또 젖어 초록색 칠갑을 하고 있었다. 싸리는 또 시집가는 촌 처녀 연지곤지처럼 부끄럽게 붉어가고 있었고. 술 마신 거미는 어니로 가고 병뚜껑은 거미줄에 대롱대롱 그대로 매달려 있으며, 나비는 아직도 장자의 꿈을 꾸고 있는지 아니면 나비의 꿈을 꾸고 있는지 플라도 녀선히 졸고 있다. 물론 아까 그 나비가 계속 그렇게 앉아 있는 것이 아니라 다른 나비인지도 모른다. 아무튼, 쒜야 동골 하얀 집의 한나절은 이렇게 갔다.

### 추모목

울주군 고헌산 기슭의 모닝 팜에 왔다. 울산에서 강연을 마치고 곧장 달려왔지만, 워낙 늦은 출발이었는지라 11시를 훨씬 넘긴 12시경이었다. 하늘은 움직이는 차 안에서 바라보아도 청명했고 별은 총총했다. 공기는 쏴 하니 시원했고. 도착하여 편부터 찾았고 편은 내 손부터 잡아 주었다. 옆의 지인들, "닭살, 닭볶음탕…" 하면서 메스꺼워(?)했다. 잠시의 떨어짐 그것도 이별이라고 청승 떠는 이 호들갑은 옆 사람 눈엔 '치킨 스킨'일 수밖에 없을 것이다. 아무튼, 우린 이리 산다. 이렇게 모인 우리 넷, 여덟은 늦은 밤을 마저 새우며 즐거워했다. 맞아 주는 주인 내외의 미소는 감자 고구마처럼 폭삭하고 골바람처럼 신선하다.

이날따라 찾아온 손님이 많아 모닝 팜 안의 하얀 집에 들지 못하고 유럽 알프스 풍의 주인 저택 2층에서 밤을 보내게 되었다. 모여 우리는 얘기하고 웃고, 웃고 얘기했다. 이탈하여 베란다로 나와 색소폰도 불었다.

막 배우기 시작한 색소폰이지만 그 소리는 깊은 밤 산골의 미풍과 별빛과 어우러졌다. 밤, 깊고 푸른 밤, 4월의 봄밤, 문을 여니 별, 새순, 4월, 산골, 밤바람이 와그르르 쏟아져 내렸다. 잠자리에 들려고 시계를 보니 바늘은 새벽 3시를 훨씬 지나고 있었다.

눈을 뜨니 아침이다. 햇살이 2층 다락방으로 빼곡히 들어온다. 밖으로 나왔다. 눈이 부시다. 누구는 새벽 산에 가고 누구는 밥 짓고 국 끓이러 주방으로 내려갔다. 또 누구는 쑥, 고사리 뜯으러 뒷산으로 가고. 맞은편 하얀 집은 언덕에 하얗게 앉아 있다. 소리가 들렸다. 물론 들리지는 않았다. 물오르는 소리였다. 또 나뭇잎 스치는 소리였다. 부는 바람은 살랑바람, 봄바람! 아침 농장 하얀 집 이곳에도 봄은 이렇게 와 있었다.

하얀 집 그 안으로 들어서니 미사, 주일미사가 막 시작될 참이었다. 하얀 집의 투숙객들이 봉헌하는 미사였다. 지금 내가 투숙객들이라고 했지만, 사실은 하얀 집 주인들이라고 한다. 하얀 집은 이들이 뜻과 힘을 모아서 지었으며 주말에는 씨 뿌리고 가꾸는 일을 위해 하얀 집 이 집에 모인다고 했다. 나를 포함한 우리 일행은 그들과 직접 지인 관계는 아니지만 오랜 안면 관계였다. 어젯밤에 도착했을 때도 그들은 나를 아주 반갑게 맞이해 주었고, 한잔하자고 소매 끌기도 하였다. 술 못하기로 기어이 한 거절이 미안하기 그지없었다. 미사의 '영성체 후 묵상' 시간에 내가 색소폰 성가를 연주하기로 했다. 서툴기에 자신이 없기에 망설였지만, 소매를 끌기에 용기를 내어 불었다. 큰 실수 없이 불어 내었다. 미사가 끝난 후 사람들은 봄날의 산골 하얀 집의 색소폰 미사는 감동이라고 했다. 함께한 이들이 날 이렇게 격려했다. 서툰 소리를 이렇게 말해 주니 나도 감동이었다.

미사에 이어 추모목을 심고 추모식을 하게 된다고 안내자가 말했다. 추모 나무? 추모식? 하얀 집 일행 중 한 분이 한 달여 전에 황급히 귀천했다고 한다. 참 서둘러 살다가 서둘러 갔다고 했다. 제 발로 간 것이 아니라 오라고 해서 간 것이기는 하지만. 가신 이를 추모하는 나무를 심고 비목을 세우는 거라고 했다. 우리는 가신 분, 그러니까 지금 나무를 세워 추모하려고 하는 이를 잘 모르지만, 함께 하기로 했다.

　추모식이 시작되었다. 추모사를 읽는다. 읽는 동안 오늘 심어지는 나무의 주인, 그러니까 추모되는 이의 미망인 아낙은 돌아서서 먼 산을 바라보고 서 있었다. 하염없어 보였다.

　　"지난해 마지막 날 당신께서 하늘나라로 가시던 날, 우리는 당신과의 추억들을 가슴속에 묻었습니다. 오늘 우리는 당신에 대한 그리움 때문에 다시 모여 당신과 우리 모두의 마음이 고향인 이 힘 능찡 한 쉴에 당신 나무를 심습니다. 이것은 당신이 이 세상에 와서 우리와 함께했고 또 죽어서도 하느님 나라에 영원히 함께하게 될 것이라고 믿고 있기 때문입니다. 꿈 많은 학창 시절, 하느님을 통해서 우리의 만남은 시작되었습니다. 그리고 항상 그림자처럼 함께 지냈습니다. 당신과 함께했던 많은, 많은 일이 오늘따라 마음에 납습니다. 그러나 앞으로 더 많은 세월이 지나고 나면 당신과 함께했던 그 시절의 기억들은 점점 잊혀 가겠지만, 당신과 함께 만든 아름다운 추억들은 결코 잊을 수가 없을 것입니다. 우리는 모두 당신을 사랑합니다. 그리고 그 마음으로 하늘나라에서 당신을 다시 만날 것입니다."

　추모하는 동안 나는 뒤에 멀찌감치 서서 이별가를 나팔로 불었다. 불어 내는 소리가 내 귀에는 애잔했다. 〈지상에서 영원으로〉의 몽고메리 클리프트의 「진혼곡」을 연상했다. 죽어서 나무로 심어지는 가신 이를 한 번도 뵌 적이 없지만, 그래도 함께 동고동락한 지인인 듯이 진심으로 불어 진혼했다. 죽음은 슬프지만, 그 죽음을 기리려 모은 손과 기도는 아름다웠다.

　나무가 선다. 추모목이다. 그 앞에 나무가 또 선다. 비목이다. 두 번째

나무에는 이름을 새긴다. 비목, 그 이름만으로도 숙연해진다. 먼 저 아래 계곡에서는 차가 지나가는지 경적도 들린다. 그건 또 하나의 사람 소리다. 앞산 저 너머로부터 뻐꾸기 소리라도 들려왔으면. 아지랑이는 피어오르고 있을까. 비목이 세워질 구덩이는 점점 파헤쳐지고 있었다. 미망인 아낙은 흰 손수건에 싼, 무엇인가 물건을 손에 움켜쥐고 있었고.

비목이 선다. 흰 손수건에 싸, 움켜쥐고 내내 서 있던 아낙은 손수건을 풀어, 무엇인가를 비목 그 뿌리 아래에 놓는다. 그리고 묻는다. 생전에, 살아생전에 보물처럼 입안에서 몸처럼, 살처럼, 자신의 일부를 이루던 것이란다. 나무로서 서 있는 저분의 마지막 유품이란다. 망자의 치아 일부였다.

나무는 음식을 입으로 먹지 않는다. 하여 씹을 일이 없다. 사람은 음식을 입으로 먹는다. 씹어야 한다. 나도 지난 2월, 3월 내내 치과에 다녔다. 입 벌려, 그 속을 남에게 보여 준 적 별로 없는데, 2월, 3월 내내 입벌려 그 속을 치과의사에게 보여 주었다.

비목이 섰다. 비목은 늘 타인의 비목이다. 타인의 비목이지만 또 나의 비목이다. 나의 죽음을 내가 알 수 없기로, 타인의 죽음이 곧 나의 죽음 이해이듯이. 난 비목, 비석은 늘 진지하게 읽는다. 누구는 가고 누구는 있다. 차 있음과 비어 있음이여. "차 있음과 비어 있음, 넘침과 가라앉음을 되풀이하는, 영혼의 부침"이여! "비목이 저만큼 서서 흐느끼고" 있다.[16]

죽어 떠난 이는, 살아서 남아 있는 이 앞에 나무로, 비목으로 섰다. 정말 삶을 급하게 살았다고 했다. 급하게 산 삶만큼 또 급하게 이루어진 이별이라고 했다. 황급히 이루어진 만남과 또 만남처럼 그렇게 황급

16)  문단 속 겹따옴표는 김계덕의 「차 있음과 비어 있음」에서 발췌.

히 이루어진 이별…. 남은 이 미망인이 조용히 돌아서서는 숲으로 걸어 간다. 숲에는 "제비꽃도 있고 노래하는 새(개똥지빠귀)들도" 있을 것이다. "황금색 원피스 같은 나팔꽃 수선화도 숲속 어디엔가 피어" 숨어 있을 것이고. 미풍은 속살거리고 곧 밤나무도 꽃을 피워 숲속의 이 빈터를 창 호지 등처럼 은은히 밤을 밝힐 것이다. 나무로 선 이는, 비목으로 선 이 는 말이 없다. 나무일 뿐, 비목일 뿐![17)

숲으로 가던 아낙이 나무로 돌아온다. 허공에다 시선 주며. 날려 보냈을까? 바람으로 바람결에 날려 보낸 것일까? 수선화 저 빈터로 흩어서 뿌려 보냈을까? 슬픔을 말이다. 다 심었다. 다 세웠다. 괭이와 삽을 챙기 디 따닌 시간에나 피안 집을 뒤로 두고 아침 농상을 떠났다. 떠날 때의 햇살이, 저만치 가니 흐려지더니, 이만치 온 지금은 비로 되었다. 4월 중 순 오늘 비는 밤새 내렸다.

17) 문단 속 겹따옴표는 조지 존슨의 「매기의 추억」에서 발췌.

# 퇴직 이후, 찰스 램의 교훈

　함께 색소폰을 배우는 지인이 정년퇴직했다. 긴 세월을 통하여 쌓은 우정의 깊이가 전혀 얕지 않은 우리 다섯 가족은 그를 축하해 주기로 의논했다. 장소를 '별 내리는 마을'로 정했다. 별 내리는 마을은 소호리의 하얀 집 가는 길목에 있다. 그리고 하얀 집으로 가 밤을 새우기로 했다. 축하식에서 나는 이런 말로 그의 앞날을 축원했다.

우리들의 정다운 벗 ○○○님의 정년퇴직 영예를 함께 나눕니다. 긴 기간을 열심히 일했습니다. 수고했습니다. 그의 둘도 없는 소중한 반려자와 더불어 격려합니다. 그의 자녀가 아버지의 명예로운 정년을 긍지로 맞이하듯이 우리도 또한 그러합니다. 언젠가 읽은 수필가 찰스 램의 정년퇴직에 관한 이야기가 인상적이었습니다. 기억을 더듬어 몇 마디 재구성해 봅니다.

그가 회사에 근무하는 동안 날마다 아침 아홉 시에 출근한 나싯 시까지 즐곧 일에 매달렸습니다. 그러다 보니 책도 마음대로 읽을 수 없었고 글을 쓸 시간도 없었습니다. 그래서 그는 늘 자기 마음대로 자유롭게 시간을 쓸 수 있기를 간절히 바랐습니다.

세월이 흘러 정년퇴직하는 날이 되었습니다. 그는 구속당하지 않고 자유롭게 글을 쓰고 책을 읽을 수 있게 되었다며 무척 기뻐했습니다. "선생님, 정년퇴직을 축하합니다". 찰스 램의 평소 소원을 알고 있던 여직원이 진심으로 축하해 주었습니다. "이제는 밤에만 쓰던 작품을 낮에도 쓰게 되셨으니 작품이 더욱 빛나겠군요". 램도 웃으며 유쾌하게 대답했습니다. "햇빛을 보고 쓰는 글이니 별빛만 보고 쓴 글보다 더 빛나리라는 것은 당연한 일이지".

그날 집으로 돌아오는 길에 찰스 램은 혼자 중얼거렸습니다. '아아, 이렇게 자유로운 몸이 되기를 얼마나 학수고대했던가!'

그러나 3년 뒤 찰스 램은 정년퇴직을 축하해 주던 여직원에게 다음과 같은 편지를 보냈습니다. "사람이 하는 일 없이 한가한 것이 눈코 뜰 새 없이 바쁜 것보다 얼마나 못 견딜 노릇인지 이제야 분명히 알게 되었다오. 바빠서 글 쓸 새가 없다는 사람은 시간이 있어도 글을 쓰지 못하는군요. 할 일 없이 빈둥대다 보면 모르는 사이에 스스로 자신을 학대하는 마음이 생기는데 그것은 참으로 불행한 일이오. 좋은 생각도 바쁜 가운데서 떠오른다는 것을 이제야 비로소 깨달았소. 부디 내 말을 가슴 깊이 새겨두고 언제나 바쁘고 보람 있는 나날을 꾸려나가기 바라오".

우리들의 소중한 벗 ㅇㅇㅇ님에게 램의 이 일화를 반면교사로 드립니다. 색소폰도 중단하지 말고 지속해서 불고, 소일거리를 찾는 데도 지금보다 더 날래기 바랍니다. 지금 바깥 하늘에는 별이 내리고 있습니다. 총총히 쏟아지고 있습니다. 별 내리는 마을에서 그대를 위해 우리 함께 기쁜 마음으로 시 읊고, 기도합니다. 그대와 더불어 색소폰 붑니다.

별 내리는 마을을 나서니 밤 12시 가까운 시간이었다. 별 내리는 마을 주인장과 나눈 음악 이야기로 또 시간 가는 줄 몰랐다. 하얀 집으로 들어갔다. 하얀 집은 별 내리는 마을에서 약 30분 거리에 있다. 하얀 집은 여름, 겨울, 봄, 가을에 우리가 불쑥 찾아들어 이야기로 밤새우곤 하는 곳이다. 언양에서 석남사 방향으로 가다가 오른편으로 핸들을 돌려 들어가면 청도 운문사, 청도댐, 건천을 거쳐 경주로 가는 길이 깊은 숲속으로 이어지는데 이 길옆에 별 내리는 마을이 있고 거기서 고개 위로 오르다가 다시 오른편으로 꺾어 들어가면 소호리라는 깊은 산골짜기에 하얀 집 농장이 있다.

달이, 둥근달이 기다리고 있었다. 동산에 걸터앉아 나를 보고 있었다. 또한, 하얀 집을 내려 보고 있었다. 동산에 걸린 달, 아주 오랜만이다.

정년, 정년퇴직, 나의 그것을 헤아려 보니 아직 여러 해 남았다. 그때까지 어떻게 보내야 하겠는지 답이 나온다. 소중한 시기이다.

# 머루골 야밤 새살

언제가 야밤일까? 남들이 잘 때가 야밤이라고 한다. 전기가 없고 따라서 티브이도 없던 시절의 야밤은 대략 9시경부터 시작되었다. 전기도 있고 티브이도 있고 가로등도 곳곳에 있는 지금의 야밤은 새벽 1시 전후라고 말해도 될 것 같다.

야밤은 맞는 말일까? 우리의 그릇된 언어 습관 가운데 하나가, 똑같은 뜻의 한자와 우리말을 겹쳐서 사용하는 것이라고 한다. 예를 들면 역전 앞, 처갓집, 약숫물 등이 그것이다. 이는 오랫동안 우리말에 맞는 글자를 가지지 못하고 한자를 빌려 써온 까닭에 생긴 현상이다. '말 따로 글자 따로'의 한 예이다. '야밤'도 그 하나이다. 야밤은 '한밤중', '깊은 밤중'이라는 뜻이다. 우리 세대 여자들은 "다 큰 계집애가 야밤중에 어딜 쏘다니다가 이제 기어 오는 거야!"라는 핀잔을 부모에게서 들으면서 자랐다. 이 말은 '밤' 또는 '한밤'으로 고쳐 써야 맞는다고 한다. '야밤도주'도 마찬가지라고 한다. 이때 야밤을 한밤으로 바꾸는 것이 맞는 표현이다. 그러나 이 말은 '야반도주'라고 해야 한다고 한다. '밤중'에 상응하는 한자 말은 '야반(夜半)'이라는 것이다. 곧 야반도주란 한밤중에, 즉 밤 12시에 도망하는 것을 이르는 한자 성어이다.

맞는 말이건 틀린 말이건 야밤이 왜 그리운 것일까? 밤은 매일 온다. 그래서 나는 어떤 의미로 매일 야밤을 보낸다. 그래도 그건 '야밤'이 아니다. 그냥 지나쳐 보내는 밤이지 체험하고 잠기는, 전율과 긴장이 있는 밤 길의 야밤, 야참과 새살이 있는 바깥방, 안방의 야밤은 아니다. 야밤이 그립다. 가을의 유성, 늦봄의 짖는 바둑이, 여름의 아카시아, 겨울의 먼 길 그것은 전율과 긴장의 하늘이고 소리였으며, 어둠이었고 길이었다. 말이 났으니 말이지 여름밤의 그 옛날 우리 과수원집 아카시아 울타리 숲은 밤을 디욱더 어둡게 했다. 그 전율, 그 긴장 때문에 야밤이 더욱더 그립다. 야밤의 바깥방에는, 비록 변변찮은 것이었다고 할지라도 야참 혹은 밤참이 있었다. 생고구마, 볶은 콩, 구운 감자, 동치미. 그리고 '새살'이 있었다.

새살? 찾아보니 세설(世說)이다. 세설은 세상 돌아가는 이야기란다. 자랄 때 우리는 이를, '새살'이라 불렀다. 사투리다. 무슨 이야기를 하면 '무슨 새살이 그리 많으냐?'라고 핀잔 들었던 기억이 새롭다. 특히 머스마가 무슨 새살이 그리 많으냐고? '새살'도 강조되었지만, '머스마'(남자아이)가 더 강조되어 듣던 핀잔이 살아난다. 특히 어머니들이 그렇게 핀잔했던 것 같다. 남자는 새살이 많으면 안 되는 것이었다. 물론 예나 지금이나 말은, 많은 것보다는 안 많은 게 더 좋다. 남자에게 있어서건 여자에게 있어서건, '새살'은 이렇게 어느 정도 부정적 뉘앙스를 가지고 있다.

새살이 그립다. 새삼 그립다. 이제 생각하니 새살은 담론이고 기탄없는 의견 나눔이다. 어느 한 명이 일반적으로 새살해 대면 그건 씨부렁거리는 거지 담론은 아니다. 어떤 주제에 대해, 돌아가는 세상일에 대해 기탄없이 의견 나누면 그것이야말로 내가 지금 그리워하는 '새살'이 아니겠는가? 그것도 야밤의 새살이라면. 볶은 콩은 아직 준비하지 못했지만, 홍시가 있고 곶감이 있는 겨울, 산골 집의 야밤이었다면.

산골 그 동네를 일단 머루골이라고 부르기로 하자. 뜬금없이 찾아가는 것으로 야밤 새살은 시작되었다.
누가 찾아갔는가? 속인 한 명과 목인(牧人) 한 명. 속인은 나다. 목인은 내가 지어낸 말, 목자, 가톨릭 사제를 말한다. 하이데거의 목동, '존재를 지키는 목동'이라는 말이 생각난다. 간 곳이 어디? 머루골이다. 머루골 거기는 부산 독서아카데미 회원 몇 분의 별장이 있다. 가서 보니 마을은 산이 감싸고 있었고 산은 또 눈이 감싸고 있었다. 온통 눈투성이 겨울 나라였다. 그곳은 겨울에 추워도 유달리 더 추운 백암산 기슭이라는 말을 이미 들어 알고 있었기에 겨울 나라이겠음을 이미 짐작한 터였다. 동네 먼 길목, 언양을 지나 석남사 가는 길의 궁근정 삼거리에서 우회전, 별 내리는 마을 고개부터는 '더불어 눈'이더니, 가까운 길목, 소호 초등분교 거기서부턴 '영 눈'이었기 때문이다. 고헌산, 백운산, 문복산은 '아예 눈'이었고.

새벽닭이 울었는지 모르겠다. 미루골의 야밤 새살은 새벽닭이 울 때쯤까지 계속되었다. 밤이 가고 아침이 왔다. 밤 온도가 영하 20도 그 이하였다고 했다. 아침밥을 먹었다. 점심도 먹었다. 주제들은 등장하고 등장했다. 일어설 때 보니 시간은 여섯 시였다. '신의 역사', '그 남자네 집', '박완서', '프로이트와 융', '빅터 프랭클의 의미 의지', '갈등 관리', '사춘기 유전(流轉)' 그리고…. 주제가 등장하고 또 등장했으며, 새살은 이어지고 또 이어졌다.

궁근정 삼거리에 와서 저녁을 먹었다. 뜬금없이 불쑥 찾아든 방문이 진지하고 재미있는 새살로 이어져, 네 번째 밥그릇을 앞에 놓는 것으로 끝이 났다. 네 그릇의 밥, 작은 밥이 아니다. 밥값을 해야겠다. 점심값까지는 밤낮의 새살 참여로 치른 것이라 해도, 저녁값은 그게 아니다. 하나같이 놓칠 수 없는 주제들이었고 새살들이었기로 그것을 반추하여 정리해야겠다는 생각이 들었다. 복수초는 떠날 때까지도 노란 얼굴을 눈 밖으로 디밀고 있었다.


복수초 얘기다. 옛날, 사람이 아직 없고 신만이 살고 있을 때의 일이라고 한다. 들은 얘기다. 하늘나라엔 크노멘이라는 이름의 아름다운 여신이 살고 있었다. 아버지인 하늘 신의 고민은 깊어만 갔다. 크노멘을 누구에게 시집보내느냐의 문제로. 하늘나라엔 잘생기고 유능한 젊은 남신들이 많이 있었는데, 하늘 신은 그들을 한 명 한 명 떠올리며 고민했다.

꽃 신, 냇물 신, 원숭이 신, 새 신, 물고기 신, 산 신… 고민하고 생각한 끝에 하늘 신이 고른 사윗감 신은 두더지 신이었다. '두더지는 누구보다도 용감해. 정의를 위해서라면 목숨을 걸고서라도 싸우고 아주 날렵하고 똑똑하지. 게다가 착하고 산 신보다 부자야. 땅도 많이 가지고 있지'. 그러나 두더지 신에게는 한 가지 결점이 있었다. 그것은 흉한 모습을 하고 있다는 것이었다. 하늘 신은 마음만 올바르고 아름다우면 겉모습은 문제 될 게 없다고 판단하고 두더지 신을 크노멘 공주의 신랑으로 정했다.

크노멘은 당황했다. '하필이면 못생긴 두더지와?' 크노멘은 소리를 지르며 싫다고 했다. 그것도 한사코. 공주가 싫어하는 것도 모르고 두더지는 매일같이 선물을 보냈다. 봄에는 두더지의 영토에서 가장 아름다운 벚꽃을, 여름에는 가장 북쪽 땅에서 잘라 온 얼음으로 만든 백조를, 가을에는 여러 가지 종류의 나무 열매를, 초겨울에는 비단옷을.

당시 하늘나라의 법에 따르면 약속을 어기는 측을 죽여도 괜찮았단다. 두더지는 약속을 이행하지 못하는 크노멘의 아버지를 죽여도 되는데도 기다리고 기다렸다. 크노멘을 사랑하고 사랑했기에.

300일이 지난 날, 하늘 신은 이제 시집을 가야 한다고 단호히 말했다. 크노멘은 도망쳤다. 어둡고 추운 겨울밤이었다. "도와주세요". 크노멘은 곰에게 부탁했다. "약속을 지키지 않는 공주를 도와줄 수 없습니다". 곰은 모르는 척했다. 소나무도, 북풍도 도와주지 않았다. 도와줄 수 없었다. 두더지의 고운 마음씨를 누구보다도 잘 알고 있었으므로.

더는 기다릴 수 없었던 아버지, 하늘 신은 벌을 내렸다. 크노멘을 금색의 조그만 꽃으로 변하게 하는 벌이었다. 그렇게 태어난 꽃이 복수초였다. 그는 얼음, 눈 속에서 피어야 했다.

두더지는 슬펐다. 크노멘을 잊을 수 없었다. 갈수록 그를 향한 그리움은 깊어만 갔다. 북풍이 몰아치고 눈이 내리는 날이면 꽃으로 변한 크노멘 곁으로 달려갔다. 가서 지키고 지켰다. 꽃으로 변한 크노멘의 주위를 이리 서성대고 저리 서성거렸다. 그건 일 년이 가고 십 년이 가고 백 년이 가고 천 년이 가도 마찬가지였다. 만 년이 가고 십만 년이 가도 그렇게 할 것이라고 했다.

두더지, 두더지 사랑! 내 두더지를 우습게만 알고 있었는데…. 크노멘 이야기는 북해도 아이누족 전설이라고 한다. 서양 복수초 전설은 미소년 아도니스와 관련이 있다고 한다. 산짐승에 물려 죽으면서 흘린 피가 꽃으로 되었다는 것. 그래서 꽃말도 '슬픈 추억'이라고 했다.


복수초 피는 곳을 알게 되거든 눈 내린 새벽에 복수초 그 곁으로 한번 가 보란다. 가서 보면 주위에 많은 발자국이 나 있음을 어김없이 보게 될 것이란다. 그 발자국은 두더지 발자국이란다. 크노멘을 지키는 두더지의 눈물 어린 발자국. 눈 속에 파묻히지 않도록, 얼어 죽지 않도록 밤새워 지키는 정성. 빙빙 도는 두더지의 사랑의 흔적. 발자국….

설을 쇤 지 열흘, 바람도 많고 내린 눈도 수북하던 2월의 중간 치마폭, 19일 그날은 소호리 머루골의 독두 원장의 별장 동네로 가 복수초를 처음 본 날이었다. 복수초를 지키는 두더지의 발자국 신화도 알게 된 계기였다. 지키고 지키는 두더지의 발자국. 빙빙 돌아 지키는 두더지의 지극 정성 그리고 사랑. 눈 위의 두 발, 네 발의 산짐승 발자국은 결국 두더지 발자국인 셈이었다.

# 외줄에 달린 실존

해 질 무렵이다. 팔월의 초입이니 더위는 한 중앙에 왔다. 들녘의 그늘에 앉아 있으니 시원하다. 우리 아이들 외갓집에 왔다. 시원해도 엄청나게 시원하다. 들판을 본다. 벼가 눕는다. 부는 바람에 벼가 눕는나. 잔잔히 물결 눕듯이 눕는다. 먼 산을 본다. 바람이 좀 더 빨리 부는 것 같다. 숲이 뒷고습요 보니 구나 뉘십이는 잎새는 늘 니에게 징당한 바람의 웃음이다. 잎새가 빨리빨리 뒤집히고 있다. 청산 또 녹음…. 하늘을 본다. 하늘은 노래방 음악의 배경 그림 푸른 그 하늘 화면처럼 푸르다. 영상은 늘 실제보다 더 푸르렀다. 오늘 보니 영상보다 실제가 더 푸르다. 가을이 오면 하늘은 더욱더 그렇겠지.

거미가 매달려 있다. 하늘을 보니 거미가 보인다. 꽁무니에서 나온 외줄에 의지한 채 대롱대롱 매달려 있다. 움직이지 않는다. 거미의 희랍어 이름은 아르크네라고 한다. 아르크네는 물레질을 잘하기로 소문난 처녀였단다. 그녀가 만든 옷감은 늘 더할 나위 없이 훌륭했단다. 그녀는 수호신인 아테나도 자기만큼 좋은 천을 짜지 못할 거라고 자랑하곤 했단다. 사람들이 갈수록 아르크네의 자랑을 믿어 아테나의 신전을 소홀히 하기 시작했단다. 아테나는 온화한 여신이었지만 화가 나서 지상으로 내려와 아르크네에게 물레질 시합을 하자고 제안했단다. 처녀와 여신은 각자 있는 힘을 다해 빠르고 능숙한 솜씨로 물레질을 시작했단다. 아르크네가 자아낸 실은 참으로 훌륭했다. 여신 아테나는 그녀가 진정으로 뛰어난 적수라는 것을 알고 깜짝 놀랐단다. 그녀는 이번에도 자기 솜씨가 여신의 솜씨보다 훨씬 낫다고 우쭐 자랑했단다. 풀이 죽은 아테나는 "그래,

네가 가장 잘하는 게 실 잣는 일이라면 영원히 그 짓이나 해라!"라고 했단다. 이리하여 아르크네는 거미가 되었단다. 거미의 숙명이다.

알에서 깨어난 거미들은 스스로 살아갈 방법을 찾는다고 한다. 모여 있던 무리에서 흩어지게 되고 거미줄을 이용한 특이한 방법으로 다른 곳으로 이동한단다. 말하자면 비행, 이를 일러서 유사 비행이라고 한단다. 자기 줄에 매달려 있다가 바람에 의하여 끊어지면 날아가기도 하고, 연처럼 거미줄을 공중으로 길게 늘어뜨리다가 거미줄을 타고 날아가기도 한단다. 거미줄에 매달린 다음 원형의 거미줄을 다시 만들어 유사 비행의 효과를 높이기도 하고. 해안에서 멀리 떨어진 바다와 무려 4,000㎜ 상공에서 유사 비행하는 거미가 채집되기도 했단다. 거미 아르크네는 물레질만 잘하는 줄 알았더니 비행도 잘하나 보네. 보행이 나의 실존이고 꿈이지만 나는 또 비행도 꿈꾼다. 나는 비행을 할 수 없다. 그렇다면 유사 비행은? 그렇다면 거미는 또 다른 나의 모습이다. 오늘도 꿈꾸어야지. 비행을 꿈꾸어야지. 꿈은 아이들과 젊은이들만의 꿈인가.

염낭거미라고 하는 놈은 갈댓잎, 부들 잎, 볏 잎 등의 잎을 말아서 그 속에 알을 낳고 산실을 만드는데 알에서 새끼가 부화하면 그 속에 있던 어미 거미는 새끼들의 먹이가 되고 이를 먹고 성장한 새끼 거미는 흩어져서 살아가게 된단다. 늑대거미는 알집을 자기 몸의 실 젖 부분에 붙이고 다니다가 부화가 되면 새끼들을 모두 업고 다니며 새끼들을 돌본단다. 서성거미는 알집을 자기 몸의 복부 쪽에 붙여서 다니다가 부화가 되면 모든 새끼를 활엽수 잎 속에 모여 살게 하면서 어미 거미가 돌본다고 하고. "거미의 계절이 왔다 오월과 / 유월 사이 해와 / 그늘의 다툼이 시작되고 / 거미가 사방에 집을 짓는다". 지금은 팔월 초입이다. 오뉴월이 아니다. 그렇다면 지금은 거미의 계절이 아니다. 그리 보니 외줄에 매달려 아래로 늘어진 거미가 주눅이 들어 있는 것 같다. 고독해 보인다. 하지만 한참 바라보아도 모르겠다. 저게 고독인지, 고독이라면 거미의 무엇인지, 꿈이라면 거미의 꿈이 무엇인지⋯ "이상하다 거미줄을 통해 내 / 삶을 바라보는 것은 / 한때 내가 바라던 것들은 거미줄처럼 얽혀 있고 / 그 중심점에 거미만이 고독하게 매달려 있다". 다시 하늘을 보았다. 서미가 공중에 여전히 매달려 있다. 거미의 저 모습은 바로 매달린 거? 혹은 거꾸로 매달린 거? 거꾸로 매달린 거라면 절망이지만 저게 거미에겐 바로 서 있는 모습의 하나라면 희망과 평온이다. 거꾸로 매달린 거니 절망적 모습이라 치자. 사실 우리네 실존도 저런 현실 아닌가. 수평 타기이건 수직 타기이건 결국 외줄에 얹혀 있는 우리네 실존. 시몬느 베이유, 니체, 파스칼 다 그런 말 했던 사람들이지.[18]

외줄에 의지한 채 거꾸로 매달린 거미에게서 희망을 본다. 거미의 저런 모습처럼 곤두박질치게 하는 나락과 좌절이 내게도 있었다. 그럴 때마다 어떤 줄이 내게서 나와 수렁에 빠지려는 나를 멈추게 했다. 거미는 줄을 자기가 뽑아낸다. 나의 그 줄, 붙들어 준 그 줄을 내가 뽑아냈는가. 그렇게 생각하지는 않는다. 내 안에서 나온 것이지 내 능력이 줄을 만든 건 아니라는 것이다. 그렇다면 그 줄은? 그게 손이라면 어떤 손? 보이지 않는 손을 나는 믿는다. 내 안의 거미 혹은 보이지 않는 손은 내가 그것을 알아차리지 못할 때도 나는 언제나 내 안에 있었다. 팔월의 거미에게서 나는 내 안의 거미, 보이지 않는 손을 보았다. 그리고 나에게 이 말을 해 주었다. "네가 알아차리지 못할 때도 거미의 그 손은 늘 네 안에 있었다"라고.

---

18) 문단 속 겹따옴표는 류시화의 「거미」에서 발췌.

# 여섯,

## 낯선 길
## 고요

# 하나 그리고 둘

## 달 린  감  하 나

혼자 남아 지나치게 익어 가는 서 감을
까치를 위해 사람이 남겨 놓았다고 말해서는 안 되지
땅이 세 쉬이라고 우기는 껏은 감나무가 웃을 일
제 돈으로 사 심었으니 감나무가 제 것이라고 하는
것은 저 해가 웃을 일
그저 작대기가 닿지 않아 못 땄을 뿐
그렇지 않은데도 저 감을 사람이 차마 딸 수 없었다면
그것은 감나무에게 미안해서겠지
그러니까 저 감은 도둑이 주인에게 남긴 것이지

— 이희중, 「까치밥」에서

　　감은 감나무 주인의 것이 아니라고 생각해 보지 못했다. 감은 감나무의 것으로 생각하지 못했다. 달린 한 두어 개 감은 당연히 까치를 위해 남겨둔 까치밥이라고 생각했지 그것을 감나무가 붙들고 있음의 의미에 대해서는 생각해 볼 의사가 전혀 없었다. 작대기가 닿지 않아 따지 못했을 수도 있다는 생각은 해봄 직하다. 그래도 따지 못한 감을 도둑이 주인에게 남긴 것이라는 생각은 꿈에서도 해 볼 수 없는 생각이다. 열매를 보지 못하고 가지만 본다는 말도 있는데, 난 열매만 보았지 가지를 보지 못했다. 뿌리도 잎도 제대로 보지 못했다. 말하자면 감만 봤지 감나무를 보지 못했다.

미안해진다. 감나무에, 감에, 까치밥에. 부끄러워진다. 사물이나 사태를 너무 쉽게 '…이다'로만 보는 나의 시선이. '…이 아니다'로 보는 눈을 더 키워야 할 것 같다. 까치밥을 보고 까치 먹으라고 남긴 감나무 주인의 배려인 줄 알았지 "도둑이 주인에게 남긴 것"이라고는 생각하지 못했다. 말하자면 좋은 게 좋다는 식으로 좋게만 봤다는 뜻이다. 난 까치밥을 보고 도둑을 연상하지는 못했다.

물론 사태를 너무 '…이 아니다'로 보는 부정적 인식 구조를 무너트리려고 애쓴 노력도 나는 내게 인정해 주어야 하나. 이 시대, 도둑질은 무엇이며 도둑은 누구인지를 생각해 보게 한다. 당연시하고 있는 관습이나 법률이 알고 보면 누구의 권리나 재산을 착취하고 억압하는 것임을 우리는 너무 모르고 있거나 늦게 알게 된다.

### 나뭇잎 둘

11월 중순, 일요일 이른 새벽, 문득 이제 낙엽을 말할 때라는 생각이 든다. 그렇다. 이제 낙엽을 말할 때이다. 지금까지 말한 낙엽은 너무 빨리 말한 낙엽이다. 부산 백양산 새벽 산길, 쌀쌀하다. 나목의 가지들이 앙상하다. 11월은 '감(pass)'을 생각하는 달이다. 누구는 가고 누구는 있으며 또 누구는 온다. 오고 가고 하는 것이 자연과 인생사의 변함없는 과정인데, 이러한 오고 감의 과정을 잘 느끼게 해 주는 달이 11월 그것도 중순인 것 같다. 이 11월에 누구는 가고 또 누구는 있고, 어느 것은 떨어지고 어느 것은 또 붙어 있다. 어느 것은 물들고 어느 것은 또 물들지 않았다. 집 앞의 백양산 숲속 새벽 산책길에서 본 나뭇잎 얘기다. 떨어지지 않고 붙어 있는 황색 활엽수 얘기다. 그중 '둘'이 유난히 눈에 들어왔다.

돌계단, 잘 다듬어진 돌계단 구석에서 낙엽 '둘'이 몸을 던져 그림으로 되었다. 몸을 적셔 물감으로도 되었다. 지나온 긴 여름을 아쉬워하는 것 같다. 비에 봄 적셔 가 버린 여름을 슬퍼하는 것 같다. 이 비 그치면 바람은 낙엽을 몰고 어디론가 갈 것이다. 아니어도 밟혀 곧 으깨어져 버릴 것이다. 떨어진 잎, 그래, 가지와 맺었던 정이 보통 정이 아니지. 오늘따라 돌계단에 떨어져 누운, 비에 젖은 '둘'이 유난히 애처롭다. '하나'만 애처로운 줄 알았었는데. 처음엔 지나쳐 갔었는데 저만치 가다가 돌아왔다. 이파리 둘, 이름하여 낙엽이라 부르는 둘이서 돌계단 구석에서 마주하고 있었다. 이별일까? 결합일까? 지난 11월 초입, 김해 신어산 은하사 옆의 동하사에서 본 비 오는 날 풍경이었다.

달린 둘 또 떨어진 둘, 시들어 가고 또 시든 나뭇잎 둘은 내 마음에 11월로 새겨졌다.

# 주전자 섬

태종대 끝 지점에 왔다. 태종대 등대 언덕, 시원하다. 바람이 시원하고 전망이 시원하다. 하늘이 시원하고 바다가 시원하다. 무엇보다 내 마음이 시원하다. 편에게 물으니 자기도 시원하단다. 주전자 섬이 보인다. 주전자 섬을 보니 그 옛날 들고 다닌 주전자가 생각난다.

> 그날, 누이는 누런 주전자를 들고 뙤약볕 속을 가고 있었다. (중략) 이놈의 주정뱅이, 이놈의 아편쟁이, 이놈의 개망나니, 어머니가 주전자를 마구, 마구 짓밟으며 울부짖었다. 주전자만 보면 지금도 나는 긴장을 한다. 주전자처럼 어깨를 오므리고, 파르르 떤다. 나는 노란 주전자의 노란 주전자, 머리 뚜껑이 들썩거리는.
>
> — 유흥준, 「노란 주전자」에서

나의 형제는 남자 여섯, 여자 둘 등, 모두 8명이다. 나는 그중 네 번째다. 남자 형제 순서로는 세 번째. 형제가 많다. 하지만, 내 이야기를 듣고 보면 그렇지도 않다. 그 시절 자녀 수는 대개 다 이 정도는 되었고 무엇보다 울 아버지는 4대 독자고 울 어머니 쪽으로는 남자가 하나도 없는 여자 형제만 셋인 집안. 그러니 형제자매 여덟 명 정도는 보통이지 많다고 놀라 나자빠질 숫자는 아니다.

우리 집은 동네와 동네 사이에 홀로 있었다. 집에서 읍내까지는 약 4킬로미터 거리였다. 정서적으로는 가깝지 않지만, 행정적으로는 우리 동네인 마을과 행정적으로는 우리 동네가 아니지만, 정서적으로는 더 가까운 마을 사이에 우리 집 과수원이 있었다. 전기가 없던 그 시절, 나무가 많은 우리 집은 해가 진 후 더욱더 어두웠다. 그래서 밤에 나서면 어느 곳으로 가더라도 무서운 길이었다.

읍내로 가는 길은 전쟁을 겪은 후의 무서운 이야기를 잔뜩 담고 있는 지점을 서너 군데 지나야 한다. 지금 생각하니 인도주의적 측면에서 볼 안타까운 점은, 당시는 무서워서 낮에 지나도 몸이 오싹했던 인민군 무덤이다. 세 구 아니면 네 구가 있었는데 그때 어른들의 말로는 앳된 인민군의 죽음이었다고 했다.

행정 단위의 우리 동네는 해가 지고 나면 더 갈 엄두를 못 내는 곳이었다. 우리 집이 이겼기 그 동네가 외진 것은 아니었지만, 보리 철에 보리 문둥이에게 잡아먹히는 이야기를 포함하여 무서운 지점은 군데군데 있었다. 내가 지금 '문둥이'라는 표현을 썼다. 하지만 요즈음은 이렇게 말하면 안 된다. '한센인'이라고 불러야 한다. 그때는 '한센인'이라는 용어가 등장하기 전이고 또 서부 경남 지역에서는 '문둥이'라는 용어를 입에 달고 다닐 때여서 그 용어를 여기서 그대로 입에 올렸다. 그리고 누가 누구를 잡아먹는다는 말도 또한 말이 되지 않는 소리다. 아무튼 그때 우리는 보리 철이 되면 그런 말 때문에 겁을 잔뜩 먹었었다.

전쟁 막바지에 유엔군이 고성 앞바다를 통해 상륙 작전을 한 적이 있다고 하는데, 이때 과수원 우리 집이 양측 교전의 중간지점이었고, 동네 사람들은 미리 통보받고 다 피신했는데 우리만 그런 줄 모르고 피를 흘리는 교전 한가운데, 즉 이 동네 옆의 여름 모를 심은 논에 다 드러누워 거머리들에게 먹거리를 제공하고, 그래도 한 명도 안 죽고 다 살아난 선연(善緣)이 있다. 그 터는 우리의 생명을 온전히 지켜 주었다. 그때 상황을 난 조금 기억한다. 아버지의 유언 비슷한 당부도 조금. 잘 지내야 하는데, 그때 젊은 아버지의 말씀을 우리가 조금만 따른다면 형제끼리 불화하지 말고 잘 지내야 하는데… 내가 회상해 내는 내 기억의 원초 지점 비슷하다. 그 기억 지점은.

술도가가 있는 세 번째 동네로 가는 길도 무섭기는 매한가지였다. 우선 우리 과수원의 아카시아 울타리가 나를 무섭게 했다. 아카시아의 무성한 이파리들이 밤을 얼마나 더 어둡게 만드는지는 아카시아 울창한 이파리 옆에 살아 본 사람은 안다. 그다음으로, 버드나무 가로수. 버드나무엔 귀신이 많이 붙어 있다는 이야기를 들으면서 자랐던 것 같다. 또한 아카시아 울타리 아래의 제법 큰 못. 이 못에서 여러 가지 이유로 죽은 사람이 더러 있었다. 끌어내 놓은 죽음의 모습도 봤고. 무엇보다 그 못 가에서 얼어 죽은 사람의 몸을 목격한 일은 죽음과 얼어 죽음을 두려워하게 했다. 달구지를 끌고 가다가 더위를 마시거나 힘에 겨워 죽은 소의 죽음 자리. 신작로 그런 길을 '까꾸막'이라 불렀다. 까꾸막 그 길에서는 사람도 소도 더러 지쳐 쓰러졌다.

아버지가, 주준자[19]를 들고 가서 술 받아오라고 명하면(술 사 오라고 말하지 않았던 것 같다. 받아오라고 했던 것 같다) 주준자를 들고 가는 길은 전후좌우 둘러봐도 우군은 없는 무서움의 길이었다. 더러는 바로 위 누나랑 갔고 더러는 혼자 술 받으러 갔다. 주준자, 그때 주전자는 주전자가 아니고 '주준자'였다.

막걸리를 대개 주준자에 받아왔다. 당연히 때 묻고 찌그러진 주준자, 누런 주준자. '노란 주준자'라고 발음하기보다는 '누런 주준자'라고 발음하니 더 편하다. 그리고 더러는 '소주뼝 댓 병'. 소주병이 맞다. 그래도 구태여 '소주뼝'이라 부른다. 그런 병, 요새는 안 보인다. 지금의 큰 소주병과 모양이나 크기는 같지만, 유리가 더 두꺼웠던 것 같고, 병 유리의 색

---

19)  주전자의 방언.

이 더 짙었던 것 같고, 더러는 갈색이었다. 병도 많이 안고 다녔고 주준 자도 많이 들고 다녔다. 누런 주준자….

술, 그 시절 아버지(이 땅의 아버지들) 처지를 지금 생각하니 눈물이 난다. 물론 그 시절 어머니(이 땅의 어머니들) 처지도 눈물겨운 처지였고. 마실 게 뭐 있었는가? 콜라가 있었는가? 주스가 있었는가? 그 돈이 있다면 막걸리나, 쪼끔 마셔도 술 마신 홍취 더 낼 수 있는 소주, '왜소주'를 마시지 사이다, 칠성 사이다를 사서 마시겠는가. 왜소주 이것도 그때는 '애쏘주'라고 불렀다. 왜소주는 일제 강점기에, 집에서 술 담그는 것을 금지한 후에 상품으로 만들어져 나온 소수를 말한다. 요새는 그냥 '소주'라고 한다. 울 아버지는, 울 어머니의 눈치, 구박, 박대를 당하면서도 나보고 술받아 오라 하셨다. (이 글을 쓸 당시 아직 살아계신 연로한 어머께 죄송하다.) 울 아버지? 주정뱅이 아니고 알코올 중독자 아니다. 지금 생각하니 할 것이라고는 면에서나 집에서 일뿐이고, 마실 거라고는 물 말고는 술뿐인 시절을 살아야 했던 죄뿐인 사람, 사람들…. 물을 마시고 전깃불, 촛불 없는 긴 밤을 외또리(외딴집)에서 보낼 수야 없지 않았겠는가. 아버지, 그 아버지 빨리 돌아가셨다. 어머니는 구순도 벌써 넘기셨다.

내가 최초로 술맛을 본때는 이때다. 혼자 걸어오는 길이 무섭기도 하고 심심하기도 해서 주준자 주둥이에 입을 댔더니 막걸리가 그 주둥이를 빠져나와 내 입으로, 목구멍으로 들어간 것이었다. 술이 번지수를 잘 못 찾은 것이었다. 당연히 집에 와 쓰러졌지. 쓰러졌고말고. 지금은? 술과 담쌓고 산 세월의 길이가 그 얼마인지 가물가물하다. 술은 내 사전에서 없어진 지 아주 오래다. 담배는 처음부터 없었고.

아버지의 술심부름 길은 그래도 덜 무서운 주준자 길이었다. 작은형의 술 주준자는 주먹 때문에 떨게 한 공포의 주준자 길이었다. 형제 많은 집에 무서운 형이 한 명쯤은 있는 건 일반적이지만, 그래도 그런 형, 좌절해 자기를 학대하고 형제를 못살게(?) 구는 그 형 때문에 받은 동생들의 공포는 결코 작은 공포는 아니었다. 그 형, 지금은 아무 힘도 없다. 나한테 꼼짝 못한다. 내가 전적으로 돌보는 건 아니지만 제법 돌보는 편이다. 이렇게 말할 수 있는 것은 오로지 편의 기여 때문이다.

강냉이 가루 죽, 어머니는 주준자의 색깔과 아주 닮은 색의 강냉이 가루 죽을 끓여 대고 끓여 댔다. 나는 주준자, 그 누런 주준자를 수도 없이 들고 다녔고, 옥수수 그 죽 참 많이도 먹었다. 연로한 어머니께 여쭤봤더니, 이제 강냉이 가루 한 말 줘도 안 반갑고 천금을 준다고 해도 강냉이 죽 안 끓이고 싶단다. 만금을 주면 모를까. 미국 사람? 고맙다. 전후 그때 강냉이죽을 우리에게 먹도록 해주지 않았는가.


주전자 섬이 있는 태종대에 왔다. 올 때마다 시원하다. 바람이 시원하고 전망이 시원하다. 하늘이 시원하고 바다가 시원하다. 무엇보다 내 마음이 시원하다. 주준자, 이제 그 이름을 제대로 불러준다. 주전자라고! 주전자의 명예회복, 복권이다.

# 백양산 내 자리

## 커피 가리 설탕 가리

10월 하순 일요일, 보온병에 뜨거운 물 넣고, 커피 가루와 설탕 가루를 봉지에 넣고, 감 3개와 사과 1개 그리고 혹시 몰라 하모니카를 들고 편과 함께 백양산 산책길로 들어섰다. 백양산은 내가 그 산자락에 삶을 기대고 있는 바로 집 앞이 산이다. 부산의 산은 금정산과 백양산이 대표적이라고 할 수 있다. 물론 장산도 있고 구월산도 있고 다른 산들도 있지만.

부산은 바다와 산과 강이 잘 어우러지는 곳이라고 나는 늘 생각하고 있다. 여름엔 바람이 시원할 뿐 아니라 겨울엔 햇볕도 따스하다. 백양산의 모라동 쪽 끝자락에 있는 운수사를 목표로 잡고 걸었다. 가면서 보니 하구언 쪽 낙동강과 화명동 또 금곡 쪽의 낙동강이 한눈에 들어왔다. 낙동강 주변의 주거 지역, 아파트로 이루어진 사람 사는 동네 풍경이 눈부셨다.

나는 백양산을 좋아한다. 백양산은 여성스러운 산이라고 생각하고 있다. 그런데 낙동강 쪽으로 둘러보니 큰 바위와 굵은 돌들로 이어지는 계곡이 몇 있었다. 이는 남성적인 면모다. 그러니까 백양산도 남성적인 모습을 군데군데 감추고 있는 산이라는 말이 되겠다. 가까이 두고 사는 산인데 속속들이 발 디디며 다니지 않았음을 미안하게 생각하고 있던 차에, 요즘에 와서 서는 결심은 백양산 산길을 이리저리 자주 찾아다니겠다고 하는 것이다.

철 이르게 미리 떨어진 낙엽들이 이불인 듯 돌을 덮고 있다. 잎을 떨군 저 풀들은 안면 있는 풀인데 그 이름을 도저히 모르겠다. 지인 중에 야생화 사랑에 푹 빠져 있는 분이 몇 있는데 이분들의 야생화 사랑에 자극받아, 저의 나들잇길에 야생화 사전을 지참하기로 했지만 아마 작심삼일로 끝날 것 같다. 『한국의 야생화』라는 원색도감을 보내주신 분에 대한 고마움을 잊지 않고 있다.

담쟁이, 바위를 타고 올라가는 이것이 담쟁이 맞는지 모르겠다. 담벼락을 타고 올라가는 담쟁이는 아닌 것 같다. 왜냐하면 아주 작기 때문이다. 다른 풀을 쫓아내고 자기만 기고 있는 건지 몰라도 홀로 기는 포복이 돋보인다. 낮은 포복, 높은 포복, 논란 훈련소 포복….

산이 입고 있는 옷의 색깔이 하루가 다르게 변한다. 그중에서도 유독 붉은색으로 변하는 나무와 나뭇잎이 있다. 그 나무는 술도가 나무인지, 술도가에서 술 찌꺼기 먹고 자란 나무인지, 아래에서 위로 쳐다보니 술 취한 잎들이 까불고 짖고 하며 놀고 재잘거리느라 난리도 아니다. 난리? 6·25라는 난리를 겪은 사람들은 난리라는 말만 들어도 가슴이 콩콩 난리 칠 텐데.

운수사 머리 위에 도하했을 땐 출발한 지 한 시간 반쯤 되는 시간이었다. 앉기도 하고 춘향이 걸음 연습도 하고 나무, 풀, 돌의 틈을 기웃거리기도 했기에 그렇다. 운수사로 내려가지 않았다. 출발할 땐 정상에 갈 생각은 쪼끔도 없었는데, 촌놈, 따라 장 간다고 사람들이 우르르 위로 올라가기에 에라 모르겠다 하고 따라 올라갔기 때문이다. 백양산은 해발 642m. 가볍게 오르기에 적절한 높이의 산이다. 구포 쪽에서 오르는 길은 평이해도 성지곡 수원지에서 올라와 만남의 숲에서 오르는 길은 가파르다. 올라가면 사방팔방이 다 보인다.

백양산 정상에 올라가서는 구석에 앉아, 감도 깎고 사과도 깎아 제사상 차리듯이 정숙히 차리고서는, 한 번은 떡 베어 먹고 한 번은 감 먹고 또 한 번은 사과 베어 먹고 하면서 먹었다. 가볍게 출발한 산행인지라 밥은 준비하지 않았는데 이것만으로도 그런대로 점심이 되었다.

큰 바위 아래 전망 좋은 곳에 앉아 먹은 감 맛, 사과 맛이란. 마신 커피 맛이란. 편이 커피를 탈 때 햇살을 받은 커피 가리와 설탕 가리의 선명함이란. 커피 가루와 설탕 가루를 섞어서 탄 커피는 커피 맛? 커피 가리와 설탕 가리를 섞어서 탄 커피는 코피 맛? 내 자란 곳에서 커피를 사투리로 '코피'라고 부른 적이 있었다. 설탕을 굳이 '설탕 가루', 사투리로는 '설탕 가리'라고 했고. 썰렁 개그 한마디 더, '밀가루'로 만들면 '국수'이고 '밀가리'로 만들면 '국시'. 산에서 내려오니 오후 5시였다.

## 저기 하구언

백양산 불웅령에서 내려다본 김해 방향. 오른편 다리는 북부산 톨게이트를 거쳐 '김해 → 마산 → 진주'로 갈 때 건너게 되는 다리이다. 나는 주로 이 다리를 지나 어디로 간다. 어디? 경상도, 전라도, 충청도 그리고 또 서울. 왼편엔 용도가 다른 세 개의 다리가 나란히 있다. 낙동강 다리들.

성지곡 수원지. 아이 셋 키울 동안 성지곡 수원지, 그러니까 어린이 대공원에 부지런히 다녔다. 그 아이들이 이제 다 커서는 사회생활을 열심히 하고 있다. 그리 보니 세월이 내 곁은 제법 길게 지나갔다. 월드컵 축구장 저 지붕을 보니 히딩크가 생각난다. 며칠 후 성지곡 수원지 저 물가로 내려가 다시 걸을 터이다.

낙동강 맨 아래. 남해와 범벅이 되어 있다. 두 줄기의 물줄기 중 왼편에 낙동강 하구언이 있다. 외해로부터 바닷물이 침입하는 것을 막기 위해 강어귀에 쌓은 둑을 하구언이라 부른단다. 뱅기[20]가 김해공항에 착륙할 때 저 아래 바다로부터 올라와서 그렇게 함을 보게 된다. 저 멀리는 가덕도, 진해. 하구언은 강어귀 둑이라고 부르는 게 맞다는데 고유

---

20)  비행기의 방언.

명사로 되어서 그냥 하구언이라고 부른다.

부산항, 그러니까 부산 앞바다. 범일동 부두. 가만있자, 이게 몇 부두더라? 부산항에 부두에 제8 부두가 있는 건 알겠는데, 몇 부두까지 있는지, 저게 몇 부두인지를 모르겠다. 저 끝 오른편 봉우리가 태종대이고 왼편은 신선대이다. 지금은 도시의 지형이 많이 달라졌지만, 부산은 광복동과 서면을 두 축으로 하여 이루어진 도시다. 부산의 번화가 중의 하나인 서면, 지나갈 땐 복잡하고 번화한데 이리 보니 별로 복잡해 보이지 않는다. 저 멀리 해운대 신시가지가 보인다. 산줄기 뒤 가운데로 키가 큰 건물, 시청 청사가 보이고. 오른쪽 산줄기는 수영 로터리 부근의 황령산 줄기인 것 같고, 왼편 맨 뒤의 산자락은 장신 지락인 것 같은데, 그리고 맨 앞 산자락은 백양산 자락인데, 가운데 저 봉우리는 이름이 뭐더라? 부산에 대한 인문 지리 공부를 다시 해야겠다.

운수사. 처음에 운수사 간다고 나선 길이었다. 산책길이었던 셈이다. 그런데 운수사로 가지 않고 산 위로 가 버렸다. 등산길이 되어 버린 것이다. 산 위에서 내려다본 운수사 절을 둘러싼 숲은 아직 가을옷으로 갈아입고 있지 않았다. 가을옷? 단풍은 가을옷인가? 겨울옷인가? 지금은 겨울로 가는 길목이다.

백양산 산길. 동래 편에서 백양산 정상, 즉 불웅령으로 오르는 산길이다. 저 꼭대기 너머로 내려갔다가 다시 올라가면 정상이다. 불웅령에서 동래 쪽으로 내려오다가, 돌아본 산길 모습이다. 저 길이 내가 걸어온 길이다. 인생길도 저럴까. 살다가, 그러니까 가다가 가끔 돌아볼 필요가 있는 것 같다. 돌아보니 좋다. 돌아볼 틈이 돌아보면 뒷모습도 앞모습, 그보다 덜 아름답지 않다는 것을 새삼 느낀다.

바위가 있어 디카에 담았더니 바위만 있는 게 아니라 사람도 있었다. 낙동강 쪽을 바라보고 있는 시선이다. 산에 오를 때마다 느끼는 것이지만, 바위는 모두 그 하나하나가 철학적 개념, 철학적 주제이다. 그 의미가 무엇인지 모르지만 다 의미를 온축하고 있다. 이 바위에서 오늘 나는 초월을 본다. 초월과 내재 그 경계선에 저 사람이 있는가. 내가 있는가. 저 사람은 초월로 눈길 주고 있는가. 내재에 시선 쏠려 있는가.

## 산나리 길목

일요일, 화창하다. 편과 함께 오르기로 한 집 앞의 백양산, 열 시에 혼자 올랐다. '오리지널 미국 브로드웨이 뮤지컬'이라는 〈페임(Fame)〉 공연에 초대를 받았는데, 입고 갈 미망한 옷이 없다고 하기로, 안 가려는 사람을 억지로 떼밀어 옷 사러 보낸 후 혼자 가는 산행이다. 막내를 딸려 보냈다. 이렇게 해서라도 옷을 사지 않으면 편은 10년이 가도 자기 옷을 사지 않을 사람이다. 빠듯한 살림을 사는 다른 주부들도 마찬가지일 것이다. 가정에서 주부의 희생은 누구보다 크다.

내가 택하는 백양산 길은, 럭키 1차 아파트 뒤에서 '2번 쉼터'로 가는 길이다. '2번 쉼터'에서 '1번 쉼터' 방향으로 주로 간다. 1번 쉼터에서 나는 간단한 새벽 운동을 한다. 거기서 조금 더 가면 '만남의 숲'이 나온다. 만남의 숲에서 보는 성지곡(어린이 대공원) 호수의 아름다움이란, 해운대 먼 바다 쪽의 풍경이란.

산 초입에서 막 오르기 시작하는데 왼편 저 멀리서 지팡이를 무릎에 걸치고 앉은 한 노인이 뭐라고 소리를 지른다. 뭐라고 말하는 것 같은데 알아들을 수 없다. 나를 보고 하는 말인지 다른 사람을 두고 하는 말인지를 짐작할 수 없어서 그냥 지나쳤다. 몸이 아픈 분으로 짐작되었다.

오늘따라 나의 걸음은 더디었다. 이리 보고 저리 보고, 이 풀 살피고 저 나무를 만지면서 천천히 산길을 따랐다. 평온하다. 지속해서 새벽 산을 오르기로 하고 오르기 시작한 지 아직 며칠 되지 않았지만, 그래도 몇 번 오른 그 덕으로 몸도 더욱 유연해져 있다. 그래서 더욱 그럴 것이다. 마음의 분열도 없다.

세 갈래 길에 왔다. 영 나누어지는 길은 아니고 금방 합류하는 갈림길이다. 그래도 갈래 길은 갈래 길, 세 갈래 길이다. 아무래도 망설임을 크게 유발하는 길은 네 갈래 길 다섯 갈래 길이 아니라 세 갈래 길인 듯싶다. 갈림목의 한 그루 그 산나리를 염려하며 도착했다. 산나리는 그 자리에 그대로 있었다.

세 갈래 길이니 다른 곳보다 비교적 발걸음이 많은 곳이다. 무사한 산나리, 고맙다. 꺾이지 않고 그대로 있어 주어서. 이리 보고 저리 봤다. 위에서 내려다보기도 하고 아래서 올려다보기도 했다. 그때 한 손에는 호미를 들고 다른 손에는 채집한, 꽃 피기 전의 풀들이 들어 있는 검정 비닐봉지를 든 남자가 왔다. 부인과 아들과 함께였다. 아들은 초등학생 아니면 중학생으로 보였다. 내가 그 자리를 계속 떠나지 않으니 그들이 지나쳐 가긴 했는데 그래도 모르겠다. 내일 새벽에 가면 산나리가 그 자리서 그대로 서 있을 것인지.

그때 산 초입에서 본 그 노인이 왔다. 다리를 끌다시피 하며 걷는 걸음이었다. 보통 걸음이면 20분 정도의 길을 저 노인은 두 시간여 만에 온 것이다. 나는 그 자리를 계속 지키는 중이었다. 높은 지점은 아니지만, 한쪽 다리를 거의 못 쓰는 노인이 지팡이에만 의지한 채 혼자 오르기엔 만만치 않은 경사였고 거리였다.

노인은 쉬지 않고 산나리를 바로 지나쳐 갔다. 순간적으로 나의 머리는, 지나가는 노인의 등과 산나리의 활짝 펼친 꽃잎과 대비하고 있었다. 왜 그런 대비가 내 머릿속에서 이루어졌는지 모르겠다. 뭘 대비했는지도 모르겠다. 하여튼 대비했다. 노인과 산나리, 피는 산나리와 시드는 노인, 산나리의 꽃잎도 시든 노인의 등도 활짝 펼쳐져 있기는 마찬가지였다.

다만, 말할 수 있는 것은 그렇게 하는 내 심정이 "마음이 아프고, 마음이 아프니 몸도 시들고 지는 나리꽃 한 송이마저도 꽃꽂이 침 봉으로 가슴을 찌른다"라는, "이제는 더 기댈 벽도 없고 가까운 주위부터 살얼음

살짝 낀 강을 건너게 하는 것 같아, 지는 나리꽃 한 송이에도 내 감정을 바가지로 퍼서 담는다. 피기 시작하는 나리꽃보다 지는 나리꽃에 내 마음이 먼저 가는 이유 그것을 모르겠다"라는 시인의 심정이었다고 하는 것이다. 시인은 김희철을 말하고 시는 그의 「나리꽃」을 말한다. 그의 시 일부 인용이다.

그렇다면 노인의 아픔은 산나리의 아픔이고 산나리의 슬픔은 노인의 슬픔일 수도 있겠다는 생각이 든다. 노인은 꽃을 보지도 않고 지나쳐 갔다. 아니, 꽃을 볼 기력도 없어 보였다. 지나쳐 가는 노인의 등 뒤에서 아이는 나무 사이로 나를 보고 있었다. 나를 보고 있다는 것은 산나리를 보고 있는 것이었다. 내가 산나리의 지점에 서 있었기 때문이다. 바라보는 아이와 지나가는 노인을 산나리는 또 지켜보고 있었다.

나도 자리를 떴다. 전화기를 열어 시간을 확인하니 40분 이상을 산나리 앞에서 머물러 있었다. 잠시 다녀오겠다고 올라온 산인데, 빨리 내려가서 점심 먹고 글을 정리하고는 〈페임〉을 보러 가겠다고 올라온 산인데 거의 네 시간을 머물러 있었던 것이다.

그때 전화가 왔다. "금방 내려온다더니만 아직도 산에 있소? 밥은 묵었소? 옷? 막내가 하도 닦달해서 하나 사긴 샀는데…. 빨리 내려와서 밥 묵고 나갈 준비 하고 있으소. 〈페임〉을 보러 가려면 시간 바쁘요". 백화점을 출발하면서 한 전화였다.


## 엉겅퀴와 각자

집 앞의 백양산에 올라가면 만남의 숲에 내가 머무는 자리가 있다. 이 자리를 난 '내 자리'라고 부른다. 솔숲 속의 작은, 그러나 평평한 돌이다. 소유권이 내게 있는 건 아니다. 하지만 그 돌 위에 서거나 앉는 사람을 한 번도 보지 못했다. 물론 내 없을 때 다른 사람이 설 수도 있다. 그렇다면 그때 그곳은 그의 자리이다.

그곳에 가면 난 앉지 않고 그 위에 선다. 돌 위에 서면 바람이 유난히 시원하다. 내 느낌일 것이다. 서서 바람을 맞고, 마음을 비우고, 어깨 힘을 뺀다. 편안하다. 몸도 편하고 마음도 편하다. 지탱하는 다리도 아프지 않다. 오늘도 솔바람이 좋다. 시원한 바람이다. 이곳이 숲속이라는 생각이 새삼 든다. 머물 수만 있다면 계속 머물고 싶은 곳이 숲이다.

『싯다르타』를 생각한다. 헤르만 헤세의 『싯다르타』. 청소년 시절에 헤세를 내게 알려 준 아이는 독일로 가서 독일 국민으로 살고 있고, 청년 시절에 가르쳐 준 청년은 캐나다로 가서 캐나다 사람으로 살고 있다. 이 땅에 그들이 있다면 숲으로 유혹, 마주 서서 『싯다르타』로 견주고 싶은 숲속의 오후이다. 엉겅퀴와 더불어 섰다. 잉깅퀴와 키를 견준다. 숲속의 내 자리 그 앞에는 엉겅퀴 한 그루가 큰 키로 서 있다. 오늘따라 그는 싯다르타이다. 그의 숲속 이야기를 내게 들려준다.

숲으로:    아버지는 싯다르타의 어깨를 만졌다. 너는 숲으로 들어가 사문이 되어도 좋다.

숲에서:    싯다르타는, 사문들 가운데 최연장자의 가르침을 받아, 새로운 사문의 규칙들에 따라서 자기 초탈 수련을 하였으며 침착 수련을 하였다.

숲 밖으로:    싯다르타는 완성자인 부처와 고빈다를 뒤에 남겨둔 채 숲을 떠났다.

숲 밖에서:    그는 마치 이 세상을 맨 처음 보기라도 한 것처럼 신기한 듯 주위를 둘러보았다. 그 한가운데에서 깨달음을 얻은 각자(覺者) 싯다르타는 자기 자신에게로 나아가는 도중에 있었다.

― 헤르만 헤세의 『싯다르타』에서

숲을 떠난다. 엉겅퀴가 묻는다. 가느냐고. 간다고 했다. 그는 내일 또 오라고 한다. 나는 그러겠다고 했다. 하지만 비가 오면 못 온다고 말했다. 자기는 비가 내려도 그대로 이 자리에 서 있다고 했다. 키다리 아저씨 같은 엉겅퀴는 내일 가도 아마 그 자리에 그대로 서 있을 터이다. 우두커니.

내려오면서 생각하니, 이제 내 싯다르타와 견줄 나이는 넘어선 것 같다. 그렇게 하기엔 세상 물정을 너무 많이 알았고, 세상살이에 마음이 너무 가 있다. 청년 시절의 열정 그것은 디는 나의 이야기가 아닌 것 같다.

그래도 싯다르타 이야기는 아직 다 사그라지지는 아니한, 어쩌면 묻혀 있는 한 줄기 내 꿈이다. 가끔 생기 들수는 바람이 한 줄기 바람인 것처럼. 숲을 나오니 내 눈에도 파랑은 파랑이고, 강은 강이었다. 그리 멀지 않은 곳의 낙동강이 보인다. 여기에 노랑이 있고, 저기에 파랑이 있다. 위에 하늘이 있고 돌아보니 숲이 또 그대로 있다. 걸음을 서둘렀다. 빨리 내려가서 발등에 떨어진 불을 꺼야 한다. 일정표를 보니 7월엔 하루도 빼곡하지 않은 날이 없다. 내 마음대로 쓸 수 있는 날이 하루도 없다.

# 밟기, 페달과 흙

## 달리기와 자전거

오늘은 한 해의 마지막 날이다. 여러 생각이 스쳐 지나간다. 지난날들에 대한 생각들이다. 내가 내 생각으로 들어갈 수 있다고 해도 내가 무슨 생각을 하고 있었는지를 다 헤아릴 수 없을 것이고, 그 생각들이 상품처럼 이름을 가지고 물건처럼 성리된 깃도 이니라서 생각의 품목을 다 확인할 수도 없을 것이다. 그래도 지금 가만히 생각해 보면 지난 한 해 동안 내 생각에 제법 자주 등장하고 내가 생각하게 한 주제는 '자전거'였다. 난 올 한 해 동안 자전거를 타고 싶다는 생각을 많이 했다. 자전거를 한 대 사려고 인터넷에서도 알아보고 지나가다가 자전거방의 전화번호를 외우거나 기록하는 둥, 자전거에 대한 관심은 자꾸 커졌다.

하지만 자전거를 사지 못했다. 부산의 열악한 도로 사정에서 자전거 타기는 위험을 크게 동반하는 일 아니냐는 만류가 나에게 먹혀들었다. 12월에 들어서서 『자전거 여행』이라는 책을 샀다. 자전거 대신 자전거와 관련 있는 책을 사게 된 셈. 이 책은 독서 모임에서 읽을 새해 첫 달 책이다.

자전거를 타는 대신 달리기를 했다. 인근의 새로 생긴 초등학교에 가면 새벽에 달리려고 온 사람들이 많다. 새벽에 올라가면 참 기분이 좋다. 두 달 동안 운동장에서 좋은 흙을 밟으며 부지런히 달렸다. 운동장을 빙빙 돌았다는 얘기. 이제 속도도 제법 난다. 봄엔 단축 마라톤 대회에도 나가 볼 생각도 있지만 아마 실현하지는 못할 것이다.

자전거와 달리기! 내 생각의 공간을 풍요롭게 해 준 올해의 두 동반자였다. 오늘은 한 해가 마무리되는 날이다. 나는 지금 고성과 삼천포의 나지막한 산이나 정겨운 해변에서 해를 보내고 해를 맞이하려고 그쪽으로 간다. 거기서 사고 한 해의 마무리 미사는 삼천포에서, 한 해의 시작 미사는 고성의 가르멜 수녀원에서 새벽 여섯 시 반에 할 예정이다.

고성의 당항포나 아니면 공룡의 발자국 화석이 많이 있는 상족암 근방은 달리기도 좋다. 동해면의 '이봉주 겨울 마라톤 연습코스'는 말할 것도 없을 거고. 나는 이곳에 가서 언제 한 번 달려 볼 예정이다. 끝날 무렵의 따뜻한 겨울에.


### 자전거 펌프

내가 자전거를 초등학교와 중학교 중 어디 다닐 때 배웠는지 잘 모르겠다. 그리 오래 산 세월도 아닌데 내가 한 일인데도 왜 이리 잘 모르는 게 많은지 모르겠다. 아마 초등학교 5, 6학년쯤이었을 것이다. 초등학교는 면 소재지에 있었고 중학교는 읍내에 있었다. 면 소재지엔 면사무소와 학교와 점방 두어 개 그리고 막걸릿집 한 군데 외엔 별다른 게 없었다. 그러나 읍내엔 성당이 있었고 그 앞에 중국인 부부가 운영하는 중국집이 있었고 그 아래에 자전거방이 있었다. 앞에는 정미소, 그 옆에는 카스텔라와 건빵을 파는 점방이 있었고.

지나가면서 정미소는 쳐다보지 않았지만, 중국집과 점방과 자전거방은 고개 돌려서 보고 옆으로도 보고 돌아서서 뒤로 보곤 하면서 지나치던 곳이었다. 건빵 한 주먹을 몇십 원에 사서 어쩌다 주머니에 넣기라도 할라치면 그날은 내 세상이었고 또 어쩌다 그 중국집에서 짜장면이나 우동이라도 먹게 될 때는 제임스 딘의 영화 〈자이언트〉 노래가 코에서 절로 나올 판이었다. 그때 내가 자이언트 노래를 알고 있었는가는 묻지 마시라.

자전거방은 당시 2차 산업, 말하자면 공업화의 상징이었다. 자전거방

아저씨의 얼굴에 기름이 까맣게 덕지덕지 묻었어도 그건 흙 묻은 얼굴보다 촌티가 덜 나는 도회적 모습이었다. 물론 아주 작은 읍이니 도회적이라고 할 건 없지만. 자전거방에는 빌려주는 자전거가 몇 대 있었다. 물론 아주 고물 자전거. 우린 거기서 자전거를 빌려 서로 잡아 주면서 배웠다. 두어 번 만에 잡아 주지 않아도 타게 되었던 것 같다. 자전거방 아저씨는 키가 컸다. 키다리 그 아저씨는 무섭게 생긴 얼굴이 아니었던 거로 기억이 된다.

꼬깃꼬깃 몇 원 주고 빌린 자전거 바퀴에 바람을 넣을 때의 펌프 감촉이란. 펌프질은 신나는 일 중의 하나였다. 바람 넣는 일은 마음을 꿈으로 부풀게 하는 일이었다. 산에 가서 나무히는 일보다 들에 가서 풀 캐는 일보다 더 신나는 일이었다.


편이 건빵을 세 봉지나 사 왔다. 사 달라고 해도 안 사 주던 건빵이었다. 사 와서는 나에게 척하니 갖다 엥긴다(가져와 안겨준다). "엣소(여기 있소). 실컷 잡수소!" 그 건빵을 연구실로 가지고 왔다. 입에 넣고 우물거리면서 연구실 구석에 세워 두었던 자전거를 닦았다. 타이어가 물렁하다. 그래서 그것을 산 삼천리 자전거 대리점(자전거방이 아니라)에 끌고 갔다. 제법 먼 거리인데 일부러 끌고 갔다.

그 옛날 자전거방 같은 그 대리점 아저씨는 살 때도 그랬지만 오늘도 푸근히 대해 주었다. 감자 같은 얼굴의 아저씨다. 펌프를 권한다. 그래서 아예 하나를 사 버렸다. 자전거 펌프는 국산이 젤 좋다고 말하면서. 자전거 탈 때 가로 매는 색(Sack)도 하나 준다. 맘에 든다. 그러잖아도 가지고 싶은 물건이었다. '국산'이라는 말이 새삼 귀에 들어온다. 바람이 잘 들어간다고 했다. 펌프질할 일이 생겼나. 바람 넣을 일 생겼다. 사실 나는 펌프 대신 '뽐뿌', 펌프질 대신 '뽐뿌질'이라고 말하고 싶었다. 어릴 때 그렇게 듣고 자랐기 때문이다. 하지만 그게 펌프의 일본식 발음이란 걸 알고 난 지금 그 말을 그대로 쓸 수는 없다. 그래서 말을 바꿨다. 우리말 속에 들어 있는 일본 잔재를 노력하여 빨리 제거해야 한다.

### 밟기, 페달과 흙

그동안 내내 자전거를 타지 못했다. 오늘, 마음먹고 자전거를 끌고 나갔다. 연구실에서 저녁을 먹고 가벼운 운동도 할 겸해서 끌고 나간 자전거이다. 산책하기로 생각을 하고서도 실행에 옮기지 못했는데 드디어 오늘 그렇게 한 것이다. 캠퍼스의 운동장으로 가서 한 스무 바퀴 돌았다. 학생들이 축구를 하고 있는지라 밖으로 나와 오륜대 호수 쪽으로 갔다. 못 미친 곳의 고개까지만 샀다. 그 이래로는 인도와 차도가 분리되지 않아 안전성이 염려되었기 때문이다. 고갯길인지라 페달 밟는 것이 그 자체로 센 다리 운동이 되었다.

그리고 내려와 앞의 고등학교 운동장으로 갔다. 가서 보니, 왜 진작 오지 않았을까 하는 생각이 들 정도로 사이클링하기에도 조깅하기에도 좋았다. 동네 사람 여럿이 이미 빙빙 돌고 있었다. 자전거로 서너 바퀴 돌았다. 도는 중에 막내로부터 전화가 왔다. 기쁜 소식이었다. 전화를 끊고서 가볍게 몇 바퀴 뛰었다. 앞으로는 이 시각에, 이번처럼 코스를 정규적으로 밟기로 했다. 페달을 밟고(사이클링) 흙을 밟기로(조깅) 했다. 지금 기분 아주 좋다.

# 낯선 길 고요

## 낯선 길

지금 내가 사는 만덕3동 이 동네는 들어와 산 지 여러 해가 지났다. 비슷한 시기에 이사 들어온 사람들은 다른 동네로 다 나갔다. 한 동네에 참 오래 머문다고 사람들은 의아해한다. 우리 아이들도 다른 동네로, 문화가 번성하는 수영 부근의 해운내 쪽으로 가지 않겠느냐고 묻기도 한다. 그 아이들도 다 커서 이 동네를 떠나 자기들 동네에서 터 잡고 살고 있다. 하지만 나는 여기서 더 머물 생각이다. 내 연구실에서 집으로 다니는 길이 낯설지 않아 좋다. 그리움은 낯익은 공간과 사물로부터는 뻗어 오르지 않는 것일까? 3월이어도 잠 못 들어 뒤척인 일 없다. 잘 자서 탈이다. 잠 이루지 않고 뭐하냐는 핀잔을 함께 자는 편에게서 한번 들어보지 못하고 3월 다 보내겠다.

낯선 길보다도 더 멀리
그리움은 뻗어 있네

가슴 다 뚫린 채
푸른 슬픔으로 뼈가 녹다가
상처 난 꿈처럼
어지럽게 헝클어진 마음

― 가영심, 「산수유꽃」에서

## 고요

야단법석일 것이다. 숲속의 3월은 생명의 숨 쉬는 소리로 시끌벅적할 것이다. 다툼이 이곳저곳에서 벌어지고 있을 것이다. 옷 차려입는 숲의 소란 때문에 길은, 숲속의 길은 은밀히 누워 있지 못할 것이다. 오리나무도 가지로 일어서고, 산수유 봉오리도 수채화 그림판의 한 획 붓칠처럼 자태 드러내는데, 길, 숲속의 길 자기가 일어서지 않고 배기겠는가? 일어서는 길일 것이다. 숲속의 고요가 평온한 고요겠는가? 은밀한 고요이겠는가. 난장판 고요일 것이다 가 보긴 가 봐야겠다. 가기 위해 길 떠나야겠다. 어디로? 섬으로. 이 3월엔 내 육지도, 사랑도 한번 다녀오고 만다. 차연없이 떠니진 곳헤노 마을 비우곤 떠난디. 섬, 어느 섬에 산수유가 있을까? 산수유가 폈다 지는 섬이 있긴 있을까?

> 그리움이 온몸으로 하얗게 퍼져갈 때
> 숲속의 길은 가장 은밀한 고요처럼 눕고
>
> 그대 찾아 하염없이 길 떠나면
> 노란 산수유꽃들 웃고 있어라
>
> ─ 가영심, 「산수유꽃」에서

2월 말미의 진주성, 성벽 따라 걷는 내 발걸음을 노란 나무가 지켜보고 서 있었다. 산수유가 피었다. 잎도 나지 않는 2월이다. 진주 남강 촉석루 길 서장대 성벽을 봄이 기어 넘어 들어온 것이었다.

언 제 나 강 저 편

# 항주 서호에서 '서편의 달'이

## 이래저래 걱정

가자는데, 단체로 왔으면 가야 한다는데 안 따라갈 수는 없었다. 간 곳은 다원이었다. 다원을 중국말로는 뭐라고 부른다고 하던데 잊었다. 그 말을 수첩에 적은 일행이 있으니 그에게 물어볼 참이다. 건륭황제가 어떻고 룽징(龍井) 차가 또 이떻디는 것과 항저우 이곳이 룽징 차 본산지라는 것을 핏대 올리며 말하고 있었다. 설명하는 총각들은 우리를 삼십 분 이상 기다리게 했다. 그것도 막 설명을 시작한 후에 더 큰 무리의 사람들이 왔다고 양해 없이 나간 후 그랬다. 돌아와서도 미안하단 말 한마디 안 했다. 국내에서 이런 일이 있었더라면 하고 생각해 봤다. 시간 전엔 나가지도 못하게 한다. 뒷산을 쳐다보니 온통 차밭이다. 하동 차를 걱정했다. 중국 차가 생엽(生葉)으로 들어오는 통에 가격이 폭락하는 것을 지난봄에 내 눈으로 봤던 터다. 물론 소비자 관점에서 보면 찻값이 내려서 나쁜 건 없다.

항주에서 자고 황산으로 가는 두어 시간 미만의 길 주변은 온통 차밭이었다. 황산에서 내려와 부근의 비단 공장을 다녀온 후 돌아오는 항주까지의 200여 킬로미터도 거의 내내 차밭이었다. 요새 조성하는 차밭도 많다고 했다. 이래저래 하동 차가 걱정된다. 하동의 야생차를 알고 난 후 중국 차에 대해서는 흥미를 좀 잃은 편이다. 그래서 룽징 차 본토라는 항주에서도 차 한 통 사지 않고 돌아왔다.

돌아온 다음 날 월요일, 하동 악양에 갔더니 차나무들이 비 맞으면서 날 기다리고 있었다. 반가워하는 눈치였다.

## 호수의 서편

중국 항주의 서호에서 '친구의 이별'을 생각하면서, 이 생각이 서호에는 안 어울린다고 생각했나. 그러면서도 별다른 생각이 안 떠올랐기로 계속 이 생각을 하면서 호수를 가로지르는 유람선에 앉아 있었다. 비교적 큰 배였지만 배는 비좁았다. 하여 "서편의 달이 호숫가에 질 때에"를 그림으로 마음에 그리면서 여유롭게 시선을 "저 건너 산"이나 물에 보낼 계제는 아니었다. 그래도 생각이 이어진 것은 호수라는 것과 그것도 서호라는 것 때문이었다. 호수 이름에 방향을 가리키는 '서(西)'가 있기 때문이지 이별이 생각난 것은 아니었다.

요새 나는 아주 그 옛날 세광 출판사의 『하생 애창 600곡 집』을 계속 펼친다. 종이가 누렇게 바랬다. 가사 글자는 깨알 같다. 악보의 소위 '콩나물 대가리'도 식별이 잘 안 된다. 그래도 펴는 것은 그 노래들이 그 시절의 나에게 꿈을 준 노래들이기 때문이다. 그중에 「친구의 이별」도 있다. 젊은 시절에 이중창으로도 불렀던 노래다. 「호수」, 「호수의 서편」은 이 노래 때문에 '꿈의 그리움' 공간으로 아직 열려 있다.

중국 풍경은 두 번째인 이번에도 렌즈 들이댈 풍경으로 내게 오지 않는다. 내게는 그렇다. 서호, 이름이 너무 밋밋하다. 배의 용머리와 황색은 감흥을 방해한다. 하지만 그래도 이국 아닌가. 이국적 정서를 하나라도 건져야 하는 것 아닌가. 저장성 서호에 와서, 오나라가 어떻고 월나라가 어땠으며, 오월동주가 어땠다는 것을, 남송은 또 어떠했다는 것을 생각해 볼 필요가 없는 것은 아니다. 소동파의 시도, 절세 미인 서시도 서호 뱃머리에서 떠올려야 한다. 하지만 이것들은 나중 과제로 돌렸다.

호수와 호수의 서편 또 서편의 달을 생각하니 까까머리 악동들이 생각났다. 「친구의 이별」이라는 이 노래는 진주 망경북동, 그 옛날 선명여상 옆 변전소 관사가 집이던 진환이와 제일 많이 불렀다. 그가 생각난다. 연락 끊긴 지 오래다. 잘 있을 것이다. 결과적으로는 '친구의 이별'이 된 셈이다.

## 타올이라 부르는 수건

들은 이야기다. 들었다는 말은 주워 읽었다는 뜻이다. 아름다운 이야기는 돌고 돈다. 돌고 돌지만 흔하다는 말은 아니다. 이야기가 전해 주는 메시지는 귀한 것이다.

눈썹이 없는 한 여자가 있었다. 짙은 화장으로 눈썹을 그리고 다녔지만, 마음은 편치 않았다. 그러던 중에 남자가 생겼다. 사랑하게 되었다. 남자도 여자를 다정하고 따스하게 대했다. 둘은 결혼을 했다. 그러나 여자는 눈썹 때문에 항상 불안했다. 해를 거듭하는 동안 여자는 자기만의 비밀이 들통날까 봐 늘 조바심했다. 따뜻한 남편의 눈길이 경멸의 눈초리로 바뀌는 건 상상하기도 싫었다. 그렇게 삼 년이 흘렀다. 예기치 못한 불행이 덮쳤다. 잘나가던 남편 사업이 일순간 망하게 된 것이다. 길거리로 내몰렸다. 밑바닥부터 다시 시작해야 했다. 제일 먼저 시작한 것이 연탄 배달이었다. 남편은 끌고 여자는 밀었다. 여자는 머리에 수건을 썼다. 타올이라 부르는 수건. 어느 봄날 오후, 언덕에서 불어오는 바람 때문에 손수레의 연탄재가 여자의 얼굴을 덮쳤다. 눈물이 나고 답답했지만, 여자는 닦아낼 수가 없었다. 눈썹의 비밀을 들통 낼 수 없었기에. 그때 남편이 수건을 꺼내어 아내의 얼굴을 닦아 주기 시작했다. 남편은 아내의 눈썹을 건드리지 않고 얼굴의 다른 부분을 닦아내는 것이었다. 그렇게 한 후 남편은 다시 앞으로 가 수레를 끌기 시작하는 것이었다.

다시 말하지만, 주워들은 이야기를 조금 각색한 것이다. 다시 읽어도 감동이다. 구태여 제목을 말한다면 '눈썹 없는 여인'이다. 이런 이야기에 난 찐하게 반응하는 편이다. 물론 반응이 바로 변화된 행동으로 이어지는 것은 아니다. 그런 한계 앞에 내가 서 있다.

상해 국제공항 가는 길, 버스 차창에 별 풍경이 비치지 않는다. 오전이어서 더욱 그럴 것이다. 그런 중에도 눈에 띄는 풍경이 하나 있었다. 내가 탄 버스가 출발하면 뒤처지고 신호나 막힌 차에 걸려 속도가 지연되거나 서게 되면 그 풍경은 앞으로 나아갔다. 말하자면 그 풍경과 나는 '앞서거니 뒤서거니' 했다. 머리에 수건을 쓴 여자가 자전거에 손수레를 매달고 앞에서 가고 있었고 그 뒤에는 오토바이를 탄 남자가 한쪽 발로 그 손수레를 밀어 주고 있었다. 발을 손수레에 대었다 떼었다 하기를 반복하면서 앞으로 나아가고 있었다. 부부일까? 친구 사이일까? '눈썹 없는 여인' 이야기가 생각났다. 수건도 썼겠다, 그 수건이 타올이겠다, 손수레도 끌겠다, 남자도 뒤따르고 있으니 연탄 배달 부부 이야기가 생각 안 날 수가 없었다.

일곱,

언제나
강 저편

# 도라지 꽃, 내 청춘의 에피파니

봐야지 하면서 못 본 영화나 못 본 그림, 못 본 글이 많다. 제임스 조이스가 그중 하나다. 물론『율리시스』를 염두에 두고 한 말이다.『젊은 예술가의 초상』도 다시 봐야 하는데. 봐야겠다고 거듭 생각했지만 결국 세월 많이 다 보내고도 다시 읽지 못하는 중에 그럴 생각조차 희미하게 사라져 버렸다. 나이가 나이인지라 이게 소설책은 손에 잘 잡히지 않는다. 하지만, '봐야지'라는 덧씌워지는 생각만으로 본 것처럼 포만감을 느끼기도 한다. 지식의 허위의식일 것이다.

우기 첫날이다. 왠지 '장마'라는 말보다 '우기'라는 말이 더 생각을 적셔준다. '기상청'은 '관상대'보다 하늘의 일을 더 잘 알아맞히지 못할 것 같다. 장마가 시작된다는 기상청의 일기예보를 반신반의하면서 가는데 가는 중에 비가 왔다. 악양 지리산 기슭의 내 농막에 도착했을 땐 풀과 나무들이 젖어 있었다. 시작되는 우기의 표상이다.

어쩌다 듣게 되는 사람의 발걸음 소리지만 행여 올라오는 사람이 있다면 그들의 눈을 즐겁게 해 주어야 한다는 생각으로 심은 밭 초입의 도라지가 피었다. 피어서는 내리는 비에 젖어 있었다. 도라지 꽃 그것은 이팔청춘의 '이팔'로 표상되는 내 청춘 시절의 고통의 꽃, 희망의 꽃이다. 이팔(二八) 청춘. 난 그것이 28세 나이의 젊은이를 말하는 줄 알았다. 알고 보니 그게 아니라 16세 남자아이를 말하는 것이었다. 그렇다면 나의 군 복무 시절의 청춘은 이팔청춘이 아니라 나이를 훨씬 더 먹은 청춘이지만, 서툴기 그지없던 청춘이었는지라 그렇다면 이팔청춘이라고 불러도 큰 무리는 없겠다.

　서툴기 그지없던 내 청춘의 군 복무는 강원도 최전방 적근산 옆 대성산이었다. 그래서 내게 도라지는 대성산과 적근산의 도라지이다. 야전삽 들고 폭우 중에 나간 도로 보수작업 때 쏟아지는 비는 초라한 내 군모를 여지없이 조롱했다. 낙오라고 말할 것까지야 없지만 그래도 이탈한 대열에서 맥없이 주저앉은 내 눈에 띈 대성산 풀섶의 산도라지는 신선하고 청순했으며 고통을 잠시라도 잊게 해 준 구원의 꽃이었다. 군 복무 3년의 대성산과 적근산 여름은 그래서 도라지꽃으로 상기되곤 한다. 그 후로 도라지는 그 시절 내 청춘을 읽어내는 에피파니로 되었다. 에피파니(Epiphany), 귀한 것이 나타났다는 뜻이다. 현현과 비슷한 의미로서 신의 출현, 어떤 사물이나 본질에 대한 직관을 뜻하기도. 여기서 나는 내 서툴렀던 청춘의 본질을 직시하게 된다는 의미로 사용했다.

　젊은 예술가의 초상, 오늘따라 젖은 도라지 앞에서 새삼 거울로 선다. 성장이건 극복이건 희석이건 간에 이제 내 의식의 강 그 바닥의 흐름은 완만하기 그지없다. 도라지를 보면서 서툴렀던 내 청춘을 떠올렸다. 내 청춘 거기에 푸른색이 언제 머문 적 있었던가. 그래도 좋다. 이제 당사자가 아닌 제삼자의 눈으로 제임스 조이스의 『젊은 예술가의 초상』을 읽어낼 것 같다.

　갔다. 졌다. 흘렀다. 무엇이? 영가, '내 젊은 영가가 말이다. "언젠간 가겠지. 푸르른 이 청춘. 지고 또 피는 꽃잎처럼. 달 밝은 밤이면 창가에 흐르는 내 젊은 영가가 구슬퍼" 여고에 다니던 여학생 애들보다 공고에 다니던 여학생 애 두 명이 생각난다. 깨알 같은 검은 점의 긴 얼굴에다 큰 키의 그 애는 탁한 음성으로 말을 건넸지만, 표정은 늘 다정다감했었다. 다른 아이, 키 작은 그 애는 홍조였지만 표정은 늘 울상이었고. 그들을 찾을 길이 없다. 만날 길도 없다. 이름들을 알아낼 길도 또한 없고. 케이비에스 사옥에 찾는 이름을 써 붙일 수도 없는 노릇. "가고 없는 날들을 잡으려, 잡으려. 빈 손짓에 슬퍼지면 차라리 보내야지, 돌아서야지. 그렇게 세월은 가는 거야".

색종이를 가진 아이들이 부러웠다. 어쩌다 색종이가 내 손에 들어왔을 때에는 뛸 듯이 기뻤다. 우글우글한 형제자매들 틈새에서 미술 공작 시간 준비물인 색종이는 사치스러운 종이였다. 그러니 색종이가 총천연색 시네마스코프 화면보다 더 원색이 아닐 수 없었다. 그 종이로 이것저것 만들어 내는 손은 더 부러웠다. 그들 손에 의해 종이로 만들어진 팔각, 십육각, 삼십 이각 축구공은 내가 못 가진 부푼 꿈이었다. 도라지가, 터질 듯 부푼 축구공을 준비하고 나를 기다리고 있었다.

동네가 토지 수용으로 나 다 망가졌는데, 이깟도 운일까? 뜬금없이 생각이 나서 내 유년의 동네 부근에 갔더니 동네 솔 동산은 아직 남아 있었다. '하루'라 불렀던 야구 비슷한 손 야구 놀이를 했었고 자치기를 했었다. 제기차기도 또한 했지 않았겠는가. 연도 날렸었고 '말뚝 박기'는 또 어쩌고. "날 두고 간 임은 용서하겠지만, 날 버리고 가는 세월이야 정 둘 곳 없어라. 허전한 마음은 정답던 옛 동산 찾는가". 청춘![21]

도라지밭은 풀 뽑기도 어렵다. 도라지는 똑바로 서지 못한다. 쓰러져서는 이리저리 엉켜 있다. 꽃을 다칠세라 조심스레 뽑았다. 비는 그쳤지만, 꽃은 젖어 있었다.

---

21) 상기 겹따옴표는 산울림의 「청춘」에서 발췌.

# 유성

자!

그러면

이별을 합시다


별이 쏟아지는 검은 밤이었다


지나간 추억을

푸른 탄식으로 불어 놓고

머-ㄹ리 사라지는 발자취 소리…


「유성」, 이 시는 청소년부터 지금까지 내 마음에 가장 오래 머문 시의 하나이다. 머물러 마음을 밝혀 준 한줄기 별빛 같은 역할을 한 시이다. 마음을 머물지 않고 흐르게 해 준 의식의 별이었다. 누구의 시인지 모른다. 알고 싶어도 알 수가 없었다. 어떻게 내 안으로 들어오게 되었는지 그 유래도 모른다. 이 두 가지는 모르지만 어떻게 그리 오래 자리하고 있는지 그것은 안다. 그냥 그랬다는 게 그 답이다.

오늘 드디어 시인의 이름을 알아냈다. 이경순이었다. 호는 동기(東騎)였고. 돈키호테를 닮고자 호를 이렇게 지었다고 한다. 기쁨이 컸다. 아니, 기쁨 정도가 아니라 감격이다.

찾은 글을 발췌, 옮겨 본다.

진주 은전 다방은 한국전쟁의 삭막한 폐허 속에서도 전국의 문인들로부터 주목을 받은 사랑방이었으며, 갈 곳 없는 가난한 예술가들로부터도 크게 애용된 안식처였다. 은전 다방이 1950년대에 우리나라 문학의 중심지로 역할하게 된 것은 지방 예술제의 효시인 개천예술제가 영남예술제란 이름으로 진주에서 개최되면서부터이다. 이 '폐허의 예술제' 가운데 지금의 대안동에 있는 은전 다방에서는 전국에서 내로라하는 시인과 화가들이 모여들어 시화전을 개최하고 있었다. "자! / 그러면 / 이별을 합시다 // 별이 쏟아지는 검은 밤이었다 // 지나간 추억을 / 푸른 탄식으로 / 붙어 놓고 미 그리 사라시는 발자취 소리…". 동기 이경순 시인이 쓴 시에다가 홍영표 화가가 그린 시화 「유성(流星)」이 은전 다방에 걸리던 날, 진주의 뮤화수년·소녀들뿐만 아니라 선국의 수많은 문학 지망생이 시화전을 보려고 폐허의 도시 진주로 몰려들었다. 물론 예술제 기간이 아니더라도 은전 다방은 시인과 화가들로 늘 북적거렸다.

      – 김경현, 「해마다 전국 문인들의 시화전이 개최됐던 문학 사랑방 은전 다방」에서


혼들리던 고교 시절에 내 마음에 들어와 가장 오랫동안 떠나지 않고 머물며 의식의 지평을 열어 주던 시어 '유성', 그 시어를 만든 분을 중년이 한참 지난 오늘에야 알게 되었다. 어떤 의미로 나의 감성에 큰 영향을 준 시인이다. 이제 시간을 두고 이 분을 탐구할 참이다. 시비(詩碑)가 남강 변 어디에 있다는데 그것도 찾아볼 참이다.

# 이편과 저편 사이

　'저편'이라는 말이 붙는 책이나 글을 살펴봤다. 우주의 저편, 기억의 저편, 바람의 저편, 슬픔의 저편, 이성의 저편, 어둠의 저편, 세기의 저편…. 아직 많다. '저편'이라는 말을 붙일 분수령은 수없이 많다. '저편'이라는 말이 붙은 책은 그 제목만으로도 전망이 전해진다. 이쪽이 아니라 저쪽, 여기가 아니라 저기를 말하고자 하는 것이니까 시태가 분명하지 않은가. 내가 몸담은 곳의 이야기가 아니라 건너편에 관한 이야기이니 호기심은 당연히 클 것 아닌가?

　『어둠의 저편』은 밝음에 관한 이야기일까? 아니면 더 깊은 어둠에 관한 이야기일까? 무라카미 하루키의 작품 세계를 잘 모르지만 읽은 『해변의 카프카』 경향으로 봐선 밝음에 관한 이야기는 아닐 것이라는 생각이 들었다. 웬만하면 한두 번 듣거나 보아서는 기억하지 못하는 내가 어둠의 저편은 단번에 인지했다. 저편이 주는 이미지가 그만큼 선명했다는 말일까.

　목차를 펼치니 시간이 나온다. 오후 11시 56분부터 오전 6시 52분까지의 이야기다. 스물일곱 개의 시간대가 목차로 나온다. 합치니 여섯 시간 오십 분이다. 제한적 시간 범위 안의 이야기를 전개하는 소설로는 솔제니친의 『제1권』, 『이반 데니소비치의 하루』, 제임스 조이스의 『율리시스』가 생각난다. 솔제니친은 그리 낑낑대며 읽지는 않았는데 제임스 조이스를 읽을 때 엄청나게 낑낑댔던 기억이 난다. 다시 읽어야지 하면서도 아직 못 읽고 있다. 읽을거리가 많은 시대를 살고 있으니 다시 읽는다는 것은 착수하기가 쉽지 않은 선택이다.

『어둠의 저편』의 흐름은『해변의 카프카』와 비슷하였다. 생각 없이 읽으면 그 책을 읽고 있는 것으로 착각할 정도였다. 아니면 그 책에서 소재를 몇 뽑아내어 좀 다른 각도에서 풀어내는 것으로도 보였다. 하지만 그의 데뷔 25주년을 기념하는 야심작이라는 광고를 그대로 받아들인다면 유사품이 아니라 창작품일 것이다.『해변의 카프카』에서는 두 개의 줄거리가 반복적으로 장을 달리하면 전개된 것 같았는데,『어둠의 저편』은 장마다 거의 다른 이야기였다. 각각이 단편이었다. 끝까지 그랬다. 그렇게 본다면 줄거리가 없는 소설, 구성(Plot)이 따로 없는 소설이라는 생각이 들었다. "뭘 말하려고 하지?"의 관점에서 읽어나갔는데, 마지막까지 읽고 난 다음 생각나는 말은 "뭘 말하려고 했지?"였다.

앞장에서 이루어지는 사건이 뒷장의 사건 진행이나 결말을 암시하는 힌트일 것이라고, 이야기의 실타래를 나 딴에는 놓치지 않고 계속 붙들어 가며 읽었는데, 결말은 그 짐작과는 전혀 달랐다. 결말이 아예 없었다. 사건은 있었는데 해결(어떤 식으로든)은 없었다. 물론 이러면 결말은 읽는 이의 몫이라는 걸 모르는 바가 아니다.

'보이지 않는 손(Invisible Hand)' 같은 '보이지 않는 눈'이 소설의 내부 관망자였다. 이런 기법을 '영화 같은 소설'이라고 부른다고 한다. 글쎄, 카메라의 눈이 내내 소설 속에서 관망자로 등장하긴 하지만 그래서, 영화 촬영하듯 써 내려간 소설이긴 하지만 영화처럼 영상미를 주는 소설은 아니었다. 이 말이 이 소설의 작품성을 평가하는 말이 아니다. 웜(Warm)하지는 않았다는 말이다. 대신 쿨(Cool)했다. 목차를 유심히 보면 줄거리를 대충 짐작할 수 있는 구성이었다.

소설은 두 자매를 중심으로 진행된다. 언니는 백설공주 같은 미모이고 동생은 머리는 뛰어나지만, 외모에 콤플렉스를 느끼고 있다. 이 자매를 중심으로 이루어지는 하룻밤 이야기는 인간과 사회의 축소판으로 확대된다. 밤의 이야기, 나아가 존재의 어둠에 관한 이야기다. 젊은 남녀, 자매, 형제, 부부, 샐러리맨에서부터 암흑세계의 사람 등 여러 인간 군상이 등장한다. 폭력의 공포, 부조리, 말라붙은 정, 말하자면 비정이 붙박이 필수품으로 등장한다. 까닭 모를 폭력과 파괴가 평온한 개인의 삶에 인접해 있다. 늘 위기일발이다. 그런 현실의 이면을 이 소설은 묘사하고 있다. 어둠의 저편은 밝음이 아니라 오히려 더한 어둠이다. 물론 작가가 절망을 말하려고 한 것은 아닐 것이다. 물론 뭘 말하려고 하는 소설은 아닌 것으로 보였다.

부담 없이 읽었다. 재미있게 읽었다. 물론 그 재미는 '쿨'한 재미이지 '웜'한 재미는 아니었다. 무라카미의 소설이나 수필집을 계속해서 읽겠다고 생각했다. '이편과 저편' 그 사이에 어둠이 존재한다고 생각했다. 무슨 말? 하고 나서도 모르겠다.

# 슬픈 영화

오늘은 새벽부터 일어나 자리에 앉아, 내가 지금까지 출입한 극장 수를 헤아려 봤다. 물론 나는 늦게 일어나야 새벽 다섯 시에는 자리에 앉는다. 그래서 '새벽부터'라는 표현은 강조하기 위한 표현법은 아니다. 아무튼, 앉아서 출입한 극장 수를 헤아려 보니 몇 개가 되지 않는다. 사천의 시천 극장, 사천읍 공관, 긴주의 진구 극상, 진주시 공관, 강남 극장, 국보 극장, 서울의 명륜 극장, 명보 극장, 대한 극장, 유네스코 극장, 스카라 극장, 할리우드 극장, 부산의 부산 극장, 대영 극장, 서면 극장. 동명 극장 메가박스, 롯데시네마, O2시네마 그리고 진해 극장 또…

진해 극장은 초등학교 6학년 때 진해로 수학여행 갔을 때 〈이름 없는 별들〉이라는 영화를 보기 위해 들어간 극장이다. 외지에 나가 처음으로 가 본 극장이다. 물론 선생님의 인솔하에서. 그 외에 기억해 내지 못한 극장이나 없어졌기로 알아낼 수 없는 극장, 그런 다 합치면 이보다는 더 많을 것이다. 그러나 그렇다고 해도 영 얼마 되지 않는다. 출입한 극장을 헤아리기 시작했으니, 이름이 생각나는 대로 계속 보완할 생각이다.

소도시의 극장 건물은 대개 웅장(?)했고 만국기가 펄럭거렸었다. 문화 시설 혹은 문화 인프라가 아주 열악할 때 극장은 가고 싶은 곳이었고, 지금은 그 모양의 앰프를 볼 수 없지만, 무궁화 꽃 꽃술 모양의 스피커에서는 음악이 구성지게 흘러나오곤 했다.

극장은 우리에게 문화를 제공해 주는, 그러면서도 어른들은 극장 근방에서 우리가 서성거리는 것을 걱정하고 또 불량기가 있는 아이들이나 그 근방에 가는 곳, 그런 곳으로 여기며 배척하기도 했다. 짚 차에 앰프 달고 영화 선전(광고 홍보라기보다)하며 마을을 지나갈 때는 꽁무니에서 일으키는 신작로 먼지가 사라질 때까지 보고 있었다. 못 둑에서 말이다. 소년 시절 이야기다.

극장 안은 어둡고 지린내도 났고 했지만 극장은 꿈을 살려 주는 장소였다. 입구를 지키는 기도는 건장했고 위압적이었다. 기도? 그때 극장을 지키는 사람을 기도라고 불렀다. 지금 사전을 찾아보니 '기도'는 일본식 표현이다. 사천 극장, 사천읍 공관의 건장하던 그 기도를 생생히 기억한다. 극장주가 같은 사람이었는지 이 기도가 두 극장을 번갈아 가며 지켰었다. 약 25년 전에 우연히 사천읍(지금은 시)을 지나가다가 그 기도를 보았다. 우람하고 날렵하고 웅장하고 순수하던 그의 몸도 늙은 모습이었다.

내가 처음으로 본 영화는 무엇일까? 정확히 알아낼 수는 없지만 지금 기억으로는 〈내가 넘은 삼팔선〉(1951)이다. 라디오 수신기 보급이 미진했던 1940~1950년대, TV가 상용화되기 전인 1960년대에 걸쳐 주한미공보원 영화가 한국에서 가장 인기 있고 영향력 있는 미디어였다. 이 영화는 무성영화였던 걸로 기억하는데, 한국전쟁 이후 미공보원에서 영사기 차량을 초등학교 운동장으로 가지고 와 사람들을 모아 놓고 상영해 준 영화였다.

그리고 극장에서 본 최초의 영화는? 〈느티나무 있는 언덕〉(1958)으로 기억된다. 그리고 〈어디로 갈까〉(1958)가 회상된다. 또한 도금봉 주연의 〈유관순〉(1959)이 참 눈물을 쥐어짜 낸 영화로 기억된다.

그랬다. 그때 슬픈 영화는 늘 극장을 울렸다. 그때란 나의 소년 시절, 즉 1960년대 이전을 말한다. 울음바다로 변하던 극장 안의 그 장(場)에 참여하게 된 기억이 여러 번 있다. 난 사실 눈물에 인색하다. 현실적인 눈물은 거의 흘린 기억이 없다. 정서의 세계에서 울음에 참여하는 경우는 지금도 있지만. 울음바다 극장 안에서도 나는 울지 않았다. 울음의 강물, 울음바다에 함께 떠내려가거나 떠 있긴 했어도.

극장에 갔는데, 뉴스가 끝나고 밝은 불이 켜졌을 때나, 영화의 끝에 '끝'이라는 자막이 배경음악과 흐르고 불은 켜지며, 사람들은 자리에서 일어나며 눈을 비빌 때, 그때 발견된, 다른 사람과 함께 온 내 친구는 없다. 나도 내 친구의 여자 친구와 그 친구 몰래 극장을 다녀온 적도 없다. 난 가족과 함께 그리고 드물게 일터 시인들과 다녀온 경우를 제외하고는 거의 혼자 간 기억으로 무늬져 있다. 영화의 영향을 많이 받는 청소년 시절엔 거의 그랬던 것 같다.

다시 들떠서 극장 가고 싶다. 시골 소도시의 극장에 가면 지금도 건장한 기도가 출입구를 떡 막고 지키고 서 있을는지. 슬픈 영화가 날 울려 줄는지….

# 행여 기다린 사람 있다면

## 기다리는 남자는 오지 않는다

정말 이 말이었을까? 이만희의 영화 〈만추〉의 마지막 멘트가 이 말이었을까? 멘트는 음성이었을까? 자막이었을까? 어느 하나도 자신 있게 말할 수 없다. 멘트라고, 자막이라고 말이다. 내 마음 깊은 곳 그곳에는 이 말이 애틋하게 자리하고 있다. 그러나 선뜻히, 선명히…. "가을이 왔다. 여인도 왔다. 그러나 기다리는 남자는 오질 않는다".

깊은 가을의 낡은 벤치에 앉아 기다리는 바바리와 스카프의 여인에게 남자는 오지 않았다. 흑백 필름이어서 더욱 선명하던 코트의 검은색. 기다리는 여인 문정숙의 서늘한 눈매, 우수와 정열이 공존하는 독특한 분위기. 깊어가는 가을의 공원, 쓸쓸한 벤치. 뒹구는 또 우수수 지는 낙엽, 세워진 바바리코트 깃, 기다리는 우수에 젖은 여인. 끝내 나타나지 않는 남자. 교도소의 육중한 철문.

## 영화 이만희의 〈만추〉

사흘간의 휴가를 얻은 모범수 여인이 경찰에 쫓기고 있는 청년을 만나 사랑에 빠진다. 모범수인 그녀는 특별 휴가를 마치고 서울로 오던 중, 열차에서 위폐범으로 쫓기고 있는 사나이를 알게 되어 욕정을 불태운다. 그들은 다음 날 만나기로 약속했으나 쫓기던 사나이는 약속을 지키지 못한다.

실망한 그녀는 교도소로 발길을 돌리고 교도소 앞에서 그녀를 기다리던 그 사나이와 만난다. 청년은 함께 멀리 도망가자고 졸라대지만, 여인은 끝내 교도소로 돌아간다. 그는 그녀에게 내의 한 벌을 주고는 아쉬움을 남긴 채 경찰에 체포되어 간다. 여인은 출옥 이후 청년과의 약속 장소에서 그를 기다리지만 아무도 오지 않는다. 여인이 교도소로 돌아간 직후 청년은 체포되었기 때문이다.

쓸쓸히 발걸음을 돌리는 여인의 뒷모습 위로 만추의 낙엽들만이 휘날린다. 깔리는 음악, 날리는 낙엽, 스카프, 바바리, 그림 그리는 아이들, 나르는 비둘기 떼, 느린 걸음, 말 없음, 다시 깔리는 음악…. 3일간의 애기다.

## 포구

첫째 날이었을까? 둘째 날이었을까? 문정숙과 신성일이 문정숙 동생의 무덤을 찾아 섬으로 간 날이 말이다. 인천의 작은 어촌, 포구에서 배를 탄다. 포구? 지금 나는 곽재구의 『포구기행』처럼은 아니지만, 포구기행 중이다.

포구는 쓸쓸하지만 쓸쓸한 그 포구에서 나는 풍요로워진다. 풍요? 포구에 서서 물질로 풍요를 채울 수야 있겠는가? 바람으로 갈매기로, 그들의 고독한 울음으로 풍요로워지는 게지. 기다릴 사람 없어도 기다릴 수 있어 풍요하고, 만추 늦가을에 부는 바람 추위도 시린 손 넣을 호주머니 비어 있어 풍요한 게지. 일없이 그냥 서 있어도 기다리는 것으로 보이게 만드는 곳이 포구 아닌가. 주문진 겨울 포구, 그곳에서 나는 고독했다. 고독한 청년으로 섰던 포구였다.

태안 가로림 포구, 안면도 청목항 포구, 인천 맞은편의 중국 연태항 포구 그리고 새벽의 진도 토말 포구 그리고…. 포구는 늘 썰렁했지만 그리움은 풍요했다.

와룡산의 용현 금문리, 그리운 포구이다. 감수성이 펄펄하던 내 고등학생 때, 갈래 머리 J 간호 고교 애들 셋과 내 친구 둘과 맞은편 자혜리 포구로 지는 황혼을 본 금문리 포구. 그땐 시도 몇 줄, 줄줄 입에서 나왔었는데 지금은 외는 시가 없다. 우리들 입에서 오래오래 회자된 말 "바다가 좋아예!"의 그때 B, 그 B는 또 A는 어디로 갔는지 무엇을 하는지 알 길이 없고, C는 망가진 신체에다 정신조차 혼미하게 되어 먼 길 나간 후로는 소식이 없다고 한다. 금문리 그 포구, 아련하다. 지금은 그 포구가 형체도 없이 사라졌다. 아무튼 지금 내가 가서 서는 포구는 그때처럼 절망의 포구는 아니다.

## 그리워 잊지 못한 것들

그리운 것들이 많다. 없어진 우리 집, 과수원집이 그립다. 돌아가신 아버지도 그립고 또 누이의 남편, 일찌감치 땅에 자리 잡은 그 남자도 그립다. 내 딴에는 제법 모험심으로 다녀온 홍콩 밤바다, 마카오도 그립고 1960년대, 우리 집 과수원집에서 굶어 죽다시피 한 개도 토끼도 그립다. 대전 월평동 안개초의 기와집도 그립고 성북동도 그립고. 분실하고 만 내 과거의 기록들 ─ 일기, 편지, 사진들도 그립다. 뚜벅뚜벅 걸어오고 있는 나의 미래도 그립고….

노래도 그립다. 그리운 노래, 「모란이 피기까지는」, 「수색의 왈쓰」[22] 그리고 이 「만추」. 「만추」는 노래 「만추」와 연주 「만추」 둘 다 구했다. 어렵사리. 긴 세월 품고 있던 음(音)들이다. 내게 사랑은, 그리움은 음으로 있는 모양이다. 하기야 존재는 음으로 있는 것 아니던가. 존재는 음으로 내게 오는 것인지 모른다.

---

22) 이 노래가 처음 번안되어 나왔을 때 「수색(水色)의 왈쓰」로 나와서 그때의 표기를 따랐다.

## 알면서도 잘 알지 못하는

난 이만희의 〈만추〉를 봤다. 그런데 언제 봤는지를 기억해 내지 못하겠다. 1966년 영화인데 이때 나는 고교 시절이다. 그렇다면 진주의 어느 극장에서 봤어야 하는데 자꾸 서울 명륜동 명륜 극장이 오버랩된다. 그리고 그 영화 보고 나서 영화에서 문정숙이 바바리코트 입고 남자를 기다리는, 아이들이 그림을 그리고 있는, 비둘기가 날아오르는, 만추의 이 배경음악이 그리 절실히 흐르는 창경원에 다녀온 것으로 기억이 된다. 명륜 극장이 재상영관이었으니까 1968년에 봤거나 아니면 군복무 후 1972년 무렵에 봤다는 얘기가 되는데 1972~1973년은 아닌 것 같다. 왜냐 하면 영화가 만들어진 헤기 1966년인데 그 간격이 너무 길기 때문이다. 1966~1967년에 봤으면 까까머리로 진주서 봤고 1968년에 봤으면 서울에서 봤다.

도무지 영화를 본 정확한 시점을 짚어낼 수가 없다. 이런 경우가 '알면서도 알지 못하는' 경우이다. 그러나 영화의 마지막 멘트, "가을이 왔다. 여인도 왔다. 그러나 기다리는 남자는 오질 않는다"는 정확히 기억하고 있다. 이건 또 '잘 모르면서 아는 경우'이다. 역설.

"가을이 왔다. 여인도 왔다. 그러나 기다리는 남자는 오지 않는다". 멘트는 음성이었다. 멘트는 성우 이창환의 내레이션이었다. 신문 광고의 카피는 이랬고, "가을날 비오롱의 애달픈 선율…". 그들이 만난 처음 열차여, 인천 송도의 황량한 개펄이여, 처음과 마지막을 장식하는 창경원의 벤치여, 청주 교도소 앞 간이식당, 국수를 머리 맞대고 먹던 두 주인공의 가슴 저린 이별이여, 이별 장소여! 필름도 사라지고 이만희도 가고 문정숙도 갔다. 창경원은 창경궁이 되고, 무덤처럼 초라하던 그 벤치들도 필경 창경궁에서는 사라졌을 것이다. 하여도 감동은 사라지지 않았다. 터키 영화 〈욜(Yol)〉도 생각나게 하는 만추, 만추여. 비가 내린다. 가을날 비오롱의 애달픈 선율이다.

## 행여 기다린 사람 있다면 속죄하겠다

시월이다. 침묵해야 할 것 같다. 일상인으로 사는 내가 어찌 침묵, 거룩한 침묵에 쉽게 들고, 고독, 거룩한 고독에 쉽게 잠기겠는가만 그래도 침묵과 고독 그 속으로 몸 씻고 마음 씻어 잠겨 들어 마음도 더 정갈히 가져야 할 것 같다. 「만추」를 들어야 하는 계절이니.

"기다리는 사람은 오질 않는다". 가을이 가고 있는데도, 겨울이 오고 있는데도. 나를 저렇게 기다린 사람이 있을까? 행여 나를 저렇게 기다린 사람(들) 있다면 그들에게 속죄하겠다. 없을 것이다만, 행여 있다면 기다리게 한 죄 무엇으로 기워 갚나. 사죄할 뿐.

「만추」의 바이올린 음악 연주가는 황해도 신천 출신인 전정근이라고 한다. 6·25 때 구월산 부대(의용군)에 가담했다가 남하, 공군 음악대를 거쳐 영화 음악 전문가로 활동한 분이라고 한다. 「만추」 음악은 나를 한없이 그립게 만든다. 그리운 여운이다. 들을 땐 그냥 하염없이 듣고 들을 뿐이다.

# 미망 또 미망

## 사랑을 세모로 삶을 네모로

반듯한 길로 다니다가 꾸불꾸불한 길을 만나면 참 반갑다. 우리의 길들이 너무 반듯해졌다. '꾸불꾸불'은 이리로 저리로 구부러진 모양을 지칭하는 말이다. '꼬불꼬불'은 이리로 저리로 고부라지는 모양을 지칭하는 말이고.

길을 반듯하게 다듬다 보니, 꼬불꼬불한 길옆으로 또 꾸불꾸불하게 형성되어 있는 풍속이나 삶의 문화나 문화재가 앉아 있을 자리가 많이 없어졌다. 많이 사라져 갔다. 사람이 서 있거나 앉아 있는 길 모습은 아름답다. 하지만 그것도 꼬불꼬불 바다로 이어지는 길이나 꾸불꾸불 산으로 들로 이어지는 길에서 말이지 반듯하고 포장된 길에서는 아니다.

"돌고 도는 물레방아 인생" 하는 노랫말이 있다. 삶을 세모로만 살아야 한다면 그런 삶은 어떤 모습일까. 사랑을 또 네모로만 해야 한다면 그런 사랑은 또 어떤 사랑일까. 기림사에서 빙빙 돌려 문을 잠그고 또 빙빙 돌려 문을 여는, 철사로 만든 동그라미 자물쇠 열쇠를 보니 동그랗게 깎은 단발머리 순이를 만난 것처럼 반가웠다. 지난 5월 말, 그러니까 5월에도 지난 6월 7월, 8월 그리고 지금 9월처럼 비가 많이 왔었는데, 그 5월 말에 바다로 난 길을 따라가니 물이 저렇게 또 빙빙 돌고 있었다. 물이 네모로 돌 수 있을까. 세모로는? 하기야 '빙빙' 혹은 '돈다' 그리고 '빙빙 돈다'라는 표현은 동그라미가 전제되지 않고는 이루어질 수 없는 표현인 것 같다. 동그라미, 반갑다.

## 홍등

- 삶: 어둠이 내리면, 어둠이 내리지 않더라도 "등 굽은 골목마다 하나 둘 불이" 켜진다. "낯선 사람들이 길을 지나칠 때면 이름 없는 자야는 홍등을 건다".[23]

- 죽음: 마감한 삶을 알리기 위해, 마감하지 못한 삶을 부지하기 위해 걸리는 홍등, 홍등들…. 바람이 불면 바람이 춤을 추는가, 홍등이 춤을 추는 건가? 등이 흔들린다. 흔들리는 불빛 따라, 흔들리는 홍등 따라 사자(死者)에 대한 생자(生者)의 빙문이 너무 늦었음을 확인한다.

- 수녀원 뜰: 4월 4일, 수녀원 뜰의 자목련, 홍등으로 걸렸다. 걸린 홍등 하나, 외로웠을까. 떨어지는 꽃잎 하나를 품었다. 심장으로 품었다. 으스러지게 껴안았다. 미망(迷妄) 또 미망(未忘)!

## 몰래 안으로만 키워온 죄목

- 오어사: 기림사를 지나 포항의 오어사로 가는 길은 길게 외로웠다. 절로 가는 길은 늘 정갈하다. 도심의 절 길을 말하는 게 아니다. 산사의 길을 말하는 것이다. 오어사로 가는 길도 그랬다. 정갈하고 고독했다. 기림사에서 길게 한참 가도 혼자 가는 길이었다. 2월이어서 그랬을 것이다. 2월은 어중간한 겨울이고 어중간한 달 아닌가. 물론 차가 다니는 길이니 차도 지나갔고 삶의 흔적도 많았다. 삶의 흔적은

---

23) 문단 내 겹따옴표는 박상철의 「홍등」에서 발췌.

또 늘 을씨년스러웠다. 들판도 을씨년스러웠다. 고독한 들판 논 가운
데 전신주는 나신으로 서 있었고 겨울 까마귀들은 무리 지이 빈 논
에 앉아서는, 품어 주고 앉아 주며 몸 비비고 있었다. 앉았다가는 날
아오르고, 날다가는 전선에서 사열하고 있었다. 지난밤에도 또 누가
고독한 손을 입김으로 들판을 덥혔는지 겨울 흔적이 무서리처럼 하
얗게 피어나고 있었다. 호수가 감싸고 있는 절, 그 물 뒤에도 산은 있
었고 산길은 있었다. 암자로 가는 길, 난 암자에서 혼자 잠들어 보지
못했다. 언제 그래 봐야 힐 덴네. 서 길 따라 재촉하면 발아래 이승
이 내 품일는지. 저 길 따라 종종걸음 달려가면 백팔번뇌 기틀이 굵
그 누이 빌 벌리고 '넘'으로 서 있을 건인지. 망상인 것을, 엎드려 조
아려도 망상인 것을. 오어사 빈 나무 한천 그 위에서 달이 불면에 빠
져 있다. 누구를 잊지 못해 저리 눈 뜨고 있는 것인지. 어이 또 눈 감
지 못해 한낮에도 저리 얼굴 밝히고 있는 것인지. 불면으로 잠 못 드
는 낮은 길기도 할 것이다. 나무는 옷을 벗었고 깃발조차 내렸고 소
리조차 안으로 숨어 우는 바람소리로만 잉잉거리는 절집의 겨울 오
후, 들어오라 들어오라고 손짓하여도, 잊을 걸 잊지 못해 보내야 할
걸 보내지 못해 품으로 들지 못하는 저 앙앙불락…:

- 통도사: 통도사의 연리지의 연리목, 떼어도 떨어질 수 없어 두 몸이
  일천사백 년을 한 몸으로 엉겨 왔다는 통도사 연리목, 그 연리를 그
  림자로 품은 연리지는 또 풍선 연을 사랑으로 띄우고 있었다. 가벼
  워 날듯이 하늘로 떴다. 연잎은 날고 연리목은 내려 자리로 앉고. 연
  리지 물의 자리는 저리 뜨는 자리이고 저리 또 내려앉는 자리인 것
  을…:

- 은하사: 늦가을과 초겨울 그 사이의 은하사의 법당, 엎드리고 엎드리

216                                          언제나 강 저 편

는 저 지어미, 누구를 무엇을 저리도 못 잊는지. 누구를 무엇을 저리도 기원하고 기원하는지. 잊을 수 없다면야 잊어야 하고, 잊을 수 있다면야 또 그래서 잊어서는 아니 되는, "몰래 안으로만 키워 온 죄목"으로 엎드리고 또 엎드렸을까. "보리수나무 잎새 일몰 정적에 드는 동안 꽃 문살 그림자 문신처럼 새기는 법당에서 낮추고 저리 오래 간절히" 머리 조아리는 것일까.[24]

---

24) 문단 내 겹따옴표는 황정순의 「내소사에서」에서 발췌.

# 리라의 뜰

라일락을 보니 보리밭이 생각난다. 보리가 팰 때인데 초조하다. 보리밭을 걷지 못했기로. "보리밭 사이 길로 걸어" 가면서 "뉘 부르는 소리" 없어도 발을 멈추며 "보리피리 필닐리리" 불 꿈을 꾸고 있다. 지나면서 보니 보리가 패고 있었다. 보리피리 만들어 보리피리 불어야 할 터인데, "보리피리 불며 필 닐리리…". 하며 황톳길 가던 한센 시인 한하운의 라일락이 생각난다.

P양(孃),
몇 차례나 뜨거운 편지를 받았습니다

어쩔 줄 모르는 충격에
외로워지기만 합니다

양이 보내 주신 사진은, 얼굴은
오월의 아침 아카시아 꽃 청초로
침울한 내 병실에 구원의 마스코트로 반겨 줍니다

눈물처럼 아름다운 양의 청정무구한 사랑이
회색에 포기한 나의 사랑의 창문을 열었습니다

그러나 의학을 전공하는 양에게

이 너무나도 또렷한 문둥이 병리학은

모두가 부조리한 것 같고

이 세상에서는 안 될 일이라 하겠습니다


P양

울음이 터집니다

앞을 바라볼 수 없는 이 사랑을 아끼는

울음을 곱게 그칩니다


그리고 차라리 아름답게 잊도록

덧없는 노래를 엮으며


마음이 가도록 그 노래를

눈물 삼키며 부릅시다


G선의 엘레지가 비탄하는

덧없는 노래를 다시 엮으며


이별이 괴로운 대로

리라꽃 던지고 노래 부릅시다


– 한하운, 「리라꽃 던지고」



한센 시인은 이별이 괴로운 대로, 리라꽃 던지고 노래를 부르자고 한
다. 라일락은 저렇게 그리움으로 가슴 조여들게 하는 꽃인 것 같다.

아침에 성당의 영결식에 급하게 다녀왔다. 고별식, 이전의 가톨릭 용어로 사도 예절이었다. 가신 분이나 그 가족을 내가 직접 아는 것은 아니었다. 하지만, 자리가 자리인지라 나도 모두도 숙연했다. 주례 주교님의 조사가 시작되었다. 어느 죽음인들 슬프지 않으며, 어느 조사인들 듣는 이로 하여금 숙연케 하지 않고 눈시울 적시게 하지 않으랴만, 조사를 들으니 가신 분의 삶이 워낙 박애주의적인 삶인지라 사람들은 더욱 숙연해지는 것 같았다. 부서진 이들을 위한 봉사와 희생과 사랑을 지속적으로 베풀고 사셨으며, 돌아오지 못하는 다리를 건너가시는 그날도 그렇게 하셨으며, 따라서 큰 삶을 이루신 분이라는 것이다.

가신 분은 가시는 그 시간에 부군이 운전하는 승용차 뒷좌석에 앉아 광안대교를 건너고 있었다고 한다. 바다에 떠 있는 달이 둥글고 아름답다는 등의 대화를 서로 나누며 건넜다고 한다. 그리고 달이 둥근 그날이 또 가신 분의 생일이기도 했던 모양이다. 이래저래 달이 아름답다는 얘기 등을 나누다가 집에 도착하여 보니 가셨더란다. 가신 이는 다리를 건너는 중에 가셨다고 한다. 말하자면 다리를 건너갔다. 부군이 운전하는 차 뒷좌석에 앉아.

요새 나는 달을 보지 않고 산다. 둥근달과 관련된 감동이 이런 식으로 오리라고는 생각하지 못했다. 흰 라일락이 둥근달을 받으면 어떻게 반사할까? 라일락 피는 4월에 둥근달을 보며 둥근달 얘기를 평생 함께 사는 이와 나누다가 갔다면 그 이별은 아름다운 별리이다. 가족에겐 큰 슬픔이지만 곁에서 보는 이의 처지에서 보면 아름다운 죽음이다. 죽음의 미학…. 누가 가던 가는 길의 골목이 리라로 덮였으면 좋겠다. 리라가 그 향으로 길을 만들었으면 좋겠다. 밤의 광안대교. 마침 그날은 보름 다음, 다음 날이었단다. 가시는 분의 생일은 보름날이었단다. 부군이 광안대교를 지나며, "달이 밝제!" 하니, 가신 이는 "내 생일 다음 날이니 달, 지가 안 밝으면 안 되제!" 하셨단다. 그리고 몇 마디 부군이 하는데 대답이 없더란다. 잠든 줄 알고 조용히 운전하여 집에 도착했는데 가셨더란다. 달빛 받으며, 바다를 건너며, 라일락 향기 맡으며.

　광안리 성 베네딕도 수녀원의 뜰에 라일락이 만발했다. 라일락을 책갈피에 넣어 말려 본 적 있는가. 라일락을 으깨어 편지지에 묻혀 편지 써 본 적 있는가. 서툰 발걸음의 청소년 시절 얘기다. 월요일 오후마다 더불어 철학 담론 나누기 위해서 오른 길이다. 라일락이라고 부르는 리라의 저 뜰에는 고독이 없을까. 나이가 좀 들면 홀연히 올 수 있는 이별을 맞이할 마음의 연습, 대비하는 것도 삶의 한 과정이라고 한다. 이별과 라일락, 이별연습, 이별 준비⋯. 할 수밖에 없고 만날 수밖에 없는 이별이라면 '아름다운 별리'였으면 좋겠다. 라일락이 새삼 징갈히다.

# 아무튼 머나먼

## 머나먼 다리

이제 곧 이해도 지난해로 될 때가 가까이 온 것 같다. 세월은 성큼 여기까지 왔다. 세월이 참 빨리 흘러왔음을 느낀다. 하지만 지나고 보니까 빨리 흘러왔음을 느낀다는 것이지 금년이 절대로 모든 사람에게 가볍게 스쳐 간 것은 아닐 것이다. 고통 때문에 고생한 사람들에게는 올해가 지루하고 버거운 한 해였을 것이다. 소중한 사람을 땅에 묻거나 잃은 사람들, 깨어진 가정의 버려진 아이들, 병든 가족 때문에 병원 복도에서 서성거려야 했던 사람들, 일자리를 잡지 못한 사람들, 무엇보다 지금의 경제적 조건 때문에 직장이나 집을 잃은 사람들에게는 '머나먼 다리(A Bridge Too Far)'였을 것이다.

〈머나먼 다리〉는 제2차 세계대전을 배경으로 한 영화이다. 그것도 오래 전의 영화이다. 그 영화의 마지막 장면에서의 독백 때문에 나는 그 영화를 기억한다. 대전 막바지에 이르자 연합군은 종전을 앞당기기 위하여 대규모 작전을 계획하는데 작전명은 '마켓 가든'이었다고 한다. 연합군 보병, 전차부대, 공정대 등 대규모 부대가 투입되는 역사상 가장 대규모 작전이었단다. 마침내 디데이는 시작되고 보병, 포병, 공정대 등 전군이 독일군 서부 전선을 공격 개시한다.

영화의 마지막 독백으로 기억되는 "머나먼 다리"처럼 여기까지 오기에는 참 머나먼 한 해였다. 아니 건너기에는 아직도 머나먼 다리 아니면 길고 긴 다리, 길고 긴 한 해였을 것 같다. 우리 모두에게 말이다. 삶의 무거움이 어느 때보다도 무게를 가지고 다가온 한 해였던 것 같다.

이 한 해가 어서 지나간 다리로 되었으면 좋겠다. 시간적 간격의 통과를 말하는 게 아니다. 현실적으로 압박하는 경제적 얼음이 빨리 풀렸으면 좋겠고 사방 가로막고 있는 압박들이 풀렸으면 좋겠다는 뜻이다. 정도의 차이야 있지만 사람들이 지금 경제적으로나 심리적으로 얼음과 압박 앞에 전전긍긍하고 있지 않은가. "머나먼 다리"가 "그리운 스티븐"으로 되었으면 좋겠다.[25)]

## 오늘 해 내일 해

12월 28일 오늘, 비교적 따뜻하다는 부산 이곳도 춥다. 추워도 되게 춥다. 태백산이나 대성산, 적근산, 향로봉은 엄청나게 더 춥겠다. 어젯밤의 광안리 해변 밤바람은 매서웠다. 광안리는 이제 밤에 가도 바다가 밝다. 광안대교라는 이름의 다리가 불을 밝히고 있기 때문이다. 다리가 불을 밝히고 있기 전에는 광안 바다 위로 달이 둥실 떠 있기도 했다. 사실 불이 밝히는 바다보다 달이 밝히는 바다가 더욱 밝은 바다일 텐데 우린 불이 더 밝은 것으로 생각한다. 어떤 점에서는 맞고 또 어떤 점에서는 맞지 않는다.

해마다 겪는 일이긴 하지만 올해 연말도 어수선하다. 신문의 정치판은 여전히 어지러우며 사회면은 또 여전히 가슴 아프게 하는 일들로 채워져 있다. 올해 어느 대학을 졸업한 청년이 작성한 이력서는 모두 80통. 온라인으로 60회, 우편 접수로 20곳씩 원서를 보냈지만, 번번이 퇴짜를 맞았단다. 실제 면접을 본 곳은 단 두 곳뿐. 얼어붙은 이해를 넘기고서도 내년은 더 막막하다고 하니 나오는 건 한숨뿐이다. 직업을 가지고 있

25) "그리운 스티븐"은 김종삼의 시 「스와니 강」 마지막 구절이다. 시 전문은 다음과 같다. '스와니 강가엔 바람이 불고 있었다 / 스티븐 포스터의 허리춤에는 먹다 남은 / 술병이 매달리어 있었다 / 날이 어두워지자 // 그는 앞서 가고 있었다 // 영원한 강가 스와니 / 그리운 / 스티븐'.

는 나로서는 젊은이들에게 미안하고 황송할 뿐 내가 해 줄 수 있는 것은 하나도 없으니 죄지은 심정이다. 일용직도 별 따기라고 한다. 춥다. 너무 춥다. 새해를 기다리는 기쁨으로 어깨 펼 일보다는 걱정이나 좌절 때문에 움츠릴 일이 더 많은 연말이다.

망상에 빠져 본다. 전화가 왔다. 누구시냐고 물어봤더니 헤밍웨이란다. 뭐, 헤밍웨이? 이름이 헤밍웨이냐고 물어봤더니 그렇단다. 당신은 헤밍웨이도 모르냐고 퉁명스럽게 쏘아붙인다. 핀잔을 받고 보니 정신이 뻔쩍 든다. 알겠다, 내 알고말고. 그 헤밍웨이! 갑자기 나타나서는 "나요" 하니 내가 당황했지. "내일의 해는 내일 다시 떠오를 텐데(The Sun Also Rises)" 뭘 그리 청승 떨고 있느냐고 쏘아붙인다. 그렇군. 그러네! 헤밍웨이 씨가 말해 주지 않았으면 모를 뻔했네. 해가 내일 다시 뜬다는 걸 말이다. 가만있자, 내일의 해는 내일 다시 떠오른다는 말을 다른 사람한테서도 들었던 것 같은데? 맞다. 〈바람과 함께 사라지다〉 영화에서 들었다. 당찬 여주인공 스칼렛이 영화 끝날 무렵에 "내일의 일은 내일에게 맡기자고, 왜냐하면 내일의 해는 내일 뜰 거니까"라고 말했지. 아마.

이 시대도 상실의 시대인 것 같다. 무엇보다 일자리를 잃어버린 가장들을 누가 위로하며, 그 가족과 자녀들의 아픔과 배고픔은 어찌한다? 교문을 나서는 젊은이들의 일할 곳 못 찾아 하는 방황의 저 고뇌를 누가 또 어루만져 준다? 아무리 이 시대가 '해체 시대'라고는 하지만 해체되는 가정의 연약한 구성원들은 또 어찌한다? 이 겨울에.

그나마 해가 얼굴 골고루 보여 주는 게 얼마나 다행한 일인지. 저 해나마 빈자나 약자를 괄시하지 않고 골고루 빛을 비춰 주는 게 얼마나 다행한 일인지. 해를 보고 절해야겠다. 나, 해를 보고 절한 적이 한 번도 없는데, 해나 달을 보고 절하는 사람보고, 미신이라고 뒤에서 비웃었는데 이젠 아니다. 나도 해를 보고 절이라도 해야지.

이래저래 을씨년스러운 12월 28일 오늘, 독백으로 되뇌는 말은 이 말

뿐이다. '내일도 해는 다시 떠오를 거'라는 이 말. 이 말로 오늘을 보낸다. 오늘은 오늘의 해로 온기를 보존했다. 해를 보낸다. 내일을 기다린다. 내일은 내일의 해가 떠오를 것이다. 새해를 기다린다. 새해의 해는, 일들이 잘 풀려 아무도 안 바라보는 해였으면 좋겠다.

# 언제나 강 저편

**출발, 함께 가면서도 혼자 가는 것으로 생각한**

그는 통영이 고향이었다. 함께 가자고 했다. 그때는 그곳을 충무라고 부를 때였다. 박경리 『김약국의 딸들』의, 이중섭의 그리고 윤이상의 통영.

1977년은 내게 아픈 해이다. 칠십 년대는 내 삶의 목욕탕이 온탕, 냉탕, 열탕으로 뒤범벅되던 때였었다. 기대와 좌절, 전망과 난망(Aporia)이 이리저리 얽히던 때였다. 그때의 노래와 시어들은 지금의 나를 끝없는 향수 속으로 끌고 들어간다. 또한, 나로 하여금 주저앉지 않고 일어나 새삼 바삐 움직이게 하는 원동력이 되기도 한다.

눈을 감고 그때로 돌아가니, 회상의 골목길에서 그 시절의 어떤 시어가 나비 되어 날아 온다. 잊고 지냈던 시어였다. 그때 내 생각의 끝에 내내 따라다녔던 시어였다. 왜 그랬을까? 모르겠다. 그냥 그랬던 것 같다. 제목은 「유성」인데 지은이를 모르겠다. 오랫동안 유치환으로 알고 있었는데 얼마 전에 알아보니 아니었다.

> 자! 그러면 이별을 합시다
>
> 별이 쏟아지는 검은 밤이었다
>
> 지나간 추억을 푸른 탄식으로 불어 놓고
>
> 머-ㄹ리 사라지는 발자취 소리…

> — 이경순, 「유성」

섬은 아름답다. 하지만, 남해 창선도는 특별히 아름답다거나 아름답지 않다거나 하는 느낌이 드는 섬은 아니었다. 섬은 쓸쓸하다. 하지만, 창선도는 또한 특별히 쓸쓸해 보인다거나 하는 느낌이 드는 섬은 또한 아니었다. 그것은 뭍에서 너무 가까이 보이기 때문에 그렇기도 하고 섬의 전모가 바다 위로 드러나지 않기 때문에 그렇기도 했다. 사실 바다를 배경으로 전모를 드러내는, 그리 크지 않은 섬 그리고 섬의 산들은 늘 쓸쓸하게 보였다. 적어도 나의 눈엔 그랬다. 이를 쓸쓸한 아름다움이라고 부를 수 있을는지….

삼천포서 배 타고 창선 포구에 도착했다. 그 포구의 이름이 창선 포구인지는 정확히 모르겠다. 아무튼, 삼천포항에서 마주 보이는 그 포구에 내려 버스를 타고 면 소재지까지 갔었던 것으로 기억된다. 면 소재지의 C고교가 있는 마을엔 대나무가 많았던 것 같다. 아래 길까지 대나무로 이어져 있어 위의 대밭을 상죽이라 부르고, 아래의 대밭을 하죽 마을이라 부른다고 들었던 것 같다. 1977년 6월의 그 뱃길은 처음 가는 낯선 길이었고, 신문광고를 보고 취직자리 알아보려고 가는 막연한 길이었다. 지금은 그 창선도에 삼천포와 연결되는 연륙교가 걸려 있다. 네 개의 섬을 잇는 각기 다른 네 개의 연륙교이다. 삼천포와 창선, 그들은 이제 그들은 둘이 아니라 하나로 되었다. 섬이고 뭍이 아니라 섬이면서 뭍, 뭍이면서 섬이 되었다.

어둠이 깔리기 시작하는 섬의 솔숲 동산, 퇴짜 맞고 돌아 나오는 길에서 듣는 댓잎 스치는 소리, 솔잎에 바람 부딪치는 소리는 이리 듣고 저리 들어도 스산한 소리였다. 막 켜지기 시작하는 배들의 불, 작은 섬들을 돌아 큰 섬인 이 섬으로 들어오는 배들의 불들이 하나둘 보이기 시작했다. 불들은 부유하는 혼들의 흐느적거림으로 보였다.

휘적휘적 버스가 서는 데까지 올라왔다. 불 밝히며 들어오는 배들을 맥없는 눈과 마음으로 고개 돌려 보곤 했다. 버스를 탔다. 군데군데 앉은 사람은 몇 명이었다. 좀 후 그중 한 명이 아는 사람이라는 것을 알아냈다. 버스 안은 그리 밝지 않았다. 그는 Y였다. 교복 입었을 때 본 후 처음이니 달라진 용모였다. 하지만, 기본 윤곽은 그대로. 진주 종점까지 가지 않고 그 이전에 내리는 나에게 좀 후 남강변에서의 만남을 약속해 주었다. 그는 남해의 직장에서 일하고 있다고 했다.

1977년 그해는 팔월이 중순을 넘기고 있는데도 비가 많이 내렸다. 그 달이 시작할 무렵엔 드물게 내리던 비가 중순을 넘기기가 무섭게 폭우로 변했었다 쉬지 않고 며칠을 써부어 댔다. 그렇다. 그것은 내린다는 표현이 어울리지 않던, 하늘에 구멍이 뚫렸다는 표현이 더 어울릴 그런 비었다.

비 내리는 날엔 가슴에 가득 차는 우수가 있다. 그럴 때는 준비된 가방 없어도 떠나고 싶은, 떠났다 돌아오고 싶은 생각에 사로잡히기도 한다. 막연히, 정한 곳도 없으면서…. 떠나는 버스를 탔다면 헤엄쳐 달리는 버스 속에서 철이 지나 퇴색한 유행가마저도 거룩한 노래인 양 엄숙히 들리는 것을 알게 되고, 구석에서는 울음을 달래지 못해 애타 하는 엄마의 표정이 거룩한 애원에 가까움을 보게도 된다. 그럴 때 가슴엔 더 한층 짙은 우수가 끼인다. 적어도 나는 그랬다.

해가 든 날만큼 비 내리는 날이 많았던 이해보다 더 많이 내린 비는 아니었지만, 그래도 그 여름에 내린 비가 적은 양의 비는 아니었다. 그 해 팔월을 기억하는 것은 Y와 함께 가던 그날의 비 때문이다. 갈피 잡지 못하던 그때, 빠져드는 나락의 끝이 보이지 않던 그때, 무기력하게 그를 따라 길을 나서긴 했지만 '나는 지금 왜 통영으로 가고 있을까?'라는, 물음도 아니고 대답은 더구나 아닌 묘한 생각이 끊이지 않았다. 함께 가도 함께 가는 것 아니었다. 표류도, 함께 흘러도 떨어지며 떨어졌다가는 또 스치는 표류도, 만남이란 결국 표류도인지…. 쏟아붓는 비는 차창을 흥건히 적셨다. 비는 붉은 야산의 정열을 한데 모아 굽이치며 줄줄이 흘러내리고 있었다. 비에 젖어 움츠린 소나무들만이 흐리게 시야에 들어올 뿐, 흘러내리는 빗물들은 야산의 진한 체액을 내뿜게 하여 산을 온통 벌거벗긴 후 잔인하게 떨게 하고 있었다. 황토물이 그렇게 붉은 줄을 새삼 알았다. 사천의 정동을 지나 그곳에 가까워질수록 황토의 붉은색 깊이가 더욱 깊어진다는 것을 그때 알았다.

끈끈한 무더움이 버스 전체에 깔렸었다. 지루한 표정으로 사람들은 차창 밖을 내다보기도 하고 더러는 졸기도 했다. 그도 나도 표정 없이 앞만 보고 있었다. 지루하게 더웠다. 우리는 함께 가면서도 혼자 가는 것처럼 가고 있었다. 황톳물을 헤치면서 통영을 향해….

## 돌아오지 않는 강물, 뒤벼리 새벼리

2003년 오늘, 노래하는 이는 "이른 아침에 잠에서 깨어 너를 바라볼 수 있다면 물안개 피는 강가에 서서 작은 미소로 너를 부르리"라고 했다. 1977년 그때 나는 "작은 미소로 부를 너"도 없었고 "바라볼 너"도 없었다. 강변의 대숲 그 댓잎 소리로 여름밤의 열기가 조금은 식는 새벼리가 멀리 보이는 진양교 강변에 홀로 서 있었다. 오겠다는 그를 기다리면서. 떠나온 서울을 생각했다. 그곳에 대한 상념들이 어느 시인의 표현처럼, 물새알 강모래에 묻히듯 쉬이 묻히지 않아 마음은 송곳으로 상처되고 있었다. 마음에서 시작되고 마음에서 끝난다지만 마음은 그리 쉽게 다른 마음으로 바뀌지 않았다. 그때 진양교는 한적한 다리였다.

안개가 많이 끼었다. 강변의 가로등은 휘감는 안개를 비집고 나와, 빛을 발산하려 몸부림치고 있을 때 밤은 점점 여름 강변의 열정을 식힌다. 지금, 사람이 거닐 한적한 강모래 사장이 어느 강변에 있는가. 사람 사는 근방의 강변들은 개발이라는 이름으로 많이 훼손되었다. 남강의 새벼리, 서부 경남 지역에서 진주로 들어올 때 만나게 되던 옛 길의 새벼리, 칠십 년대 그때 남강은 새벼리 절벽 아래로 강물을 아름답게 흘러보내고 있었고 들판은 넓었고 백사장은 희었다. 진양교 그 아래의 강변 백사장, 지금은 그렇지 않다. 그 들판은 도시의 중심으로 되어 있다. 강변엔 모래도 없고.

그가 왔다. 막차의 그 약속을 지켜 준 것이다. 지켜 주지 않을 줄 알았고 잊었을 줄 알았다. 강변을 걸었다. 새벼리가 보이는 쪽으로 강둑을 걸었다. 걸으며 보니 어느 시인의 표현처럼, 뒤따르는 강물이 앞서가는 강물을 등 토닥거려 밀어 준다. 앞서가는 강물은 알았다는 듯이 출렁출렁 뒤척이며 앞서 가는 강물의 옷자락 부여삽고 흐느적거리며 뒤따른다. 앞선 강물은 따르는 물을 보고 또 '메롱!' 하듯이 종종 저만치 앞서 뛰어간다. 따르는 물은 키득키득 소리 내니 별 벌떡 뛴다. 함께 가는 모습이 정답다. 밤의 강둑에는 우리 말고 또 아낙이 끌고 발 저는 지아비가 미는 손수레도 있었다. 강물은 저 혼자 가는 게 아니네. 사람도 저 혼자 사람 아니네. 잘난 체하는, 것들 못난 사람 사는 모습 좀 보지. 끌어 주고 밀고 가는 인생.

말들을 주고받았지만, 심중의 말들은 서로 꺼내지 않았다. 그는 놓아 언니 또 젊은 날 일찍 죽은 남자 형제에 대해서 말하지 않았고, 나는 내가 떠나온 곳에 대한 이야기를 하지 않았다. 내가 있던 그곳에서 이탈하면 미래가 막막하게 되지만 뾰족한 대책이 없음도 말하지 않았다. 그곳 문을 나설 땐 벗어났다고 생각했다. 벗어나 보니 그게 아니었다. 또 다른 압박이 나를 죄었다. 할 일 없음에 대한, 무엇을 어떻게 해야 하는지를 모름에 대한 압박 그것은 큰 고통이었다. 말로 거들어 주는 사람도 없었고 말을 들어줄 사람도 없었다. 절망 속에 사로잡힌 나를 붙들어 줄 손 하나 없었다.

강가에서 어린 시절을 보내지 않았다. 하지만, 좀 떨어진 곳에 강이 있긴 있었다. 강이라고 하기엔 아주 좁았지만 사천만 바다로 흘러들어 가니 강은 강이었다. 이름하여 길호강. 그래서 강에 대한 꿈은 심중에 늘 있었던 셈이 된다. 마음의 강은 있었다는 말이 되겠다. 마음의 강 또 현실의 강가에 서서 나는 신께 빌었다. 절실하게 다짐도 해 봤다. 나의 열정은 차갑지 않으며 변하는 세월의 바람 속에서도 용기를 잃지 않겠다고. 그래도 신이 어디 대답이나 하는가. 지금도 대답하지 않는데 그때에야 더욱… 신이 어디 어려울 때 코 끄트머리나 보이던가. 신은 대접받을 줄이나 알지. Y는 이리 복잡하게 내 안에서 부는 바람을 알 리 없었다.

걷다 보니 새벼리 맞은편에서 뒤벼리까지 왔다. 밤길은 가깝네. 진양호, 서장대서 흘러온 물이 병풍을 두른 듯한 뒤벼리의 가파른 절벽 길과 거의 맞닿는 곳, 그 길 따라 조금 가면 복사꽃 피던 봄이 들판을 온통 무릉도원 되게 했던 그 길목까지 왔다. 헤어지면서 Y는 모레 통영에 가자고 전격 제안했다. 가고말고, 할 일도 없는데. 시외버스 정거장으로 와서 시골 집으로 가는 버스를 탔다. 요샌 '터미널'이라는 말이 '정거장'이라는 말의 자리를 차지한 곳이다. 새벼리도 또한 1970년의 새벼리가 아니고 복사꽃 들판도 이미 시가지로 탈바꿈한 지 오래다.

지나고 보니 어떤 길은 거쳐 오지 말았어야 할 길이고, 또 어떤 길은 발 디디고 싶지 않았던 길이었다. 걷고 싶은 길은 또 내게서 먼 길이기도 했다. 그래도 지금 생각하니 그 길들을 지나 내 지금 여기까지 왔다. 다시 걷고 싶은 길도 있고, 여기까지 따라와 붙들고 놓아 주지 않는 길도 있다. 그 길들 때문에 앙앙불락한 세월도 많았지만 나를 받아 주지 않은 길은 없었다. 길은 나를 품어 주었다. 내 앞의 모든 길이 나를 지나 내 속에서 나를 이루고 있다. 길은 나다. 그렇다고 내가 길인 것은 아니다.

모레 오후 세 시, 약속을 하기에도 약속을 하지 않기에도, 점심을 먹기에도 먹지 않기에도 어중간해서 나를 슬프게 하는 시간인 그 오후 세 시에, 길 떠나기에도 그렇고 떠나지 않기에도 어중간해서 떠날 때 내 마음이 따라서 슬퍼질지도 모르지만, 아무튼 그 오후 세 시에 함께 출발하기로 했다. 그래도 마음은 뒤죽박죽이었다. 지금에서야 나는 사람들이 이제는 무엇을 하기에도 자기는 너무 늦은 나이라고 말할 때 아직도 늦지 않았다고 언제든 다시 시작할 수 있다고 확신에 차 말한다. 그때 나는 오전 열 시였대도 위축되어 있었을 것이다. 모레면 나 그곳으로 간다. 처음 가는 통영 길이다. 함께 갈 사람도 있다. 머리 위로는 유성이 흘렀다.

## 기다리던 그 무레, 출발하는 오늘

기다리던 그 모레가 왔다. 출발하는 오늘이다. 내리는 비의 빗줄기가 심상치 않다. 오후 세 시, 우리는 출발했다. 아니 출발하기 위해 먼저 만났다. 만남 장소는 별스럽지 않은 시외버스 종점이었다. 중안동의 시외버스 종점, 그때는 주위가 한산했다. 내 진주에 가서 보니 지금도 그곳에 종점은 아직도 있었다. 부르는 이름은 달랐다. 종점이 아니라 이름하여 시외버스 터미널. 버스들이 오밀조밀 몸 붙이고 서 있었다. 〈서편제〉의 동호가, 말 못 하는 송화의 추억을 찾으려 타고 내리던 그 버스, 촌스럽지만 정다운 모습의 그 버스와 같은 버스들이….

1960년대 초, 전라도 영광의 어느 산골 주막에 한 삼십 대 남자가 도착한다. 그가 동호였다. 그는 주막 여인의 판소리 한 대목을 들으며 회상에 잠긴다. 어렸던 시절, 그의 마을에 한 떠돌이 소리꾼이 찾아든다. 그 이름은 유봉이다. 유봉과 유봉의 양딸 송화와 동호, 동호의 어머니가 함께 살았고 동호의 어머니는 유봉의 아이를 낳다가 죽고, 유봉은 송화에게 소리를, 동호에게 북을 가르치며 유랑한다. 송화와 동호는 소리꾼과 고수로 쌍을 이루며 자란다. 그들은 유봉과 함께 소리를 팔아먹고 살지만 전쟁으로 궁핍한 세월 속에서 그들의 삶은 점점 어려워져만 가고 소리를 들어주던 사람들도 줄어든다. 〈서편제〉 이야기다.

지금 보니 종점 주위는 조금 더 조밀해졌다. 붐비기도 했다. 그때는 한

산했다. 한산하여 쓸쓸했다. 일이 없던 나는 더 쓸쓸하게 느꼈다. 그곳이 말이다. 내리고 타는 그런 곳이 종점으로 불릴 때에는 떠남의 설렘과 만남의 아픔도 있었다. 터미널로 불리는 지금의 그런 곳은 만남의 기쁨이나 이별의 아픔이 진하게 묻어나는 공간은 아닌 것 같다. 그때 그런 곳 주변의 라디오 방에서는 슬픈 노래를 왜 그렇게 구성지게 내보내던지. 터미널이 아니라 다시 종점으로 불릴 수는 없을까.

출발하는 종점, 도착하는 출발점…. 그 종점에서 우리는 출발하였다. Y가 먼저 와서 기다리고 있었다. 그는 내가 약속 시간을 잘 지키지 못한다는 것을, 바빠서가 아니라 그저 지키지 못한다는 것을 알 리 없었다. 이날따라 난 정한 시간에 도착하였나. 그날 우리는 그렇게 만나서 출발했다.

Y가 물었다. 통영에 가 본 적이 있느냐고. 나는 대답했다. 처음 가는 길이라고. 버스는 C읍을 돌아 빗속에서도 용케 잘 헤쳐나가고 있다.

그것이 현실인 양 환상을 가슴에 담고 한쪽 옷깃을 풀어헤치고 제비꽃을 입에 물고는 맨발로 애상 젖은 노래 흥얼거리며 골목길, 들길을 누비고 다닐 그런 처녀 하나 만나질 것 같은 도시, 선체는 이미 부서져 남태평양 어느 열도 근방을 표류하고 있을 터인데도 유령처럼 떠다닐 님을 잊지 못하여 혼백이라도 돌아오기 기다리는 피붙이들의 한이 서려 있을 것 같은 도시, 피폐했던 고난의 시대를 견디며 삶과 예술에 젖어 자신을 망가트리던 '흰 소와 게와 아이들의 화가'인 이중섭이 잠시 머물기도 했다는 도시, 지금은 음악제로 그를 기리지만, 윤이상 그가 살아서 돌아오지는 못했던 회한의 도시 충무, 그런 이미지로 내게 남아 있는 도시가 그곳이었다. 지금은 또, 그때 가던 길이 온통 황토물이었는지라 붉은 이미지로 오버랩되어 있기도 하는 도시!

덜컹거리는 버스의 움직임으로 둘 다 몸이 떨려 서로 자주 부딪쳤지만 부딪치려고도 부딪치지 않으려고도 하지 않았다. 오른편으로 바다가 보이기 시작했다. 고성만 변두리 어디인 것 같은데 바다랄 수도 없이 좁게 보였고 물은 온통 붉은 물이었다. 물감을 잘못 칠한 실패한 그림일까. 저 바다는 왜 또 저리 붉은 지. 더덕더덕 얽히고설켜, 풀 수 없는 거울 갈대밭처럼 바다는 이 물 저 물로 헝클어져 있었다.

그래, 기다리던 그 모레, 이제는 오늘, 우리는 버스 종점에서 출발하여 또 종점에 다 와 간다. 그때는 충무 지금은 통영 바로 그곳에.

## 통통통 동그라미─사라지지 않고 형제로 오는

종점에 내렸을 땐 다섯 시 무렵이었다. 비 바닷속에서 헤매며 왔지만 카는 미몰 지짐에 늘리지 않고 도킥하의 구눅이 는 사람들을 풀어 내렸다. 정작 도착했을 땐 빗줄기는 멈추어 있었다. 간간이 빗방울이 떨어지긴 했지만.

그녀는 익숙하게 움직였다. 차 안에서 수그리고 있던 모습과는 달리 흙탕물에 옷이 젖어드는 것에는 아랑곳하지 않은 채 빠르게 걸었다. 질펀거리는 붉은 길은 멀리까지 이어져 있었다. 파도는 바람에 밀려 울음 울고 있었다. 작은 우산은 우리를 한 몸으로 밀착시켜 주었다. 체온으로 건네받는 온정 때문에 그녀의 안온한 심장의 고동을 전해 들을 수 있었다. 상상이긴 하지만….

내가 그 지리를 알지 못하는 통영, 어디론가 나를 데리고 갔는데 나중에 알고 보니 그곳은 남망산 공원이었다. 지금은 세계 십여 개국의 유명 조각가 십오 명의 작품으로 구성된 국제 야외 조각공원이 넓게 터 잡은 곳이지만 그때는 아니었다. 지금은 이곳에서 예술적 자극도 받고 상상력을 넓히며, 확 트인 공간이 주는 시원함으로 몸과 마음이 더없이 상쾌해지지만, 그때 그곳은 솔바람 소리 우우 이는 쓸쓸한 솔숲 길이었을 따름이었다.

그 아래 그리 멀지 않은 곳에 불이 켜지지 않는 등대가 있다고 했다.

가리키는 곳을 보니 과연 맵시 나지 않는 등대가 멀 때처럼 서 있었다. 불을 켜지 않는 등대…. 소나무 사이의 흙들은 황토였다. 황토를 보면서 갑자기 소리가 생각났다. 황토와 소리, 이 둘을 연결할 고리가 있을까? 없을 것이다. 하지만, 연상은 자유 아닌가? 소리의 혼을 색깔로 표시하면 저런 색깔일 거로 생각한다고 해서 누가 시비 걸겠는가.

바람이 확 세차게 분다. 간신히 우산으로 가렸다. 아까부터 둘을 밀착시켜 주던 그 우산으로. 생선의 비린내가 코를 강하게 휘감는다. 우린 생선들이 죽어, 제주도의 그 산이 되지 못한 '오름'처럼 생긴 봉우리를 이루는 어떤 공장을 지나고 있었다. 기계 돌아가는 소리가 요란하다. 엔진을 돌리는 발동기 소리가 통통거리며 빗속에서 진동하고 있었다. 나는 가던 걸음을 멈추고 오르는 동그라미들을 쳐다보았다. 동그라미는 줄지어 하늘로 오르다간 저만치 갔을 땐 형체도 없이 사라진다. 동그라미가 사라진 허공에서는 검은 구름이 빗방울을 아래로 내려 보내고 있고. 오르는 것과 내리는 것…, 오르는 것은 사라지는데 내리는 것은 사라지지 않고 형체로 온다. 통통통 동그라미는 어디로 갔을까.

Y는 수평으로 시선을 주고 느린 걸음으로 가고 있었고 나는 얼굴을 쳐들어 동그라미를 쫓아가다가 내리는 비를 맞고 있었다. 가다가 Y는 움직이지 않았다. 우산을 내가 들고 있다. 걸음을 빨리하여 우산을 받쳐 주었다. 등대가 좀 아래로 보인다. 불이 켜지지 않는 등대. 생각하니 우습다. 불이 켜지지 않는 등대가 왜 있을까. 앉기엔 불편했지만 우린 앉았다. 다정히 붙어 앉았다. 등대를 바라보며 난 황토에 관한 나의 상상을 이야기하였다.


## 자, 그러면 이별을 합시다

지금 나는 웬만한 곳은 내 차로 다닌다. 표를 사서 버스를 타고 다니던 시절, 특히 그때 나는 표를 사기 위해 터미널 창구에 돈을 디밀어 넣을 때 뒤따르던 막연한 불안 때문에 초조해지던 일이 생각난다. 그 막연한 불안이란 익숙한 공간에서 떠나 익숙하지 아니한 공간으로의 진입, 즉 곧 마주치게 될 낯섦에 대한 두려움이기도 하지만, 많은 경우 그것은 좀 방정맞은 두려움이었다. 이를테면 피범벅이 되어 얽히고설킨 죽음들이 나뒹굴어진 교통사고 현장의 연상과 같은 그런 섬뜩함이 반란군처럼 가슴에서 디밀고 올라와 출발의 상쾌함을 주춤하게 하기도 했다. 그래서 잡스러운 생각을 물리치기 위해 마음을 가지런하게 정리하면서 자리에 앉아 버스의 출발을 기다리기도 했다. 황토색에 관한 나의 상상은 이런 거였다. 황토색이란 흙의 생명 색이기도 하면서 사람의 생명 색이기도 한데 그래도 황토색은 왜 울림이 고요으로 연상되있나. 소리의 혼에 감겨 있는 Y에게 나의 이런 생각은, 발설은 되었지만, 담론으로 이어지지는 않았다.

배가 한 척 빠른 속도로 연안으로 들어오고 있었다. 거제도의 해금강 관광호텔로 사람을 태워 나르고 나서 부산으로 가는 쾌속정 돌핀 호라고 했다. 그 물결이 끝닿는 벼랑 위의 언덕을 Y는 바라보고 있었다. 어둠이 깔리기 시작해서일까. 그 언덕의 흙이 황토색이란 걸 난 알지 못했다. 맞은편 저 섬에는 '패왕 성'이라는 폐허 성이 있다고 했다.

유성이 별을 떠나듯 우리도 모두 머무르는 곳에서 떠나야 한다. 유성은 떠남의 의미이기도 하지만 소리 없는 말의 의미이기도 하다고 생각했다. 유성은 우리 헤어짐의 의미이기도 하지만 우리를 함께하게 한 소리 없는 소리의 절실한 소리라고도 생각되었다. 이미 어둠은 우리도 삼키고 황토 산도 삼키고 있다. 솔숲 길의 가로등엔 하나 불이 들어와 어둡게 주위를 밝혔다. 저 가로등은 참 자신이 없는 모양이다. 마치 나처럼. 불을 밝히면서도 힘이 없어 보이니 말이다. 그때 나는 참 자신이 없었다.

불 속에 빗줄기도 보인다. 검은 바다에 떠 있는 배들의 작은 불빛들은 부유하는 혼인 양, 자살한 유성의 시체들인 양 흔들거리고 있었다. 설마 별들이 자살할 리야. 하늘을 쳐다봤지만 깊은 어둠만 있었을 뿐 별들은 보이지 않았다. 그러나 저 어둠 가운데서 자기들의 언어를 끊임없이 내려 보내고 있을 것이라는 생각이 든다. 마치 암호처럼. 암호 그것은 내 화두의 하나이다. 여름 어느 밤을 택하여 먼 길을 달려오고 있을 것으로 생각하였다. 그것이 유성의 길일 것이라는 생각이 든다. 황토와 유성은 말 못 하는 그 언니의 한스러운 이미지라는 생각이 든다.

Y와 함께 있는 거기서 내가 붙들 것은 아무것도 없었다. 섬 아이들이 열차를 그릴 때, 그린 그 열차에 물감을 칠할 때 사실의 열차, 열차 타기를 동경할 것이다. 그처럼 나도 동경했다. 함께 오게 되었을 때에는. 이 도시를 동경했고, 정을 동경했다. 그보다는 먼저 내내 일자리를 동경하고 있었지만…. 하지만 이 도시는 내게 있어 여창의 동경 그 이상의 의미는 아니었다. 열차 타기를 동경하던 아이가 열차를 타게 되면 실제로 열차를 타는 것이지만 나의 동경은 여기서 이루어질 것이 아무것도 없다. Y의 소리 여행, 소리를 쫓는 환상에 내가 붙들릴 수도 없는 일이었다. 흔들리는 Y의 마음을 붙들 수도 없었다. 아니 고독하고 불안하던 내 마음조차 지금 내가 붙들지 못해 앙앙불락하고 있는데…. 그 무렵처럼 내 마음 허전할 때가 언제 또 있었던가….

다시 돌아가야 한다. 우산을 접었다. 일어서니 소나무들이 친구처럼 손을 흔들어 격려해 준다. 어둠과 우리와 바다만 있었지만, 유성의 시선이 나를 보고 있을 것 같아 좀 두려워졌다. 소나무 사이의 좁은 길을 천천히 걸어 내려왔다. 유치환의 시비도 이 근방 어디엔가 있는 것으로 생각하였다.

원한이 사라졌기 때문일까? 하늘의 비도 그치고 구름도 걷힌 것 같다. 별도 보일 것 같다. 유성이 흐를 것 같지 않으냐는 나의 물음에 그는 유성이 흘러 어디로 갈 것 같으냐고 반문했다. 유성은 사라지는 것도 아니고 다만 거기에 머무르는 것일 뿐이라고 내가 말했다. 그 생선 사료 공장 같은 곳 가까이 왔다. 발동기는 멈추어 동그라미를 만들지 아니했고 날아오르는 동그라미도 없었다. 황토 길이 길게 뻗어 있었다. 어둠 속에서. 그 오른편으로는 바다가 맞닿아 일렁이고 있었고.

길을 반쯤 왔을 때, 그러니까 남망산 기슭을 제법 걸어 내려왔을 때 또 말을 잃은 우리들의 귀에 파도소리만 굉음으로 의식되기 시작했을 때, 나의 의식에는 떠오르는 마음의 말이 있었다. "자, 그러면 이별을 합시다". 불을 비추지 않는 등대가 보인다. 파도가 등대를 감싸고 있다. Y는 어깨를 부딪쳤지만, 그냥 걷는다. 혼자 걷는 듯이. "별이 쏟아지는 것은 밤이었다". 어둡다. 갯내음도 이미 그것이 유혹일 수 없는 듯 우리는 바다를 빗어나고 있었다. "지나간 추억을 푸른 탄식으로 불어 놓고" 푸른 탄식? 그럼 붉은 탄식은? "멀리 사라지는 발자취 소리". 빨리 걸어야 돌아가는 버스를 탄다. 터미널까지는 아직 멀었다.

## 언제나 강 저편

되돌아왔다. 오후 세 시에 출발하여 땅거미가 진 후 돌아온 잠시 여행이었다. Y에게는 소리의 여행이었고 나에게는 전망 없는 미래에 대한 불안을 잠시나마 잊게 해 준 망각의 여행이었다.

집 가까운 동네에서 내렸을 때에는 제법 깊은 밤이었다. 그래도 아직 그의 집 진주로 가는 막차는 떠나지 않은 시각이었다. 그가 나를 먼저 바래다 주고 다음 버스를 타겠다고 했다. 걸었다. 걷는 시간은 5분 정도. 별들이 총총히 보였다. "내 머리 위 총총히 빛나는 별빛"이라는 칸트의 그 별빛이었다. 시골집 모퉁이 비각 앞에서 그의 집으로 가는 막차를 탈수 있다. 거기까지 왔다. 우리들의 오늘 여정을 마무리할 지점이었다. 말하자면 이별의 시간, 이별의 지점이었다. 여정 그 끝자락을 더 붙들고도 싶었지만 그럴 용기가 나에게는 없었다. 손을 잡았다. 막차가 온다. 불빛이 눈에 부시다. 손을 놓았다. 그를 태운 버스는 갔다. "자, 그러면 이별을 합시다. 별이 쏟아지는 것은 밤이었다".

1978년 나는 시골을 떠났다. 일자리가 생긴 것이다. 남해의 Y에게는
말해 줄 생각도 못하고 겨를도 없이 이곳 부산으로 왔다. 일자리가 반가
워 그곳을 난 줄행랑치듯 빠져나왔던 것이다. 그것은 엄숙하고도 거룩
한 도망이었다. 탈출, 탈출, 그렇게 꿈꾸던 탈출…. 도망, 도망, 거룩한 도
망….

1993년 늦은 봄, 전화가 왔다. 뜻밖에 Y였다. 낮은 음성 그대로였다.
그는 내가 있는 곳을 알고 있었던 듯했다. 나는 그가 있는 곳을 몰랐
다. 어디서 무엇을 하며 어떻게 사는지 모르고 있었다. 참 반가웠다. 만
났다. 우리는 진지하게 얘기했다. 세월이 주는 변화를 서로 보았다. 담담
하게 말을 풀어내는 점이 그의 변한 것 중의 하나였다. 그렇지만, 변하지
않은 것이 더 많았다. 수화 얘기를 진지하게 했다. 수화를 배워 농아들
을 위해 봉사하고 있다고 했다. 아니 배워 봉사하고 싶다고 했던가. 부산
서 살았는데 서울로 이사 간다고 했다. 그리고 그 며칠 후 편지가 왔다.

나의 그 젊은 날은 어느 사이엔가 이만큼 훌쩍 지나와 버렸습니다. 이즈음 참으로 많은
것을 의식하고 있습니다. 어느 날엔가 느닷없이 정지되었던 육체적인 무력함과 고통으
로 앓아누웠던 시간은 사는 것에 대한 가장 겸허한 체험과 진솔하게 신앙적이 되어가
던 귀착지에서 살아 있음에 강렬한 감사를 터득하였습니다. 여러 정서 속에서 만나고
있었습니다. 그것은 막연한 버릇이 되어 늘…. 침묵, 기도, 미사. 음악 그리고 슬픔과 기
쁨의 끝에서도. 유형의 세속적인 것만 아니면 어느 곳에서든지 그를 만날 수 있었습니
다. 그런 만남이 드라마틱한 현실로 다가왔습니다. 한동안은 혼란스러웠고 가까운 나의
현실은 질서를 잃어 간 채로…. 그 여렸던 젊은 날은 태양 아래서 자유롭지 못하던 그
의 방황으로 끝 간 데가 없었습니다. 내게 남아 있었던 것들에는 아랑곳없이…. 어둠과
의식 속에서만 무한히 자유로울 수 있었던 그와의 만남은 아픔이 있는 침묵으로만 흐
르고 있습니다. 언제나. 집으로 오는 길목에서 흘러간 정의 바랜 깃발을 매단 채 그 솔
숲은 도시의 한 귀퉁이에 밀려나 있었습니다. 아직도 그 자리에…. 언제나 강 저편에 서
있었던 J에게 나 Y.

그러고는 또 소식이 없다. 회상 속의 통영은 사실의 통영보다 더 아름답게 내 마음속에 자리하고 있다. 「흐르는 강물처럼」의 노먼처럼. "이해하지 못했지만 모두 떠났다. 그러나 난 그들과 교감하고 있다. 어슴푸레한 계곡에 홀로 있을 때면 모든 존재가 내 영혼과 기억, 빅블랙풋 강의 물소리, 네 박자 리듬, 송어가 물기를 바라는 희망과 함께 하나의 존재로 어렴풋해지는 것 같다. 그러다가 결국 하나로 녹아든다. 흐르는 강물처럼. 강의 대홍수에서 생겨나 태초의 시간부터 바위 위로 흘러간다. 어떤 바위 위에는 영겁의 빗방울이 퍼붓고 바위들 밑에는 말씀이 있고 말씀 일부는 그들의 것이다. 난 강에 넋을 잃고 있다." 영화, 〈흐르는 강물처럼〉의 마지막 장면 내레이션이다.

다시 십칠 년이 지나면 소식 있으려나. 이천구 년이면 그 십칠 년이다. 이천십구 년이면 그 이십칠 년만이고. 그때는 내 수화, 손짓으로 말 건넬 수 있으려나. 소리 없는 소리로….

유성은 그 자리에 있는 거라고 나는 그때 말했다. 지금 생각하니 유성은 강 건너 저편으로 흐르는 것이었다. 나는 또 늘 타인들이 강 건너 지편에 머문다고 생각했다. 내게로 오지 않고 말이다. 안개도 그렇게 강 건너 저편에 서 움직인다고 생각했다. 타인들이 아니라 내가 늘 강 건너 저편에 있었다고 Y는 말했다. 내가 말이다. 그가 아니라 내가. 동그라미는 지금도 통영서 하늘로 오르고 있을까.

그러고 보니 맞는 거 같다. 나도 너도 그도 우리는 알고 보면 '언제나 강 저편'인 것 같다.